一妻獨秀

1

文創風 439

芳菲 著

目錄

序文

芳菲

我一直認為，真正的愛情，是無關家世、身分、年齡，甚至性別的。

現代人尚無法隨意追求想要的愛情，更何況是一個古代女子呢？若是沒有護得住自己的身分，想要安安穩穩地活一輩子，都是件很奢侈的事情。

但，即使是卑微得像塵土一樣的人，也能擁有愛情、也可以去追求愛情。

故事中的阿秀是個不折不扣、處在社會最底層的女子，甚至連灰姑娘都算不上。灰姑娘至少是公爵的女兒，擺在中國古代社會來看，她不過是個被繼母欺負的嫡女，雖然吃了不少苦，但身分依舊是高貴的。

可阿秀不是，她十歲被賣入許國公府，從此沒入奴籍，靠著乖巧懂事及溫柔貌美，得到了許國公世子蕭謹言的青睞。他們雖然年輕，但也想和大多數夫妻一樣，平平淡淡地過日子白頭偕老；可是，因為身分的雲泥之別，他們的上一世以快樂開始，卻以悲傷告終。

在古代一夫一妻多妾的制度下，像阿秀這樣因為正室嫉恨而死於非命的妾室並不少。作為制度的受害者，她們何其無辜，所以才會有了《一妻獨秀》這套書，希望像阿秀這樣乖巧懂事、貌美如花，卻身世可憐的女子，也能得到應有的幸福。

故事一開始就是個契機，難產而亡的阿秀睜開眼睛，回到她被賣給人牙子的那一天。像每個被蛇咬過的人一樣，阿秀害怕前世的一切，努力改變自己的命運，以為只要遠離許國公府，就可以遠離前世的噩夢。可當她兜兜轉轉、拚命逃離時，竟還是遇上了前世的戀人。阿秀一路躲、蕭謹言一路追，直到阿秀無處可躲。

蕭謹言終於找到了阿秀，把她養在身邊，用自己的方式展現出對她的憐愛。他們懷著前世的記憶，小心翼翼地愛慕今生的彼此。蕭謹言也漸漸認清事實，想和阿秀長相廝守，就必須讓阿秀成為自己的正妻，從此專房獨寵，無人能及。

這條路雖然荊棘滿地，但他們一路走來，彼此相攜，從不放棄。

直到那一天，合巹酒入口，美人含羞，喜帳中紅浪翻飛，一妻獨秀，此生不渝。

第一章

「十兩銀子，您拿著，我把人帶走了。」

人牙子從錢袋裡拿出十兩碎銀子，遞給坐在炕沿上抽著旱煙的窮秀才，又湊上去看了睡在床上的小姑娘兩眼，咂了咂嘴。

他做人牙子那麼多年，那叫一個火眼金睛，別看這小姑娘躺在床上跟豆芽菜一樣不起眼，等她長大，這張臉定然是不得了的。

「孩子還沒醒，不如讓她再睡一會兒吧。」林秀才看著在床上酣睡的阿秀，心裡生出了幾分不捨。

「就這樣抱走吧，一會兒醒了，又要哭喊。您好歹是個秀才，總不能讓左鄰右舍知道您賣閨女吧？」人牙子說著，伸手把睡在床上的阿秀抱起來。

此時阿秀還昏昏沈沈的，不知身在何處。方才還在許國公府的紫薇閣裡生孩子，怎麼一眨眼就回到了十歲時住過的地方呢？難道這是自己難產而生出的幻覺？

阿秀趴在人牙子身上，不敢輕舉妄動，只悄悄咬了咬唇瓣，疼的！

她不是在作夢，而是……而是回到了八年前，她爹把她賣掉的那一天。

阿秀還記得，那天很冷，外頭飄著大片大片的雪花，爹說家裡好幾天沒米下鍋，弟妹們都快要餓死了；而母親因為嫌棄爹太窮苦，不知道跟什麼人跑了。

那時，阿秀已經十歲，會做一些女紅，是跟著隔壁阿婆學的，雖然不算很好，但納個鞋底什麼，還是有人要。可惜納鞋底養不活一家子人，所以她爹以十兩銀子的價錢，把她賣給了人牙子。

十兩銀子雖然不多，但夠一家三口過上一個溫飽年了，何況她爹還是個秀才，年底時給人寫春聯，也能賺上幾文錢。

當初知道被賣的真相後，阿秀哭著、喊著不肯走，抱著父親的大腿，恨不得生根在上頭。一家人窮一點不要緊，要緊的是能在一起。

可後來林秀才的一句話，徹底打消了阿秀掙扎的念頭。

「閨女，跟妳說實話吧，妳是我在進京趕考的路上撿來的，爹娘是誰都不知道。養妳這些年，我也算仁至義盡，總不能把自己的親閨女、親兒子賣了來養妳吧！」

阿秀聽了這句話後，對自己的爹徹底死心，即便後來當了許國公世子爺的姨娘，也沒再和這個家有半點聯絡。

可現在她重活了一世，有些事情似乎一下就想通了，比如當初她爹說的那席話，誰能知道真假呢？分明是不想她糾纏，讓她快點走而編出來的。閨女賣都賣了，再不狠心些，拖泥帶水的，總不能把放進口袋的銀子再退回去。

後來阿秀就被人牙子抱走了，人牙子還勸她。「丫頭，十個賣兒女的，有九個說不是自己親生的，妳想開些。我給妳找戶好人家，保證妳以後吃香的、喝辣的，比小戶人家的小姐還體面。」

人牙子沒有騙人，後來阿秀進了許國公府，雖然只是短暫的富貴，可前世她才活了十八歲，四年的富貴，已經占據了人生近三成的日子；更何況，世子爺是真心待她好的。

阿秀進許國公府後，才知道丫鬟們到了二十歲上頭，是可以被放出去的，但她和親爹鬧成這樣，就算出去，一個姑娘家又能去哪兒呢？若是不走，頂多是由主子做主，隨便配個家生小廝，以後生出來的孩子也是奴才，那就真真正正成了祖祖輩輩的奴才了。

阿秀不想讓她的後代和她一樣，伺候人、被人罵、被人打、一輩子做奴才，那麼擺在面前唯一的一條路，就是做許國公世子爺的姨娘了。

阿秀身上有很多優點，勤勞、刻苦、安靜，但最大的優點是她有張讓人看了便心猿意馬的臉蛋。可她小時候卻是不起眼的，直到十四歲，還只是個粗使丫鬟。

這次阿秀不知道人牙子會把她賣到哪裡，如果是原來的許國公府，也算是熟門熟路了，運氣好些跟了姑娘，只要不被世子爺瞧見，以後跟姑娘一起嫁到夫家，自家姑娘當了正室，日子應該會更好過些。

想到這裡，阿秀又有些亂了，若有更好的選擇，也可以不用當姨娘的。

前世那些傷感情的話，因為阿秀一直趴在人牙子身上裝睡，所以林秀才並沒有機會說。

臨走時，林秀才從屋裡僅剩的五斗櫃中，拿出一件錦緞做的斗篷，幫阿秀披上。「外頭天冷，別凍壞了孩子。」

阿秀聽見，沒來由地紅了眼睛。被賣之後，她遇上不少和自己遭遇相同的人，有的人家境還算不錯，因為後娘帶了弟弟來，就把女兒賣掉；有的人是因為家裡兄弟多，只有自己是閨女，父母便把她給賣了。可阿秀知道，她爹賣她的時候，家裡確實已經是走投無路。他是個秀才，賣了閨女，這輩子的功名也算到頭了。

人牙子瞧見林秀才拿起斗篷，想往阿秀身上蓋，伸手捏了捏料子，開口道：「這布料可是上等的綾羅，不是一般人家能有的，您還是留著，應急時當了，能換幾個錢呢。」

林秀才卻執意不肯，搖著頭道：「閨女都賣了，留著也沒用，讓她帶著吧，以後也好有個念想。」

人牙子見慣了這樣的離別場景，嘆口氣。「您放心，我會給她找個好人家的，不說吃香喝辣，好歹比跟著您強些。」

林秀才沒說話，只是揉了揉有些濕潤的眼眶。

外頭的雪有些大，天已經快亮了，過不了多久，這條巷子就要熱鬧起來。林秀才拂了拂手道：「走吧走吧。」

阿秀努了努嘴角，很想再喊他一聲爹，可終究還是沒喊出來，只趴在人牙子的身上，狠狠地咬了唇。

出了討飯街，外頭的雪越來越大，不一會兒，阿秀身上和後背便沾滿了雪花。

人牙子聳了聳肩膀，拍拍阿秀的小屁股，笑道：「丫頭，別裝睡了，都走遠了。」

阿秀睜開眼睛，看著滿臉落腮鬍的人牙子，心裡無端覺得，其實這位大叔人挺好的。前世她一味怕他，從沒敢用正眼瞧過他一次。

「大叔，我以後還能回家嗎？」阿秀很關心這個問題，前世因為自己不懂事，最後弄成有家不能回的境地，既然這輩子她爹沒說那些傷感情的話，等她二十歲時出來，沒準兒還能和他團聚。別的指望不上，好歹可以給她做主，嫁個平頭百姓做正經夫妻，安安樂樂過一輩子，便足夠了。

「怎麼不能回家呢？以後到了年紀，很多大戶人家是不用給銀子就放人的。」

人牙子雖然這麼說，但眼前這小姑娘長得實在太好了，濃密睫毛微顫，將漆黑明亮的眸子蓋在下面；巴掌大的小臉，白嫩臉頰上連一絲瑕疵都沒有，一雙大眼睛看著人，無端就讓人心生憐愛。這樣的小姑娘，無論送進哪個府裡，都不可能被放出來吧？不過這些對十歲的小姑娘來說，還太複雜，並不是她需要懂的事情。

阿秀用力點了點頭，然後很乖巧地說：「大叔，那你能把我賣到可以放人出來的大戶人家嗎？阿秀以後還想回家。」

人牙子轉頭看阿秀一眼，無端覺得有些心疼了，她乖巧得不像這個年紀的孩子。他當人牙子這些年，肩膀上落下的小孩子牙印不知道有多少個了，哭的、逃的、打的不計其數，唯有這個小姑娘出奇地安靜，一雙大眼睛瞧著他，真讓人捨不得，恨不得自己抱回家當閨女得了。

「放心，大叔一定會給妳找個好人家的，明天就有幾戶人家要來挑人，年底家裡忙不過來，買幾個小丫鬟回去，到了過年，妳還能拿到賞銀呢！開心不開心？」

人牙子說著，把阿秀高高扛在肩頭，悠哉悠哉地往專門關著孩子的小院裡去。

阿秀趴在他的肩膀上不敢動，眼珠子不停看著兩邊行人。自從進了許國公府，她便很少出門，外面的一切似乎變得遙遠起來，讓她忍不住想親近。

走了一大半的路，連阿秀的長睫毛都沾上雪花，人牙子買了兩個包子，和阿秀一人一個吃了起來。前世阿秀是許國公府的姨娘，雖然天天吃香喝辣，可這肉包子的味道，似乎比前世任何一頓佳餚還要美味。

和前世一樣，阿秀被關在一座四面高牆的小院子裡。兩進的房子，前院裡都是小男孩，後院就關小姑娘。年紀小的小姑娘，大多是和阿秀一樣第一次被賣的；年紀大一點的，就有很多是在主人家犯了錯，又被發賣出來。這樣的姑娘在本地很難再賣出去，除非是原來在高門大戶的，之後賣到小門小戶裡。

像阿秀這樣第一次被賣且身家清白的小姑娘，頭一次是能去很好的人家的，因為那些高門大戶不缺銀子養丫鬟，他們要的就是打小進府的小姑娘，在外院混到十三、四歲，若是能幹或容貌出挑，就會被送進少爺們房裡，做個通房什麼的；也有的府上是專門挑容貌好的小丫鬟，跟著小姐一起長大，到時候直接跟著小姐陪嫁到夫家，做姑爺的通房。

至於那些太太、奶奶跟前用的小丫鬟，很少在外頭買，大多是家生子，從小跟著她們，上頭有當管事的爹娘，在賣進去的小丫鬟面前，那叫一個體面。

所以，阿秀從沒想過能進太太、奶奶房裡，能伺候姑娘們，已經是美差了；最不濟，就是分到姨娘那裡，雖然日子過得清苦些，但少了在少爺們跟前露臉的機會，被放出去的可能大一些。但最怕的事情，就是姨娘們年紀大了，便將身邊的丫鬟推給老爺。這種就是最倒楣的，若是不能有身孕，等於白白糟蹋了身子，連個通房都得不到。以前許國公府蘭姨娘身邊的丫鬟，就有這麼個倒楣的。

阿秀覺得，這條路對自己的風險依然很大，想來想去，唯一的出路還是留在姑娘身邊，比較安全。

渾渾噩噩地在小院裡待了一整天，耳邊都是小姑娘們的哭鬧聲，到了第二天，大家便安靜下來。

人牙子帶著一個婆子進院裡挑人，他們不會透露今天去什麼人家，要是知道去哪家，這後院只怕要打起來。

但阿秀知道，今天挑人的地方，是許國公府。

許國公府蕭家自封國公府以來，長盛不衰，襲的是世襲罔替的爵位，得到這般殊榮的，全大雍除了恭王府，便只有許國公府了。

許國公府祖上從戎，在對抗韃子的北伐中，死了老太爺。那時候蕭家不過是個將軍府，後來蕭妃的兒子被冊封為太子，蕭將軍又大敗韃子，穩定了西北邊界，皇帝才賜他許國公的封號，傳到如今，已經五代了。

原先的武將世家，在盛世的喧囂中，已沒了當日的意氣風發，只留下讓人迷眼的富貴。不過，自蕭妃之後，蕭家的女子倒是成為後宮主力，這一代許國公的長女，便是日後的太子妃。

但這些跟阿秀沒什麼關係，因為她去蕭家時，大姑娘已經是太子妃了，她只是在太子妃省親的時候，站在垂花門最裡面，遠遠瞻仰太子妃的容貌。

蕭家男人都生得英武，女人卻長得很柔媚，太子妃曳地的正紅色長裙，讓阿秀心中久久不能忘懷。身為妾室是不能穿正紅色的，便是豔麗些的桃紅，也會被人詬病；可阿秀卻偏愛紅色，雖然那是她一輩子都穿不上的顏色。

「王嬤嬤，不如再挑兩個？」人牙子瞧見王嬤嬤在阿秀跟前停下來，心想許國公府選丫鬟，若眼前這小姑娘去了，定然能被留用。他瞧著阿秀實在乖巧，心裡很想幫她一把。

前世的阿秀就在這時自告奮勇地站起來，睜大眼睛看著眼前的王嬤嬤。這是許國公府專管僕人買賣的老嬤嬤，是國公夫人身邊得用的人，籠絡好她，進許國公府自然不是問題。

可是……阿秀的心裡又矛盾了幾分。上一世……上一世的她，終究是死在了許國公府。

她昨晚一夜沒睡，才想明白自己為什麼會難產、為什麼會死。

臨死前，兩個接生的老婆子在她耳邊嘮叨。「大過年的，這都第幾個了，把孩子養這麼大，能生出來就奇怪了，這姑娘瞧著挺面善，怎麼也那麼可憐？」

「噓，快別說了，仔細被人聽到，妳都收了錢，還說那麼多廢話。這是世子爺心尖上的人，郡主發話了，孩子和大人都不准留呢！」

「不然再試一回？我瞧著這肚皮，沒準兒是個男胎。」

「妳糊塗了，這種人家要男胎做什麼？郡主還沒生呢，輪得到她一個當姨娘的？快看看還有沒有氣，沒氣好交差了。」

那時，阿秀已處於彌留之際，根本拎不清那兩個婆子說的是什麼話，如今仔細一想，頓時覺得不寒而慄。平常看著待人和氣的郡主，居然會使出這樣的毒手。

其實，阿秀懷上孩子時就糾結過，想偷偷喝落胎藥，畢竟許國公府這樣的人家，不能出這種丟了顏面的事情。

可是世子爺期待的眼神，阿秀見了就覺得心裡不忍，他已經二十四歲了，卻膝下無子，於是親自求了國公夫人，將阿秀肚裡的孩子留下。阿秀心想，不過是個孩子，生就生吧，若是男孩，狠下心讓郡主養，也就算了，總之不能讓世子爺難做。

想到這裡，阿秀又忍不住落下淚，低著頭躲在角落中。

這輩子……還要去許國公府嗎？阿秀糾結良久，不敢抬頭。

「阿秀、阿秀，妳要不要也去試試？」

聽見人牙子大叔喊她，阿秀抬起頭，怯生生地瞧王嬤嬤一眼，那帶著審視的目光便落在了她臉上。

長相倒是不錯，只是那雙眼睛太好看了，只怕老太太不喜歡；見了生人還掉眼淚，看著也不是很大方。

「罷了，趙痲子，今天就挑這麼多吧，要是不夠用，過幾日再來也是一樣的。」人牙子的額頭上有幾顆痲子，所以大家都叫他趙痲子。

趙痲子看了阿秀一眼，心裡有些可惜。那是許國公府啊，京城數一數二富貴的地方，這丫頭怎麼到關鍵時刻卻失常了呢？

阿秀目送王嬤嬤帶著一群孩子走了，有一瞬間的衝動想跑過去，求王嬤嬤再給她一次機會，讓她去許國公府。她心裡如何不念著溫柔多情的世子爺、如何不想著呢？可是……上一世的悲劇，她真的不想再經歷了。

第二章

「丫頭，妳知道剛才來挑人的是哪家嗎？怎麼不好好表現表現？」趙麻子皺著眉頭看阿秀，連額頭上的麻子坑都凹進去了。

「大叔，我瞧著那老嬤嬤的穿戴很好，肯定是大戶人家的嬤嬤吧。」

「丫頭，妳這麼有眼色，怎麼不跟著去呢？那可是許國公府啊！」

趙麻子話一出，方才幾個不敢走上前的姑娘頓時哭了起來，白白錯過了這麼好的機會。

阿秀低頭，略略癟了癟嘴角，小聲道：「大叔，我不想去這樣的大戶人家，門第矮一點的沒關係，我只想二十歲被放出來。」

趙麻子還是第一次遇到這麼固執的丫頭，覺得有些意思，拍了拍額頭道：「那妳得在這小院裡多住幾天了，最近來挑人的，大戶比較多。」

阿秀點點頭，抱住自己懷中的小布包裹，裡面放著臨走時林秀才給她披的斗篷，雖然現在穿著有點小了，但就像林秀才說的，留著至少是個念想。

許國公府裡，世子蕭謹言一早就從族學回府了。

臨近年底，國公夫人早早把他從玉山書院接回來，許國公說：「家裡也不缺先生，沒必要住書院裡，在外頭不過是多交了幾個狐朋狗友。」

然而，蕭謹言今天這麼早就下學，卻是有原因的。

他依稀記得，阿秀以前曾跟他說過，她是乙未年十二月初一進府的，分到的第一個差事，是在廚房當掃地丫鬟。雖然蕭謹言無法解釋為什麼自己在阿秀的棺槨前哭了一夜，便回到了八年前，但這一世，他不想錯過和阿秀在一起的每一天。

蕭謹言故意繞到議事廳那邊，遠遠就瞧見王嬤嬤帶著一群小丫鬟和小廝跪在院子裡。國公夫人孔氏正端坐在紅木圈椅上，面帶肅色地看著下跪的小丫鬟們。

孔氏瞧見蕭謹言過來，原本板著的臉色立刻化成一團慈愛，向蕭謹言招手。「你怎麼回來了？」

孔氏身邊的丫鬟、婆子們忙向蕭謹言行禮，蕭謹言略點了點頭，不理他人，只轉頭對孔氏道：「我來瞧瞧母親，順便看看今天有沒有什麼出挑的小丫鬟。」臉上帶著淺淡笑意，十六歲的年紀正是風華正茂，讓孔氏身邊的大丫鬟春桃立時紅了臉頰。

孔氏微愣，沒料到兒子會說出這樣的話來。自從蕭謹言上次落水病癒後，人比之前更沈穩了，連那些公子哥兒們請他出去應酬，也越發懶得去。今天莫名說了這樣的話，難道是在提醒自己，兒子年紀大了，該給他房裡放人？

蕭謹言掃了跪在下面的小丫鬟們一眼，都梳著雙垂髻，神色恭恭敬敬，頭低垂著，只能看到腦門，哪裡能瞧見容貌。但蕭謹言這會兒心裡激動得無以復加，又怕嚇著了阿秀，她現在只有十歲，大抵沒長開，萬一一眼沒認出她，豈不是很尷尬，最好還是讓她們抬起頭來。

蕭謹言托著下巴，一副紈袴公子的模樣，抬了抬眼皮道：「都抬頭，讓本世子爺瞧一瞧。」

一旁的孔氏有些看不下去了，十六歲的大人了，玩心還這樣重，這些十歲的小姑娘能有什麼看頭，身子還沒長開呢。不過兒子想看，她自然是不會攔著的，只笑道：「世子爺讓妳們抬頭，妳們就抬起頭來，讓世子爺好好瞧瞧。」

於是，一張張帶著驚訝的小臉便紛紛抬了起來。有的小姑娘稍微懂些禮數，知道低眉順耳，雖然抬起頭，眼睛還是看著自己的腳尖；有的小姑娘可就不懂了，剛被賣的野丫頭能懂什麼，眼珠子滴溜溜地在蕭謹言臉上轉來轉去。

蕭謹言平常內斂穩重，今日難得輕浮一回，心裡便起了些煩躁之感，只指著一個小丫頭問道：「妳叫什麼名字，這麼大膽？」

那丫頭嚇了一跳，連忙垂下眼，怯生生道：「回世子爺，奴婢叫阿秀。」

蕭謹言的下巴差點兒掉下來，瞪大眼睛上下打量了小丫頭一番，確認她長大後絕不可能是阿秀那種模樣。別說小眼睛不可能變成大眼睛，那塌鼻梁也不可能自己長高。

「妳叫什麼阿秀，長成這樣，以後就叫阿醜吧！」蕭謹言丟下一句話，氣呼呼地揚長而去，留下莫名其妙被改了名字的小丫鬟，哇一聲哭了起來。

孔氏無奈地搖頭，心裡大為鬱悶，兒子都十六了，還那麼愛玩。擺了擺手，對王嬤嬤道：「按方才說的安置這些丫鬟吧。」

眾人正要散去，被蕭謹言改名為阿醜的小姑娘抽噎兩下，小聲道：「夫人，奴婢……奴婢真的就叫阿醜了嗎？」

主子賜名，丫鬟是不能私自改的，小丫鬟雖然長得不怎麼起眼，但叫人家阿醜……言哥兒還是太胡鬧了點。

孔氏無奈一笑，對王嬤嬤道：「今天是初一，以後就叫她初一吧。」

小丫頭鬱悶半天，原來國公夫人取名字也是這麼的不靠譜。唉……初一就初一吧，怎麼也比阿醜強多了。

蕭謹言回到自己的住處，心裡越發煩躁不安起來。

按照阿秀說過的話，今天應該是她進府的日子，可那一眾小丫鬟裡，哪裡有阿秀的影子？縱使阿秀說的是真話，她小時候長得跟豆芽菜一樣不起眼，可是那雙眼睛，他兩輩子都不可能認錯的。

服侍蕭謹言的大丫鬟清瑤見蕭謹言沈著臉回來，不知他遇上了什麼不高興的事情，一時不曉得怎麼辦才好，便讓小丫鬟出去問跟著蕭謹言的小廝，小廝便把剛才的事原原本本說了一遍。

清瑤心裡有些納悶了，蕭謹言如今已經十六，原先跟她們幾個大丫鬟的關係都是挺好的。她們進來時，經過太夫人的精挑細選，樣子都是一等一的，夫人將她們留在蕭謹言身邊，其實也有那種意思。

可不知道這祖宗最近是怎麼了，生了一場病，跟她們幾個都生分了起來，原本她們近身服侍的事情，如今卻不讓插手了。所幸到了這個年紀，大家心裡都清楚一些，有時候他床鋪上有什麼不乾淨的，也不開口，只捲了鋪蓋送去給粗使婆子洗，自是不用自己動手。

按理說，蕭謹言對這些事情是看慣了的，但今兒卻巴巴地跑去看小丫鬟，難道新進府的丫鬟能比她們幾個矜貴不成？

「怎麼？今兒沒有世子爺中意的小丫鬟嗎？」清瑤送了茶上前，裝作隨意道：「若是沒有合意的，下次再挑就是，何必板著臉。您瞧瞧，眉頭都皺起來了。」拿著帕子想往蕭謹言的眉心上揉。

誰知道，蕭謹言一道眸光射過來，冷冷地對上了她的眼。

清瑤只覺得蕭謹言這個眼神似乎帶著幾分讓她不明白的意思，嚇得後退幾步，臉頰脹得通紅，眨眼便落下淚來。

蕭謹言微微一怔，頓時有些無奈。其實清瑤的人還不錯，除了總想往自己床上爬這點讓他有些頭疼以外，待人接物的禮數都是一等一的；況且阿秀進他院子之前，清瑤已經放出去嫁人，他實在沒必要為難她。

「沒什麼，妳下去吧，沒我的吩咐，不用進來服侍了。」蕭謹言支著腦門，略略閉上眼睛。

他心心念念的阿秀竟沒有進府，難道這輩子她的父親沒有賣掉她？她不用到大戶人家裡做丫鬟了？

蕭謹言嘆了口氣，無論如何，還是要找到他的阿秀才行，不管怎麼樣，這輩子，他總要護著她的。

阿秀在趙麻子的小院裡住了三、五天，前幾天都是公府侯門的人來買丫鬟，有幾家雖然條件不錯，但是據趙麻子話中透露出來的意思，誠國公府發賣下人的機會比較大，人經常被退回來；而安靖侯府則是隔三差五來買新丫鬟，不知道之前的丫鬟都去了哪裡。

在等待了五天之後，終於有一戶人家比較符合阿秀的要求，只是門第似乎低了一點。

「妳若是願意去呢，那我明兒一早就送妳過去；妳若不願意，就再等一等。」趙麻子第一次遇上阿秀這麼懂事的丫頭，心裡也疼，不願她出去受苦，便詢問了她的意思。

這次介紹的這家，是剛從外地來的，原本在江南一帶做生意，最近落戶到京城，打算在這裡開幾家店面。雖然不是什麼大戶人家，但家產豐厚，又說在當地買的丫鬟，絕不會帶回江南去，趙麻子就覺得挺好；況且還聽說，這戶人家有個妹子在某公府裡當姨娘，那便說明在官場上也是有靠山的。最關鍵的一點是，要買丫鬟的大房沒兒子，阿秀一心想出府，若她不當姑娘的陪嫁，那離回家的願望又近了一步。

阿秀想了想，趙麻子在這邊做買賣十幾年，而且許國公府買丫鬟也是找他，便知道他是靠得住的。

「那就這家吧，多謝趙叔了。」前世的阿秀固執，脾氣難免有點大，後來仗著世子爺寵她，很少和人交際，雖然恭順謙遜，但外人看來，未免有些孤芳自賞。

阿秀覺得，這輩子說不定還能靠上趙麻子，萬一被退回來，也得靠他找下家，這會兒稍微乖巧些，總是好的。

沒想到，趙麻子說了句讓她差點兒掉下巴的話。「丫頭，大叔現在也窮，養不起妳，等大叔家裡情況好些，就贖妳出來。大叔家還有一個哥兒，比妳大些。」

阿秀眨了眨無辜的大眼睛，看著趙麻子，紅著臉低下頭。

趙麻子心裡暗笑，這麼大的丫頭，能懂剛才那句話是什麼意思嗎？怎麼就臉紅了呢？

第二天，阿秀跟著趙麻子，來到了廣濟路上的一戶人家。四進的宅院，後面有私家小花園，和許國公府比，自然是比不上的，可比起討飯街上的家，那是大得沒話說了。

接待他們的是個圓臉婆子，看著很和藹，將阿秀和另一個小姑娘一起帶進正廳。

廳裡正前方是鐵力木的長條案桌，上頭放著幾樣古董，左右兩邊各設了主位，同樣是鐵梨木做的官帽靠背椅。左邊椅子上坐著一名年紀約莫三十出頭的婦人，鵝蛋臉，容貌俏麗，旁邊還站著一位姑娘，大概有十三、四歲，雖然身子還略嫌纖細，但已有了些少女的韻味。

兩人見了進來的小姑娘，臉上神色俱是讚賞，笑著道：「京城這邊真真地靈人傑，連人牙子找來的小丫鬟也比南方嬌俏些。」

圓臉的老嬤嬤便道：「可不是，我剛領進來時，也覺得這兩個瓷娃娃一樣的小姑娘看著挺好的，不過比起大姑娘，還是差了點。」

聽了這話，站在婦人身邊的姑娘撇了撇嘴，略帶嬌嗔道：「我瞧那個穿藍布衣裳的，看著就挺漂亮，長大了肯定是個大美人呢。」

阿秀低頭看看自己身上的藍布衣衫，略略抱緊了懷裡的布包，一臉呆滯。

以前在許國公府時，跟她最要好的嬤嬤告訴過她，長得漂亮的姑娘不能太聰明，否則別人會不喜歡的。雖然阿秀不大了解這句話的真意，可她本來就傻傻愣愣，偏生世子爺喜歡，所以就沒改了。

「妳瞧她呆呆傻傻的樣子，多有意思。」那姑娘又朝阿秀看了一眼，招呼道：「喂，說妳呢！妳叫什麼名字？」

阿秀愣了一下，確認她叫的是自己，這才小聲地開口道：「回姑娘話，奴婢姓林，名玉秀。」

「林玉秀，好名字。」那姑娘又上上下下地打量了阿秀，才繼續道：「那我以後叫妳阿秀好了。」

阿秀點點頭，見夫人問起身邊那位小姑娘的名字，小姑娘也怯生生地答了，只是看上去倒是比她靈巧了幾分。

於是，婦人笑著道：「好了好了。阿秀、阿月，妳們兩個以後就跟著大姑娘，我會好好教養妳們的。」

那姑娘聽見這句話，臉上閃過一絲不悅，秀麗的眉梢蹙了蹙，站起來道：「娘，我回房裡練琴了。」

婦人看著走遠的女兒，只搖搖頭，嘆了口氣，轉身對老嬤嬤吩咐道：「邢嬤嬤，妳帶這兩個丫鬟下去洗漱乾淨，換上府裡的衣裳，再送到蘭嫣屋裡吧。」

邢嬤嬤應道：「是，奴婢先帶她們出去了。」

第三章

邢嬤嬤才帶著人下去，便有個清瘦些的老嬤嬤端著盤子從門外進來，盤子裡是一碗黑漆漆的藥汁。

老嬤嬤上前，把碗遞給朱氏。「太太喝寶善堂的藥也有一段時日了，身子還不見好，不然我們再換一家看看。聽說濟世堂也是京城的大藥房，要不去他們家瞧瞧？」

朱氏端起碗，擰著秀眉，一股勁兒把苦澀藥汁全部灌下去，再急忙拿旁邊的茶水漱口，吐進老嬤嬤送上來的痰盂裡，擦了擦嘴角道：「吃藥哪有那麼快見效的，再說我也一把年紀了，便是又懷上身孕，能不能留得住，也是問題，不過是有個念想罷了。柳嬤嬤，方才那兩個小丫鬟，妳也瞧見了，覺得如何？」

柳嬤嬤見朱氏問起這事，只得實話實說。「太太真打算把姑娘送去許國公府做小嗎？雖然是國公府第，可做了姨娘，總是低人一等的。」

「有什麼辦法呢？老爺在南方的生意，這幾年越來越不濟了，如今要不是靠著蘭姨娘的關係，在京城接些軍營裡的買辦經營，只怕過不了幾年，我們蘭家也要坐吃山空。老家那些親戚們，如何知道我們的艱苦，只一味上門打秋風而已。」

柳嬤嬤聽了朱氏的話，眼中也閃過一絲落寞。這幾日江南大旱，茶葉欠收，原本的茶莊生意又一年不如一年，要不是有蘭姨娘在京城牽線，蘭家只怕是真要吃緊了。

「聽說許國公府世子爺的品性是一等一的好，如今年方十六，還沒有半個通房，想來也是家教甚嚴。這樣有規有矩的人家，對待姨娘不會像小戶人家那樣，只當個丫鬟來使喚。」

雖然這麼說，柳嬤嬤心裡卻終究捨不得，只幽幽嘆了口氣，繼續道：「今兒那兩個小丫鬟，論模樣確實是好的，長大了，只怕不會比嫣姐兒差，有她們在嫣姐兒身邊，太太多少能放寬心。」

朱氏微微點了點頭，支著腦門皺眉，嘆息道：「都怪我肚子不爭氣，生不出兒子來，不然嫣姐兒有親兄弟撐腰，即便以後做了姨娘，也能撐些場面。如今，倒是全家要靠著她了。」

柳嬤嬤便勸慰道：「太太不必自責，如今有泓哥兒，雖然不是太太親生的，但陳姨娘那身子，只怕是熬不了多久。老爺說了，以後泓哥兒就跟著太太，老爺親自發的話，太太也該安心了。」

朱氏聽柳嬤嬤句句都是寬慰，不好一味說喪氣話，遂強打起精神道：「罷了，與許那孩子是跟我有緣的。」揉了揉眉心，又問道：「出去打聽事情的下人回來了沒有？雖說前幾日路上坍方，耽誤些時日，但老爺他們也該到了。」

柳嬤嬤走到大廳門口，瞧著院裡院外靜悄悄的，只有後院傳來蘭嫣練琴的聲音，只開口道：「下人還沒回來，只怕要再等上一會兒。嫣姐兒這琴彈得越發好了，可真是好聽。」

邢嬤嬤帶著阿秀和阿月換了乾淨的衣服，又讓丫鬟給她們洗臉，各梳了雙垂髻，才站回邢嬤嬤面前。

邢嬤嬤一張圓臉本就慈祥，如今瞧著粉嫩嫩的兩個孩子，真是喜歡得不知說什麼好，只一個勁兒地笑道：「這模樣長得可真俊俏，都說江南的女孩子好看，我瞧京城的也不差。可憐見的，這麼漂亮的女娃娃，家裡也捨得賣掉，天下哪來這樣狠心的爹娘。」

阿秀聽見邢嬤嬤的話，只低下頭，莫名有些傷感。一旁的阿月則忍不住哭了起來，小身子抽動著，拿袖子胡亂擦著臉。

邢嬤嬤見狀，急忙改口道：「乖孩子，快別哭，是我錯了，惹妳們傷心。走，我帶妳們找大姑娘去。」

邢嬤嬤一手牽著一個小丫鬟，穿過小花園，來到蘭嫣住的地方。

阿秀和阿月才到院門口，就聽見裡面隱隱約約傳來清越的琴聲。

「阿秀阿秀，妳聽，姑娘彈得可真好聽啊。」阿月畢竟是小孩子，方才才哭過，這會兒已經忘到腦後，高高興興和阿秀聊起來。

阿秀眨著眼睛點點頭，邢嬤嬤便笑著道：「妳們兩個以後跟著姑娘，好生服侍，還有姑娘的功課，妳們也要一起做。女孩子多學些手藝，將來才能嫁個好人家。」

阿月一臉興奮地問道：「邢嬤嬤，我們也要學手藝嗎？」

「自然要學的。刺繡、針線、裁剪，這些女紅樣樣都要學精，姑娘還要學琴棋書畫，花在這些上頭的工夫自然少了許多，所以要妳們幫襯著。以後，妳們就是姑娘的左右手了。」

阿秀聽出這話中有話，心裡咯噔一下，可如今這任人買賣的身分，好像也沒什麼可以反抗的餘地，只得乖乖應了聲。

邢嬤嬤帶人進去，就瞧見一個十六、七歲的大丫鬟從裡面迎出來，見了邢嬤嬤，開口道：「才說是時候來了，可不就到了。」說著上前打量阿秀和阿月，笑道：「果真是粉嫩嫩的人兒，有這樣的人陪著姑娘過去，我也放心了。」

邢嬤嬤聽了，悄悄使了個眼色，那丫鬟便噤下話，只道：「快進去吧，姑娘方才在練琴，這會兒應該歇下了。」

進了院子，邢嬤嬤就不牽著她們了，只讓她們規規矩矩地跟好。阿秀畢竟在國公府當過下人，禮數規矩都很周全，低頭跟上邢嬤嬤，只盯著眼前的幾寸路，再不東張西望。那大丫鬟走在她們身後，嘴角微微透出些讚許來。

這一進的院子較小，不過是中廳帶著左右兩間正房，左邊又單獨隔出小次間，裡頭的炕上捲著鋪蓋，應該是值夜丫鬟睡的地方。右邊則是姑娘的書房，用多寶槅隔開，中間掛著簾子。隔著簾子，阿秀瞧見並排三個紫檀書櫃，櫃裡塞了滿滿當當的書冊。

蘭嫣放下青瓷茶盞，瞧了站在跟前的兩個小丫鬟一眼，阿秀會意，急忙拉著阿月跪下。兩個瘦小身子跪在蘭嫣腳前，像兩截嫩蔥一樣，真叫一個好看。

外頭的幾個丫鬟不敢大聲指指點點，只小聲議論幾句，多半是誇她們兩個長得漂亮。從她們的目光來看，阿秀似乎已經明白，她和阿月肯定是太太選來給姑娘當陪嫁的。

外埠商戶的姑娘，就算家財萬貫，在京城這個走三步路就能撞上一個拿餉銀、吃皇糧人家的地界上，想要找一門稱心如意的親事，只怕不簡單，嫁入官家的可能也不會很大，除非是做妾……阿秀想到這裡，暗暗搖了搖頭，想把這樣嬌生慣養的姑娘送給人家當妾，肯定是腦袋燒壞了。

「妳們既然進了府，應該要知道一些府裡的事情。我們蘭家祖籍安徽，今年剛遷進京城，原先那些下人，不願意跟著來的，都留在老家。我這繡閣裡總共有兩個大丫鬟、兩個小丫鬟，還有個幹粗活的婆子。錦心和琴芳兩個大丫鬟，是我從南邊帶來的，都是蘭家的家生奴才，比妳們年長幾歲，以後妳們就跟著她們吧。」

阿秀抬頭看了站在蘭嫣身邊的兩個姑娘，一個鵝蛋臉、白白淨淨的，就是剛才迎她們進來的錦心。還有一個膚色略黑、顯得清瘦些的，大概就是大姑娘口中的琴芳。

兩人都是十六、七歲的樣子，而蘭嫣卻只有十三、四歲，若讓她們做蘭嫣的陪嫁丫鬟，確實說不過去。

阿秀略略直起腰，朝著兩人福了福身子，恭恭敬敬道：「兩位姊姊好。」

兩人見阿秀這麼懂事，笑開了說：「以後我們一起在姑娘的繡閣裡服侍，大家就不必多禮了。」

阿月看阿秀行禮，又不會阿秀那樣秀氣的動作，只一個頭磕下去，倒是給兩人行了個大禮。

錦心見狀，忙伸手將她扶起來，笑著道：「妳還沒給姑娘磕頭，倒先給我們磕頭了。」

阿秀見阿月一臉懵懂的樣子，也忍不住噗哧笑出聲，兩人才一起恭恭敬敬向蘭嫣磕了頭。

等她們見完院子裡的丫鬟和婆子，邢嬤嬤告辭道：「既然大姑娘這裡沒事了，那老奴先出去，外頭還有一堆事情等著。」

蘭嫣起身送邢嬤嬤到門口，問道：「眼看著已經是十二月，父親和方姨娘他們怎麼還沒到？不會是路上有事耽擱了吧？」

邢嬤嬤聽蘭嫣問起，轉身回道：「昨兒有小廝來傳話，說前幾日官道因大雪坍方，可能因此遲了。」

蘭嫣點點頭，臉上閃過一絲不屑，悄悄嘀咕一句。「要是真讓大雪給埋了，可最好不過了。」

邢嬤嬤聞言，嚇得瞪大了眼珠子，急忙呸呸兩聲。「百無禁忌、百無禁忌！姑娘可不能亂說，萬一讓老爺聽見，非要家法處置不可。」

蘭嫣一扭脖子，往房裡走了兩步，悻悻然道：「反正這會兒宅子裡沒有她的人，我還能這樣肆無忌憚幾日，等她來了，只怕又要不安生。」

邢嬤嬤看著蘭嫣皺起來的雙眉，心裡也不是滋味，一想到要把這樣的小姐送去許國公府當別人的小妾，心就跟針扎一樣難受。

琴芳領著阿秀和阿月到了後排的小罩房。一丈寬的小房間裡，炕頭、鋪蓋、櫃子準備得齊全，角落裡放著臉盆架子，上頭掛著簇新的汗巾。

阿秀看看自己今後的住處，雖然比許國公府的待遇差了很多，但比起討飯街上家徒四壁的破房子，這兒已經好得太多了。

琴芳見兩個小丫鬟臉上都帶著笑意，知道她們定然是滿意的，笑著道：「妳們以後就住這兒。妳們年紀小，姑娘說了，不用值夜，只要白天跟著服侍就好。

「姑娘每日要學琴棋書畫，逢單日有教女紅的師傅來教姑娘刺繡，逢雙日有教學問的先生來教書畫棋藝。書畫棋藝，妳們不用用心學，倒是女紅，太太交代了，一定要比姑娘學得好才行。」

阿月聽了這話，緊張地看著自己的小手指，好像現在已經被針扎出許多洞來似的。

阿秀見阿月這模樣，忍不住也低頭看了自己的雙手一眼。前世她沒什麼機會學針線，在許國公府打雜打到十四歲，被世子爺瞧上以後，才空閒下來，向府裡繡娘學些圖樣，但也只是繡了哄世子爺高興用的。

十歲娃兒的手，小小一雙，尚未長開，要學一手好針線，只怕真是不容易啊。

蕭謹言看著外頭的小廝匆匆進來，忙不迭從椅子上站起身。「打聽到了嗎？有沒有姓林的人家要賣女兒？」

小廝身上穿著短襖，大冬天的，頭上卻跑得冒出熱氣來，湊上去回道：「我的爺，這滿京城有多少個姓林的，我到哪兒打聽去？」

「賣兒賣女的，當然是窮地方，越窮越破的地方。」

小廝喘了口粗氣，接著道：「最窮的討飯街倒是有個姓林的，可人家是秀才，怎麼可能賣兒賣女呢？況且聽鄰居說，前幾天他已經帶著兒女回老家去了。」

蕭謹言聽了，臉色有些頹喪地坐下來，默默無言，眉峰皺在一起，愣了半天，才擺擺手道：「你出去吧，還有別的地方，幫我好好留意著。不過，這事可不能讓別人知道了。」

小廝實在弄不懂蕭謹言腦子裡在想什麼，不過世子爺要做的事情，下人用不著問那麼多，便高高興興地應下，往外頭去了。

小廝才走，清瑤便端著一盤宵夜過來，瞧見他遠去的背影，越發覺得最近世子爺神神秘秘的。

她挽起簾子，滿臉堆笑道：「爺，天氣冷，吃過宵夜，早些安歇吧。」

見蕭謹言坐在那邊擰眉不語，似有心事，清瑤遂上前小心試探。「爺最近怎麼了？要是覺得身上有什麼不好，可要告訴奴婢，奴婢好回了太太，請太醫給爺瞧瞧。」

這時，蕭謹言總算回過神來，也沒聽清她說了些什麼，只開口道：「我沒事。妳要是沒什麼事情，也出去吧。」

清瑤臉上一紅，放下手中的盤子，退到一旁福了福身。「那奴婢給爺整理床鋪去。」

蕭謹言沒回她，仍沈著一張臉，從椅子上站起來，在房裡踱來踱去。

「到底去了哪裡呢？沒道理不見了。老天爺若是這麼玩我，何必還要我回來走這一遭？」

清瑤整理完鋪蓋出來，隱隱約約聽見最後兩句，嚇得頓時噤聲，不敢出去，只在屋裡繞了兩圈。見蕭謹言神色有些恍然地進來後，才堆著笑，上前為他寬衣。

第四章

阿秀有些認床，整晚睡得不甚安穩，早起時眼眶下黑漆漆的一圈，活像隻小熊貓。

旁邊的阿月打了個哈欠起來，瞧見阿秀這模樣，一下子嚇醒了，蹲在床上問道：「阿秀阿秀，妳的眼睛怎麼變成這樣了？」

阿秀在鏡臺前照了照，眨眨無辜的大眼睛。

這時，琴芳從外面進來，招呼兩人進房服侍姑娘，才進門就瞧見阿月還坐在炕頭上，一迭聲道：「小懶蟲，還不快些，一會兒姑娘就要起身了。」

阿月撲通跳下鋪蓋，這十二月的天，天寒地凍的，她光著腳丫子，又跳起來，坐回床上穿衣服。

阿秀瞧著阿月的小模樣，忍不住哈哈笑起來，想當年她剛進國公府時，也是這麼傻乎乎的。

琴芳見阿秀已經穿上衣服，梳好頭髮，點頭讚許了一下，眼光往下移，瞧見了阿秀的黑眼圈後，才忍不住笑出聲來。「阿秀，妳昨晚沒睡好吧？」

阿秀揉揉眼眶，噘起嘴巴笑了笑。

琴芳又問道：「洗過臉了？」

阿秀點點頭，琴芳便拉著她，往隔壁她住的房裡去了。

畢竟是小戶人家，大丫鬟住的房間，不過就是多了幾樣家什擺設。東西雖然不貴重，但整理得乾乾淨淨，還有一張梳妝檯，上頭蓋著鏡布。

琴芳讓阿秀坐下，從妝奩中拿出一只白瓷小圓盒，揭開蓋子，用指甲摳出一點點淡粉色的粉膏，在手背上抹開，看著很是細膩。

琴芳用指腹沾了一些，往阿秀的下眼瞼點了點，那層薄薄的東西蓋在上面，遮住了原本青黑的眼圈。

「這個東西是姑娘賞的，叫玉膚膏。前年我臉上長了顆痘子，留下好大一個疤，姑娘就給了這東西。如今疤消了，我也不常用，就送妳吧。」

阿秀自然知道這玉膚膏的。前世郡主喜歡養貓，那貓看著很溫和，唯獨遇見她，總是一副張牙舞爪的樣子。阿秀被貓抓傷了幾回，最嚴重的一次，下巴被劃出一道傷痕，世子爺看著心疼，特意去雅香齋買了一盒玉膚膏給她，就是這個香味。

琴芳瞧見阿秀為了點玉膚膏便紅起眼圈，不好意思起來，勸慰道：「阿秀，妳別哭啊，這又不是什麼貴重東西。時候不早了，我們去服侍姑娘起身吧。」

阿秀跟著琴芳回到自己房間，瞧見阿月正艱難地梳著頭。

阿月長得秀氣，一頭黑髮卻濃密得很，可惜頭髮太多，她那小掌心哪能抓得住，扯住了這邊又扯不住那邊，急得她對著鏡子吹鬍子瞪眼。

阿秀走過去，安撫阿月坐下，伸手幫她整理頭髮。梳子在她手底下左翻右翻，最後紮成一對俏皮的雙垂髻，繫上粉色絲帶，一張瓜子臉嵌在中間，別提有多可愛了。

阿月看著鏡中的自己，再看看阿秀，頓時羞得不知如何是好。

這時，琴芳已經幫她們整理好床鋪，拉著她們道：「快走吧，姑娘該起身了。」

蘭家雖然是商戶，但畢竟也是江南的大戶人家，規矩不少。蘭嫣卯時三刻起身，辰時初刻去前院給朱氏請安，然後母女兩人用早膳，接著回房練琴。至巳時，教女紅的孫繡娘就來了。

蘭嫣在南邊時，並沒有學過刺繡，她是按著商家女養大的，榮華富貴從來不缺，這些東西自然不需要自己動手。況且，自蘭姨娘進了許國公府後，蘭家便有意將蘭嫣也送入許國公府，給蕭謹言當小妾。所以蘭嫣和蘭姨娘一樣，琴棋書畫樣樣精通，詩詞歌賦信手拈來。

蘭家人深深知道一個女人要打動男人，除了美貌之外，還需要些什麼。她們不是進去當正房的，不用學那些管家的事，唯一要學會的，就是讓男人眼中只有自己。

可有些東西自己不會做不打緊，要是手下也沒個會做的人，人情往來，多少有些說不過去。所以，朱氏深思熟慮後，進京就給蘭嫣請了個教刺繡的師傅，讓蘭嫣和她的丫鬟們都學著點。

前幾日，朱氏去梅影庵上香，見了蘭姨娘一面。蘭姨娘偷偷向她透露，蕭謹言房裡，定然是要添人的，讓她好好等待時機；又出謀劃策，讓朱氏買兩個容貌好些的小丫鬟跟在蘭嫣身邊，不需要聰明機警，只要模樣好便可。

朱氏自然明白蘭姨娘話中的道理，一一照辦，又像往常一樣，將封好的銀子讓蘭姨娘的下人收好帶回去。

從十二月初一開始，蕭謹言便沒有回玉山書院，整整落下了幾天的功課。反正表少爺孔文也在書院唸書，蕭謹言讓柱兒去孔家借了份手札來，打算自己抄錄，在家裡溫習溫習就好。

其實對於像他這樣的公府世子來說，學再多，也不會跟著那些平民認真去考科舉。許國公讓蕭謹言去玉山書院，無非是想讓他多結交幾個朋友，那些人將來少不得都是大雍的棟梁，以後蕭謹言若是繼承爵位，又有這麼幾個高中的同窗，將來的官途必然是一片順遂。

柱兒出門大半天，仍沒有回來。蕭謹言在書房裡看書，一旁的清霜安靜地磨墨，兩人各自不語，倒讓蕭謹言覺得很安定。

蕭謹言按著腦門，想了半天，開口問道：「清霜，今年是乙未年嗎？」

清霜磨墨的動作頓了頓，回答。「今年當然是乙未年了。後年又是春試之年，國公爺還說讓世子爺也去考鄉試，要是中了舉人，就讓世子爺去軍營裡看看。」

蕭謹言聽了，臉色立時又沈下來。年分沒記錯，日子也沒記錯，怎麼那個該出現的人就是沒出現呢？忍不住哀嘆了一聲。

這時，外頭的小丫鬟急急忙忙跑進來道：「世子爺，不好了！方才走在路上，有人遇見柱兒哥被太太喊去問話，柱兒哥急忙使了眼色，讓人來找世子爺求救呢！」

當世子爺的小廝可不是件輕鬆容易的事情，隔三差五會被孔氏叫去問話不說，若世子爺犯了什麼錯，小廝也要代為受過的。

柱兒跪在正廳裡，心裡偷偷地想，這幾日世子爺沒有闖禍，無非就是讓他多跑幾次腿。世子爺對他是千叮嚀、萬囑咐，絕不能把找人的事透露出半句，怎麼會傳到了太太的耳朵裡？再說了，世子爺為什麼要找一個賣兒賣女的人，他當真不知道啊！

柱兒撓撓頭，反正一會兒要是孔氏問起來，他便咬牙堅持什麼都不知道。信送出去了，世子爺總該會仗義地來救他吧，不然只怕又免不了屁股遭殃了。

孔氏在裡間跟王嬤嬤說話，小丫鬟打起簾子說柱兒到了。

孔氏出來，悄悄瞄了在地上跪著的柱兒一眼，也不說話，端起茶盞，慢慢喝了一口。

柱兒見孔氏不說話，心裡越發沒底，稍稍抬起頭看孔氏，覺得她跟往常沒多大區別，興許跟往常一樣，不過就是問個話而已。

誰知，孔氏放下茶盞，竟然眉梢一豎，吩咐道：「把柱兒給我拉出去打一頓。」

柱兒還來不及開口，門口幾個粗使婆子便進來，架著他就要往外頭去。

柱兒連連求饒。「太太饒命、太太饒命！您要打奴才，好歹讓奴才知道自己犯了什麼錯啊！」

孔氏也不是真要打柱兒，不過想嚇唬嚇唬他，見他有心求饒，就讓那些婆子退出去，問他。「那你說說看，你到底有什麼錯呢？」

柱兒見孔氏反倒問起他來，丈二金剛摸不著頭腦，想不出個所以然，遂一咬牙，哭喪著臉道：「主子要打奴才，便是奴才有錯，奴才只管挨著就是了。」

孔氏知道柱兒從小跟著蕭謹言，對他言聽計從，既說出這樣的話來，怕是蕭謹言早已交代過了，誰問起都不能透露的。

孔氏心裡雖然不受用，但兒子跟前有這樣忠心耿耿的奴才，也是好事；再說，若不是蕭謹言身邊的丫鬟清瑤向她透露這件事，她壓根兒不會知道，現在知道了，不問個清楚，到底不放心。

「你爹娘死得早，只留下你奶奶和你相依為命，我當年看著你可憐，才把你留在世子爺跟前，如今你竟帶著世子爺一起來哄騙我。罷了，明兒我就去找你奶奶，說你大了，該是時候給你配個媳婦、放到外頭去了。世子爺這邊，我另外找人替了你吧。」

孔氏這招實在巧妙，柱兒天不怕、地不怕，就怕家裡的老奶奶。他奶奶原本是老太太的陪房，進了蕭家，便配了蕭家的下人。年紀輕輕守寡就算了，偏生兒子、媳婦都是薄命的，如今只有柱兒一個孫子，還是託了老太太的關係，才跟在蕭謹言身邊；若讓她知道自己的孫子被趕出來，還不得一扁擔把他給打死了。

柱兒嘆了口氣，從兜裡掏出一本藍面線裝冊子出來，呈上去道：「回太太，世子爺從初一開始就待在家裡，怕漏了功課，這不是讓奴才去孔家，向表少爺借筆記來看嗎？這會兒，世子爺還在書房裡等著呢。」

丫鬟將冊子接過去，遞給孔氏看了。

孔氏略略翻了兩頁，放在一旁，知道柱兒並沒有說謊，稍稍緩了怒意，開口問：「那前幾日你在少爺的文瀾院進進出出的，又是為了什麼事？」

柱兒就知道今日逃不過這一問，心裡鬱悶難當，正糾結於到底要不要出賣蕭謹言時，聽見外頭丫鬟傳話。「世子爺來了。」

話音剛落，蕭謹言便自己挽起簾子從屋外進來，身上穿著月白銀絲暗紋團花長袍，天寒地凍的，連件大氅都沒披。

蕭謹言才進門，清霜也跟著進來，手裡拿著一件墨綠色刻絲鶴氅，額頭上還帶著汗珠子，顯然是一路緊追在後頭的。

清霜向孔氏福了福身，站到蕭謹言身後。她平常就是個冷冰冰的美人，雖然是老太太賞下來的，但孔氏素來知道她話少人細心，亦很看重她。這些年，清霜雖然沒有清瑤那般貼心親熱，但規矩、行事也挑不出半點錯來。

孔氏見蕭謹言這樣急急忙忙地來了，把他喊到跟前。「大冷天的，你要出門，把大氅披上才好；便是不披上，讓丫鬟追著你一路跑，總是不好的。」

自病癒後，蕭謹言身上便有些病弱之氣，方才心急跑得快了點，臉色不由有些蒼白。

孔氏見狀，忙從丫鬟那裡拿了手爐，塞到蕭謹言手中。「你的病還沒好全呢，瞎折騰什麼。」

蕭謹言坐下來，一時不知道說什麼好。孔氏是個好母親，在前世也是好婆婆，對他房裡那些通房、姨娘們，都是客客氣氣的，可這事，他如何對孔氏說？說自己從八年後回來了，想找一個喜歡過的小丫鬟？只怕這話沒說完，孔氏先要請上幾個老和尚，讓他們來給他做一場法事、唸一遍經了。

「母親，柱兒的事情，是我交代他辦的，其實也沒什麼，就是……那日我從書院回來，在路上撞了一個老人家，只給銀子就打發人走了，也不知他的傷好些了沒有。」

蕭謹言從小不善言詞，說謊更是第一次，可這事情既然已經被孔氏知道，總要拿個理由推託一下，於是低著頭，不緊不慢地把話說完。

孔氏好奇道：「有這種事？跟著你回來的人怎麼沒提起過？」

孔氏何等精明，見蕭謹言低著頭不肯看自己，便知其中有詐，吩咐道：「春桃，去車房喊一個那日接世子爺回府的小廝來，我有話要問他。」

丫鬟應聲挽起簾子出門，蕭謹言看著那抹背影消失在眼前，急得如熱鍋上的螞蟻，偏生一屋子奴才看著呢，這次只怕丟人丟大了，嘆了一口氣，支著腦袋傷腦筋。

柱子跪在下面，也不敢抬頭看自己的主子，只稍稍挑起眉梢，瞧著蕭謹言滿臉無奈的模樣。

清霜站在一旁，心裡多少明白了。前幾日柱兒確實跑文瀾院跑得有些勤，她雖然不怎麼愛湊熱鬧，但也看在眼裡。此時看蕭謹言支著腦袋、薄唇緊閉，表情說不出的鬱悶，便知道他定然是有事情想瞞著孔氏了。

她想了想，上前道：「爺是不是又頭疼了？奴婢方才就說了，出門要披上斗篷，不然頭著了風，可不是要疼。」

蕭謹言抬起眼皮看了清霜一眼，見清霜那丹鳳眼微微眨了眨，頓時會意，一邊支著腦門作難受狀、一邊假裝道：「不要緊，一陣子就過去了。」

孔氏第一次聽說蕭謹言頭疼，心裡不由狐疑，可看他那神色不像騙人的，於是慌忙問道：「怎麼會頭疼了？什麼時候的事情？以前怎麼沒聽人提起？」

蕭謹言本就是個內斂的人，再加上這十六歲皮囊裡裝的是二十多歲的芯子，實在做不出那種頭疼欲裂的誇張表情；偏生表情越隱忍，越讓孔氏信以為真，立即眼淚汪汪地看著蕭謹言，一迭聲吩咐道：「快……快去請太醫來。」

清霜見孔氏急了，怕蕭謹言這戲演不過去，便撲通跪在她跟前。「太太，世子爺這頭疼的毛病，是那次落水後才有的，平常不怎麼犯，有時候看書看久了，才會疼一會兒，讓奴婢給世子爺揉揉便好了。」

孔氏聽了，將信將疑地讓開，給清霜騰出地方，清霜便伸手揉蕭謹言的腦門。

過了好一會兒，孔氏見蕭謹言的臉色似乎好了些，才開口道：「我的兒啊，你奶娘說你的病還沒好全，我心裡還不信，如今看來，這如何是好了。你別急著回去看書，在我房裡稍稍躺一會兒，等頭疼緩過去了再說。」

蕭謹言點頭，孔氏忙起身，和清霜一起扶著他往房裡去。

這時，春桃傳話回來了。「太太，馬車房的人正在外頭候著呢。」

孔氏這會兒哪有閒心思問話，只隨口吩咐。「讓他回去吧。」

柱兒見孔氏似乎消了氣，忙不迭磕了個頭，緊跟著問：「太太，那……那我呢？」

「你……你到下人房領十板子，年前不要往府裡來了，省得我看見心煩。」

「謝太太恩典。」柱兒聽孔氏這麼說，一顆心落下來，這回他總算沒出賣主子，但這頓打還是沒逃得過，看來今年過年得在炕上過了。

第五章

許國公府裡，老國公夫人趙氏正靠在雕花細木貴妃榻上。老太太雖然已經六十出頭，可保養得宜，看起來不過五十多歲的樣子。一個容貌俏麗、年紀大約三十許的少婦正坐在她跟前的繡墩上，拿著美人拳，有一搭、沒一搭地替她敲著小腿。

孔氏坐在趙氏斜對面的紫檀嵌琺瑯面圓杌上頭，神色恭敬，目光掃過前面的趙姨娘，眼底稍稍顯出幾分鄙夷和不屑。

「這幾日天冷，言哥兒的身子似乎又有些不好了，可能是跟之前落水有關，昨兒還犯起頭疼，雖請太醫來瞧過，說是並無大礙；但我心裡終究放心不下，想著大後天是十五，不如帶著言哥兒去法華寺上香求一求，好保佑言哥兒的平安。」

趙氏撥弄一下手心裡的老蜜蠟佛珠，依舊合著眸子，稍稍頓了一會兒，才開口道：「法華寺在東城外，只怕遠了點。最近年節近了，回京的人多，路上不好走，不如就近去紫廬寺。這吃齋唸佛的事情，講究誠心，只要心意誠懇，便是只在家裡佛堂多上兩炷香，也是一樣的。」

孔氏聽了這話，氣得臉皮都快抖起來，強忍著怒意，壓低聲音道：「這個道理，媳婦如何不懂，只不過看著言哥兒受苦，心裡難受，便想去廟裡讓老和尚給言哥兒唸個經什麼的，興許能好一些。」
趙氏沒接她的話，懶懶問道：「言哥兒怎麼好端端地鬧頭疼了？以前也沒聽說過。」
孔氏深吸一口氣，回道：「昨兒下午疼了一回，讓太醫瞧過，說是可能吹了涼風，養兩日就好。」
趙氏點點頭，從榻上坐起，趙姨娘忙不迭拿了毯子為她蓋好下身。
趙氏又問孔氏。「言哥兒的婚事，妳究竟是怎麼想的？眼看著孩子一天天大了，別人家的孩子，便說沒有娶正妻，房裡也有了一、兩個通房，我瞧著妳這個當娘的，怎麼好像壓根兒沒把這事放在心上？」
趙氏是個爽快人，說話從來不留情面，想到什麼就開口問，一開口就像興師問罪，孔氏最怕的正是這點。
孔氏強壓下怒氣。「我去年就在想這件事，今年言哥兒病了一場，才耽擱下來，如今他的身子又是這樣，我怕若沾了那種事情，他的身子就更……」
趙氏打斷了孔氏，開口道：「我今兒一早看言哥兒來請安，氣色、模樣都好得很，並不像是有病的，是不是妳這個當娘的過分擔心了些？再說了，若言哥兒身子真的不好，辦個喜事沖一沖也是好的。」
趙氏已經把話說到這分上，若孔氏再推辭，就是不孝了。
趙姨娘一直在旁邊聽著，見房裡沒有別人，便笑著道：「說起這個，我倒覺得言哥兒和趙家表姑娘般配得很。表姑娘似乎明年就及笄了吧？」

孔氏如何不知道趙氏的盤算，一門心思想撮合蕭謹言和她娘家的姪孫女。那趙姑娘從小就是打打殺殺的個性，跟他們趙家人一個脾性，破落戶似的，在京城裡的風評，真叫不堪入耳。

孔氏聽趙姨娘這麼說，憋著的怒火再也壓制不住，拍了身旁的小几一把，站起來道：「我跟老太太商量事情，有妳這個奴婢插嘴的分嗎？世子爺的終身大事，是妳這奴婢可以指手畫腳的？」

孔氏一轉頭，朝著外頭喊。「王嬤嬤，把趙姨娘拉出去掌嘴二十！」

趙氏沒料到孔氏突然發作，才想攔著，王嬤嬤已經帶著幾個婆子，把趙姨娘給拉了出去。

趙氏雖然凶悍，但腦子還算好使，這件事是趙姨娘自己把臉湊上去的，孔氏忍了半天，借題發揮而已，怪只怪趙姨娘的腦子實在太笨。

最終，趙氏還是沒攔著孔氏，看著王嬤嬤把趙姨娘給拉走了。當初她接趙姨娘進國公府，原就是看上她那張臉而已，沒承想她還真是個沒腦子的！

「人都被妳拉走了，有什麼話就說吧。」趙氏冷著臉道。

孔氏畢竟在趙氏跟前做小伏低十幾年，這會兒神色又緩和下來，開口道：「不瞞老太太，言哥兒的婚事，媳婦一直都放在心上。論人品、相貌，我娘家的姪女孔姝，在京城裡也是數一數二的。」

趙氏聽孔氏說起孔家大姑娘，只搖搖頭。「我就不喜歡那種姑娘，說好聽了叫貞靜文雅，說難聽了便是木訥，哪有玉兒活潑可愛。」

孔氏聽見活潑可愛這幾個字，覺得頭頂又要冒煙了。十幾歲的大姑娘，還整天上房揭瓦、爬樹掏蛋，這哪裡是活潑可愛，分明是沒規沒矩。

「我最近聽豫王妃說，太后娘娘有意為欣悅郡主賜婚。王妃的意思是，言哥兒的婚事，不用太著急，可以先等一等。」

孔氏知道自己和趙氏從來是針尖對麥芒，各持己見，如今唯一的辦法就是緩兵之計。欣悅郡主是明慧長公主的獨生女、太后娘娘的親外孫女，父親廣安侯如今又掌管戶部，可謂榮極一時。

趙氏聽了，面色也稍稍緩和。「洪家和你們孔家是姻親，難道妳娘家的嫂子不想娶這個兒媳？」

孔氏聞言，暗嘆趙氏又老又精，連這些細枝末節的事情都打探清楚，只能陪笑道：「太后娘娘極寵郡主，只怕到時候還要聽郡主自己的意思。」

趙氏聽孔氏言之鑿鑿，一時倒沒了異議。「若言哥兒真的娶了郡主，我這老太婆的心也可以放下來了。」

孔氏瞧著趙氏那副老狐狸動歪腦筋的樣子，再不想和她周旋，尋了個由頭，先告退了。

阿秀坐在炕上，正專心致志地繡著一個荷包，上頭是蘭花的紋樣。過了臘八，孫繡娘就放了假，沒來蘭家教女紅，這花樣子還是她從蘭嫣丟在一旁的針線簍裡找出來的。蘭嫣姓蘭，也喜歡蘭花，阿秀便想著繡個蘭花荷包，當作她給姑娘的見面禮。

阿月拿著一包糖從旁邊走來，拿起一塊塞到阿秀嘴邊，阿秀張開小嘴巴，含進嘴裡，滿滿的甜味在舌尖瀰漫。

「阿月，妳少吃點，看妳進府才幾天，已經胖了一整圈。」

阿秀再清楚不過她和阿月被選進府的原因，要不是因為這張臉，她們哪來這樣好的待遇；可若是像阿月這樣使勁吃，把身材吃走樣，再好的容貌，到時也是一胖毀所有了。

阿月嚼了幾口糖，心滿意足地躺在阿秀身邊，安安靜靜看著她做針線。

「妳不知道，我家裡可窮了，一年到頭吃不到個甜味的東西。我娘說，甜的東西就是很好吃、很好吃的，誰知道能這麼好吃，簡直吃得停不下來……」

阿秀轉過頭看阿月，放下手中的針線，托著腮幫子，一本正經道：「先苦後甜，便是不那麼甜，也是甜的；若是先甜後苦，便是沒那麼苦，也是苦的。」

阿月哪裡聽得懂阿秀說的話，翻身打了個哈欠。「我睏了，睡覺。」

阿秀連忙把阿月從床上推起來。「不漱口不能睡覺！萬一以後張嘴滿口壞牙，誰敢要妳啊！」

阿月滿不在乎道：「我聽琴芳姊說，我們是給姑娘當陪嫁的，以後的男人就是姑爺，難道姑爺還會因為我牙不好，把我退了不成？」

阿秀不知道阿月的小腦袋瓜裡哪來這些奇奇怪怪的想法，想了想道：「那更不行，萬一姑爺生妳的氣，把姑娘一起退了怎麼辦？姑娘對我們那麼好，我們可不能害她。」

阿月聽阿秀講得頭頭是道，連忙從床上翻身起來，到外頭打水去了。

阿秀合眸躺在床上，伸手摸了摸自己的嘴唇。以前，世子爺就喜歡這樣壓在她身上，然後目不轉睛地看著她，從她的額頭一直吻到唇瓣，用最溫柔的聲音對她說：「阿秀，妳的牙齒就像珍珠一樣，我好想看看裡面藏著什麼。」接下去，就是鋪天蓋地的吻。

阿秀忽然覺得有些臉紅，她現在才十歲，居然會想到那些事情……

阿月打了水從外面回來，見阿秀躺在炕上不說話，便神神秘秘地靠過去，湊到她耳邊道：「聽說十五那天，太太要帶我們去紫廬寺上香。」

阿秀翻了個身，從床上起來，忍不住好奇地問道：「好好地怎麼會去紫廬寺上香？家裡出了什麼事嗎？」

阿月不過是道聽塗說，見阿秀問起，便隨口道：「這我可不知道，我就是看見柳嬤嬤在外頭備香燭銀錢，才知道的。咱們能出門玩就成了，別的跟我們也沒關係呀。」

孔氏半倚在紅木羅漢榻上，身後墊著寶藍色綾緞大迎枕，臉上神色卻是少有的疲憊。見王嬤嬤從外面進來，忙不迭支起身子問道：「明兒去紫盧寺的事情，都準備好了嗎？」

王嬤嬤笑著，從丫鬟手裡接了杯熱茶，送到孔氏跟前。「都好了，寺裡也派人去打點過，預留了清靜的禪院。」

孔氏就著茶盞抿了一小口茶，想了想道：「一會兒妳派個小廝，去孔家給我嫂子傳信，說我們明兒去紫盧寺。」

王嬤嬤自然知道孔氏的意思，點頭應了，又問道：「太太今兒把欣悅郡主的事情透露給老太太知道，莫非太太也有意想和廣安侯府結親？」

孔氏擺了擺手，擱下茶盞。

「老太太一心覺得他們趙家姑娘是最好的，這時我要是堅持認定表姑娘，只怕她越要跟我作對；拋出欣悅郡主，是想讓她作作白日夢，少在我面前提起趙姑娘罷了。」

見王嬤嬤臉上略略有些擔憂之色，孔氏笑著道：「妳放心，我聽大姑奶奶說了，明慧長公主看上我姪子孔文，只怕等欣悅郡主一及笄，就要讓太后娘娘賜婚了。」

王嬤嬤聞言，鬆了口氣。「那就好。其實以我們國公府的門第，倒不需要再娶個公主、郡主的。太太守了一輩子媳婦規矩，總不能找個兒媳婦，還壓著自己一頭。」

孔氏見王嬤嬤說得坦誠，又處處替自己著想，便嘆氣道：「如今也只有妳還知道心疼我了……」

蕭謹言坐在小書房裡看書，看著看著，思緒就不知道飄去了哪裡。

這些書，他前世都讀過，甚至記得上一世鄉試的內容，便是從現在開始不用功，只讓小廝出門買幾份舊考題，考上舉人也是綽綽有餘的事。

蕭謹言合上書本，瞧見清霜正低著頭為他慢慢磨墨，臉上沒什麼表情，不知她在想些什麼。前一世清霜下場可憐，最後被發賣出國公府，為了什麼，蕭謹言至今仍記得，大抵是小時候表兄弟之間走動多了，清霜喜歡上自己的表兄孔文，最後被人告發。舅母急匆匆來了蕭家，幾番言語後，孔氏就把清霜賣了。

這些事情，蕭謹言都是事後才知道的；若當時知情，兄弟之間送個丫鬟也沒什麼大不了，只要把事情做在明面上，那些閒言碎語就沒得說了。

「清霜，墨乾了。」蕭謹言喊了清霜一句。

發現清霜沒應聲，蕭謹言遂清了清嗓子，繼續道：「明兒我去紫廬寺上香，孔家的人應該也會去。妳素來喜歡清靜，我還是帶清漪和清瑤去吧。」

清霜聞言，頓時停下了手上的動作，瞪大眼睛道：「出去玩誰不喜歡？世子爺不帶奴婢去，分明就是不喜歡奴婢，虧得奴婢還撒謊幫世子爺。」其實她撒謊不只是為了幫蕭謹言，而是為了幫柱兒這小信使。她和孔家公子魚雁往返，總要有個在中間跑腿的人。

蕭謹言擰眉道：「就是為了頭疼，才鬧出上香的事，也不知道妳是幫我，還是害我。」

清霜被說中心思，臉紅了，卻又不曉得怎麼跟蕭謹言解釋，便默默站在一旁，看著倒有幾分楚楚可憐的樣子。

「行了，那帶妳和清漪去吧。這幾日清瑤忙裡忙外，是時候讓她休息休息了。」

蕭謹言知道清瑤是孔氏的人，既然他和孔氏在一起，便不想讓她跟著。以前不懂事，如今重活一世，更覺得這種耳報神一樣的下人，看著讓人厭煩。越是厭煩她們，便越是想念阿秀，想念那個受了委屈不吭聲、被人欺負不反抗、犯了錯第一個被推出來揹黑鍋的小丫頭。

蕭謹言覺得心口上一抽一抽地疼，想著想著，不禁落下淚來，仰著頭，用雙手覆面。

清霜恰巧抬起頭，卻瞧見一滴淚順著蕭謹言的指縫滑落，心跟著咯噔跳了一下。

其實她不是沒發現，自從世子爺病好以後，雖然功課沒有退步，可看書的心思卻是一點兒也沒了。任憑什麼書，拿到他手底下，看上兩頁，再抬頭，他不是在發愣，就是嘆氣。若說世子爺病了，只怕也稱不上；若說沒病，只怕他也確實病了，這病倒像極了她想孔家表少爺時那種茶飯不思的感覺，總覺得心裡空落落的，做什麼都提不起精神來。

清霜悄悄看了蕭謹言一眼，又在心裡把府中上上下下的姑娘一個個想過了一遍。如今蕭謹言到了年紀，若真有看上的丫鬟，只管回了太太收房就好，何必受這相思之苦呢？

清霜想了想，搖搖頭，內心猜著，世子爺莫不是喜歡上了外頭的姑娘，不知道是哪家的？平常趙姑娘和孔姑娘常來府裡玩耍，如今年紀大了，表兄妹之間因此見得少，難道會是她們其中一個？

第六章

到了晚上，老太太那邊果然派人來喊清霜過去回話。

清霜和清珞以前都是老太太跟前的，清霜是外頭買的丫鬟，家裡有些根基，死了父母後，家產被族人侵占，把她賣給人販子，輾轉到了許國公府；清珞則是老太太陪房嬤嬤的孫女，到世子爺房裡，不過是想著錢多又清閒，便是以後不給世子爺做小，家裡人自然會給她安排一個好去處。

清霜身世可憐、容貌又好，老太太是存了心思，想讓她長長久久服侍蕭謹言的。

「聽說前幾日世子爺犯頭疼了，可有此事？我瞧他來請安的時候，分明好端端地。」趙氏對孔氏的話，向來是只信個三、四分的。

「前日世子爺確實頭疼過一會兒，請太醫看過了。太醫說大抵是風大，著了涼，晚上喝一帖藥就好，這幾日沒再犯過。」清霜一五一十地回道。

「我知道妳是個細心孩子，又識文斷字，原本在書房服侍是再好不過，可如今世子爺身子有恙，妳應當要貼身服侍著。」

清霜如何不知老太太對她的心思，恭敬地福了福身子道：「老太太說得是。明兒世子爺去紫廬寺上香，奴婢會跟在世子爺身邊。」

「妳是個妥帖的姑娘，有妳跟著，我也放心。以後有什麼事情，只管來回我，我自然不會虧待妳。」

清霜是個聰明人，想了想，道：「老太太放心，若世子爺真的有事，奴婢必是第一個來回老太太的；若奴婢沒來，世子爺定是好好地。如今世子爺大了，似乎不大喜歡奴婢們亂說話，我今兒來老太太這邊，回去還是要稟了世子爺，讓他安心才好。」

趙氏沒想到清霜考慮得如此周到，的確如此。偌大一個國公府，人多嘴雜，清霜從文瀾院一路走到榮安堂，路上不知多少人瞧見了，便是那些人不向蕭謹言說什麼，自然也要跟孔氏說三道四，到時候又抱怨她這老太太過問孫子房裡的事情了。

於是趙氏笑道：「去吧，回去就老老實實告訴言哥兒，說我擔心他身子，想請他過來，但這天寒地凍的，又怕他凍著了，喊個丫鬟過來問話，也是一樣的。」

清霜回文瀾院時，院子裡的氣氛果然有些不對勁了。

清瑤在府裡人面廣，又是太太的人，自然消息靈通。小丫鬟們見清霜回來，各自低著頭不說話，散開忙自己的活計去了。

清漪從房裡出來，瞧見清瑤，便扯著嗓子喊。「有人攀高枝回來啦。」

清霜不理她，再清楚不過，清漪是棒槌性格，沒啥心機，不過就是一張嘴不饒人，平常都被人當槍使的。

清霜笑笑，上前掀開石青色頭緞面門簾，見蕭謹言也在屋裡坐著，清瑤正端著茶盞奉上。兩人神色平靜，倒像是沒事人一樣。

清霜上前欠了欠身子，大大方方地開口道：「回世子爺，方才老太太喊奴婢過去問話，聽說爺前幾日頭疼，很是擔心，讓奴婢回來好好服侍。」

蕭謹言聽完清霜的話，心裡忽然有了個想法。既然清霜早已心有所屬，為了避免不必要的尷尬，讓她貼身服侍著，總比清瑤、清漪兩個整天想爬床的強一些；至於孔文表兄那裡，只要到時完璧歸趙，相信他應該不會有大意見才是。

「既然老太太這麼吩咐，那從今兒起，妳不用一直待在書房了，就在我跟前服侍著。我上哪兒，妳跟著上哪兒，明白嗎？」

清瑤端著蕭謹言喝過的茶盞，冷不防聽見這麼一句，驚得手指一軟，茶盞堪堪摔到了地上。

紫廬寺和法華寺是京郊的兩大寺廟，素有東法華、西紫廬之稱。許國公府正巧在京城西面，所以去紫廬寺確實比法華寺近上許多。紫廬寺的後山還有一眼狀元泉，聽說喝了便能中狀元。

坐在馬車裡的阿秀懷著期待的心情，正往紫廬寺來。

因為阿月繡花的功夫不好，朱氏要她留在家裡繼續練習，而阿秀得以和蘭嫣她們一起來紫盧寺上香。

前世阿秀在許國公府，平常是不能出門的，偶爾世子爺心情好，會讓她打扮成小廝，跟在他身後玩上一、兩個時辰。

孔氏寬厚，即便知道了，也從不當面訓斥，只是私下找阿秀過去，一邊問世子爺最近的飲食起居、一邊旁敲側擊，讓她不要忘了自己的身分。跟著爺在外頭跑，可不是大戶人家姨娘的做派。孔氏雖然這麼說，但也從不苛責她；孔氏是典型的慈母，只要誰對世子爺好，她便能對誰好。

而最後害死阿秀的郡主，若是沒有經歷那一晚，阿秀也一直覺得，郡主是再寬厚不過的主母了。

阿秀搖搖頭，甩去紛繁的想法，現在對她來說是新的開始，不論結果如何，她已經和世子爺完完全全地錯過了。

馬車行至路口，忽然停下來，邢嬤嬤挽起簾子向車伕問話。「前面怎麼了？怎麼不走了？」

車伕拉著轠繩，將車靠到一旁停穩了，才回道：「後頭有官家車隊要過去，我們先讓個路。」

朱氏聞言，開口道：「那等一會兒吧。」

商戶人家就是這樣，說起來什麼都不缺，家財萬貫、富貴吉祥，可這地位偏偏就是低人一等。

官道說寬不寬、說窄不窄，正巧夠三輛馬車並排而過。說話間，幾輛馬車已經慢慢往前面來，帶路是兩個翩翩公子，都穿著厚重鶴氅，即便如此，也遮掩不了他們出眾的容貌，一個手神俊美、溫文爾雅；另一個眉飛入鬢、神采飛揚，兩人並轡而行，談笑風生。

「聽說你們府上最近又新進了小丫鬟，有沒有看上眼的？」孔家世代書香，孔文更是謙謙君子，說出這種話來，也不顯得低俗。

蕭謹言很好奇孔文會這麼問他，只笑道：「小丫鬟還沒長開，有什麼看不上、看得上之說；再說我房裡的四清，已經是我們國公府拔尖的人了，確實沒看上更好的。」說著，難免就有些落寞。

自從蕭謹言病癒後，孔文便發現，原本沈穩的他，如今越發喜歡嘆氣了。

「最近我們府裡倒是新來了幾個小丫鬟，雖然還未長開，但以後定是絕色，可惜都讓你表妹選了去。」孔文雖然這麼說，但言語中卻聽不出半點可惜之意。

蕭謹言眼神一閃，問道：「那些小丫鬟叫什麼名字？」

「鄉下人家的孩子，能有什麼好名字？無非就是花啊草啊，只怕你表妹早就幫她們改了。」

孔文拉了韁繩，等身後的馬車上前，對著馬車裡的人問道：「妹妹，妳言表哥問妳，有沒有給丫鬟取好聽的名字？」

「丫鬟的名字要什麼好聽，上口就好，不過隨便胡謅了兩個，一個叫文秀、一個叫詩韻。」

蕭謹言聽見一個秀字，握著轠繩的手抖了抖，只覺額頭上的冷汗都要冒出來了。

孔文見蕭謹言這大冷天的竟沒來由冒了冷汗，忙開口道：「本就說好要坐馬車，你偏要騎馬。前幾日還聽姨媽說你頭疼，這次來紫盧寺，正是為了這個，我怎麼就被你誆騙過去了？」說著翻身下馬，身後跟著的小廝急忙上前，替他牽馬轠。

蕭謹言拉著馬轠前後看了看，只見天地間一片白皚皚的，樹枝上結著冰花，說不出地好看。不遠處的路邊，兩輛商戶人家的馬車正一前一後停在旁邊，分明是等著他們先過去。

蕭謹言下馬，跟著孔文上了最後一輛馬車。

孔氏和洪氏姑嫂倆正坐在車裡聊天，見兩個半大孩子終於受不住凍跑進來，忙不迭給他們讓出位置，將手爐遞到兩人手中。

「都說了讓你們坐馬車，非要學著別人騎馬。這天寒地凍的，要是凍壞了，可怎麼得了？」洪氏伸手拂去孔文頭髮上的寒霜，笑著道：「一會兒你表妹見了你，只怕又要笑話你了。」

「您說什麼？欣悅也來了？」孔文聞言，將臉拉得老長，頓時少了方才那分談笑風生的神情。

孔氏將將把手爐遞到蕭謹言懷中讓他暖著，聽洪氏這麼說，開口問道：「怎麼，欣悅郡主也來了？」

洪氏回答。「昨兒我接到妳的信，派人去廣安侯府說了一聲。年節前，孩子們也就這麼個見面的機會，所以請了郡主。」

孔氏聽洪氏這麼說，便沒再說什麼。豫王妃說了，明慧長公主屬意的是孔文，她到底放心些；再看洪氏的意思，似乎對孔姝和蕭謹言的婚事也是很看好的。

洪氏幫孔文理好頭髮，這才抬起頭，目光又落在蕭謹言的臉上。這個甥兒的容貌隨了她的小姑子，又結合許國公的英氣，兩邊好處湊到一起，瞧著倒是越發出挑。

「言哥兒過了年就十七，我家姝兒也十五了，二月及笄，到時你們都得來參加她的及笄禮。」

洪氏這話說得毫不含蓄，兩個男孩子都大了，如何聽不出其中的意思。

蕭謹言發現，前世的一切果然在重演，唯一改變的，只有未按計劃出現的阿秀。

後來，孔姝不知為何病了一場，又鬧出孔文和清霜的事情，廣安侯府知道後，當下就退婚了；孔姝尚未康復，太后娘娘卻忽然為欣悅郡主和蕭謹言賜婚。直到現在，蕭謹言都沒能弄明白，前世的自己到底為什麼會糊裡糊塗娶了欣悅郡主。

孔氏聽洪氏這麼說，只笑著答。「是呢，十七了，我這兩天正打算給他房裡放人。服侍他的幾個丫鬟，妳也熟識，倒是瞧瞧哪兩個稍微出挑點，我回去讓她們開了臉，放在言哥兒房裡。」

孔氏當著洪氏的面這麼說，明擺著是想讓她選人。既然以後妳家女兒要進我家的門，我不能保證兒子不納妾，至少讓妳在這方面做個主吧。

洪氏自然明白孔氏的意思，像孔家這樣訂下四十無子方可納妾規矩的人家，在京城畢竟是少數。孔氏何等厲害，苦熬了十來年，許國公還不是一個接一個將妾室納進門。

洪氏想了想，開口道：「我瞧著今兒言哥兒帶著的清霜，模樣、性情都不錯，看著不是那種油頭滑腦、心思靈活的，若是非要我選一個，那就她吧。」

這話才說出口，孔文懷裡的手爐撲通一聲，掉到馬車夾板上去了。

阿秀跟著蘭嫣和錦心在馬車裡等著，略略覺得無聊。

看見路邊的老梅樹開得正鮮豔，遠遠就能聞到香味，阿秀挽起簾子仔細瞧著，想牢牢記住了，回家描花樣繡下來。

錦心瞧她一臉認真的模樣，見後頭馬車走得慢，只怕一時半刻還不會啟程，索性跳下馬車。「阿秀，妳等著，我幫妳折一枝回來。」

蘭嫣心裡也想著那梅花，見錦心下車，忙不迭喊道：「多折兩枝，回去插在我房裡那青花白地瓷梅瓶裡，可以香好一陣子呢。」

錦心應了聲，一腳高、一腳低地往老梅樹走去，才走幾步，腳下打滑，哧溜一下便摔了個跟頭，幸好地上是厚厚的雪，沒受傷。

阿秀見了，急忙跳下車，一蹦一跳過去，想把錦心扶起來，誰知雪太滑，她還沒靠近，小身子也跟著往前直衝，腳底像抹了油一樣，跌倒在錦心身旁。

車裡的蘭嫣瞧見了，笑得上氣不接下氣。「還指望妳們折梅花呢，倒先坐化了一屁股的雪花。」

這時，蕭家馬車從旁邊經過，蕭謹言聽見聲音，微微側頭，瞧見一個嬌小的背影正扶著人從雪地裡爬起來。

那小姑娘紮著雙垂髻，兩條雪青色絲帶在風裡飄呀飄的，襯著那棵開得正燦爛的蠟梅樹，當真是美不勝收的風景。

第七章

蘭家的馬車在路邊等了好一會兒，待孔、蕭兩家的車都過去了，才重新啟程。

錦心折了兩大枝蠟梅花，車裡瀰漫著蠟梅的香味，當真讓人心曠神怡。

阿秀拿出趕製了幾天的荷包，偷偷採了幾朵蠟梅花放進去，想等一會兒去上香時放在佛龕，等香客們磕過頭、開過光，把蘭花紋樣的送給蘭嫣，青竹圖樣的自己留著。

因今日是十五，紫廬寺香火鼎盛，山門下早已停滿各家的馬車。孔家和洪家的車才到山門口，便有接待的僧人出來相迎。

車簾還未掀開，就聽見姑娘們嘻嘻哈哈的笑聲，原來是蕭瑾言的妹妹蕭瑾璃和孔家大姑娘孔姝正在說笑。

只見簾子一閃，孔姝和蕭瑾璃由丫鬟扶著下車，孔姝著白狐鑲邊的猩猩氈大氅，鵝蛋臉膚如凝脂，端莊貴氣；蕭瑾璃則稍顯瘦削，身量較小，但粉妝玉琢，一雙杏眼顧盼神飛，一派小姑娘的天真可愛。

「表姊表姊，妳快看，這寺院外頭的紅梅開得可真好呀，比方才路上那一株蠟梅樹好看多了。可惜……」

「可惜什麼？」

「可惜一會兒那兩個小丫鬟來了，這兒的紅梅只怕也要遭殃了。」

孔姝想起剛才摔在雪地裡的兩個丫鬟，也忍不住掩嘴笑了笑。「我瞧著，妳不是可惜這些梅樹，而是對那兩個小丫鬟羨慕得緊吧？」

蕭瑾璃聽了，翹起唇瓣，一臉不服道：「姝姊姊最沒意思，要是趙家表姊在，斷不可能這麼說我的。」

另外兩輛馬車上，孔氏和洪氏相繼下車，和出來相迎的僧人見過禮，一行人浩浩蕩蕩往寺院裡去了。

蕭謹言走了兩、三步，忽然覺得有東西砸到後背，緊接著臉頰上冰涼一片，清脆的聲音從身後傳來。「言表哥真是的，出來玩也不喊上我。」

清漪和清霜跟在蕭謹言身後，聽見聲音便知道是趙家表小姐來了。清霜忙不迭上前向趙暖玉行禮，清漪素來不喜歡這個沒規沒矩的表小姐，只拿帕子為蕭謹言擦去臉上未化開的雪花。

孔氏聽了這聲音，後背不由一涼，強忍著擰眉的衝動，轉身瞧了趙暖玉一眼。只見她穿著鮮紅的騎馬裝，頭上毫無贅飾，不過是將辮子編成攢心小辮，攏到頭頂，用一圈白珍珠絡住，乍一看，還有幾分男孩子的英氣。

蕭謹言對這個表妹倒是不討厭，前世兩人相交甚好，不過老太太總想把兩人湊成一對。好在沒兩年邊關告急，趙將軍奉命出征，趙暖玉巾幗不讓鬚眉，跟著她爹一起打韃子，還混出女將軍的名號。

趙暖玉兩、三步走到孔氏和洪氏跟前，微微福了福身子，抬起頭俏皮地看了孔氏一眼。

「給表嬸請安、給洪夫人請安。」

孔氏對趙暖玉本就有三分成見，再加上老太太一味誇讚她好，又多了兩分；倒是洪氏對這樣機靈古怪的姑娘並不排斥，孔姝從小文靜，洪氏覺得，女孩子靈巧些，也很討人喜歡。

兩人還未及喊趙暖玉起身，那邊蕭瑾璃已拉著孔姝過來，孔姝一邊走、一邊笑著道：「欣賞妳的人來了，這下妳可高興了。」

蕭瑾璃忙迎上去，拉著趙暖玉的手。「玉姊姊，妳瞧瞧，這寺外的紅梅開得多好看，一會兒我們去折兩枝好不好？」

趙暖玉想了想道：「折下來，過兩天就謝了。我哥院子裡有一株紅梅，種了好些年，如今他在邊關練兵，鮮少回來，不如明兒我讓下人掘起來，送到許國公府，直接種到妳的玲瓏院裡，妳說好不好？」

趙暖玉的兄長趙暖陽，正是前世蕭瑾璃所嫁之人。蕭瑾璃此時已情竇初開，聽見趙暖玉這麼說，紅著一張小臉。「那……那怎麼好意思呢，萬一表哥回來，想要賞花了怎麼辦？」

「那讓他去妳的玲瓏院賞唄。他難得回來，留著那樹孤零零的，也怪可憐的。」

孔姝站在一旁，早已將蕭瑾璃的表情盡收眼底，笑著湊上去道：「這梅樹種在妳的院子裡，除了賞花，實在還有別的好處呢！」

蕭瑾璃不解地問道：「什麼好處？」

孔姝笑了笑，拿帕子半遮容顏，小聲道：「睹物思人唄！」

蕭瑾璃頓時氣得臉紅脖子粗，不等孔姝逃走，便要追上去，卻被趙暖玉一把拉住了。

「妳就說吧，到底要不要？」

蕭瑾璃噘著嘴，然後咬了咬唇瓣，羞答答地點了頭。

阿秀挽起簾子，瞧了車外一眼，方才天色還大亮，這會兒倒是暗了下來，空中飄下鵝毛大雪。所幸馬車裡鋪著厚厚的羊毛氈子，捧著暖爐，倒也暖和。

蘭嫣似乎對這次紫盧寺之行並不是很期待，一路上都在打瞌睡。錦心上前，幫她把蓋在身上的斗篷掖好，才低聲跟阿秀說起話來。

「阿秀，妳是想跟著姑娘去姑爺家呢，還是比較想以後出府找個老實本分的人做正頭夫妻？」

阿秀聽了，抬起頭看錦心。其實這問題在她進蘭家的第二天開始，她就不想了，總覺得現在考慮這件事遠了點，不過錦心問起，她便又想了想。

「我自然是想出去做正頭夫人。若跟著姑娘去了姑爺家，姑娘肯定會給我們配個正經人家，不過那樣就不能長長久久服侍著姑娘了。」作為下人，實在沒資格談論自己的幸福，靠著主子，主子過得好，自己便跟著好運些罷了。

錦心看著阿秀的表情，伸手捏了捏她的鼻子。「小小年紀卻一本正經，不知道的，還以為妳七老八十了呢。」

阿秀慌忙低下頭，裝出一副窘樣。老芯子裝在這嫩肉裡，一不留神就忘記自己幾歲了。

孔氏和洪氏入了山門，拜過各個大殿裡的菩薩，然後進禪院閒聊起來。

孔文和蕭謹言走在前頭，身後跟著三個姑娘。蕭瑾璃往四周瞧了瞧，挑眉道：「我就說這寺裡沒什麼好玩的，這麼冷的天，一大早的，還不如在我的玲瓏院裡暖被窩呢！」

趙暖玉笑著道：「聽說這紫廬寺後山有狀元泉，不然我們去打泉水去。我哥說，等開春從軍營裡回來，還想去考個武狀元呢！」

蕭瑾璃聽趙暖玉這麼說，一雙眼睛亮了起來。「表哥年後要回來嗎？是不是要在家住上一陣子？我聽說最近北邊沒有打仗，天寒地凍的在營地裡守著，不如待在家好。」

「這我也不清楚，守邊的將士不能擅自回京，這回是老祖宗去求了太后娘娘，說我哥年紀大了，要回來……」趙暖玉的話還沒說完，蕭瑾璃的臉頓時通紅起來，於是改口。「反正他過完年會回來是真的。」

孔姝往前走了幾步，似乎心事重重的樣子。「聽說欣悅郡主也要來，怎麼這會兒還沒到呢？」

蕭瑾璃對欣悅郡主沒有好感，長著一張討喜的臉，偏偏是個刁蠻性子。對於同樣被捧在掌心裡長大的蕭瑾璃來說，欣悅郡主也沒什麼好的，不過仗著自己是當今太后的親外孫女，便把眼睛長在頭頂上。

「欣悅姊姊那麼愛睡懶覺，只怕這會兒還在被窩裡孵小雞呢！」

蕭瑾璃的話音剛落，便看見有人大步從門外走進來。

「是誰又在背後說我壞話？這次可被我抓個正著了！」

「什麼背後說人壞話，我不過實話實說而已，難道妳不是我們中間來得最晚的人嗎？」

蕭瑾璃撇撇嘴，瞧見欣悅郡主身後的洪欣宇，笑著迎上去。「宇表哥，你也來啦。」說起來，蕭家和洪家並沒有親戚關係，不過孔家和洪家是姻親，所以蕭瑾璃也跟著孔姝，稱洪欣宇一聲表哥。

孔姝見到洪欣宇，微微欠了欠身子，洪欣宇抱拳還了半禮。

欣悅郡主瞧著四周白茫茫的一片，撇撇嘴。「這大冷天的，沒什麼好玩，還是進屋去，喝杯熱茶暖暖身子。」

蕭瑾璃素來不愛與欣悅郡主為伍，拉著趙暖玉的手道：「玉姊姊，我們去後山找泉水，一會兒帶些回去埋在梅花樹下，下次你們來我家，我用它泡君山銀針給妳喝。」

孔姝見蕭瑾璃拉著趙暖玉的手走了，只能看著她們笑笑，上前和欣悅郡主攀談起來。說起來，她們雖然是表姊妹，但年紀相仿，孔姝不過比欣悅郡主大了一個月而已。

欣悅郡主見孔姝迎上來，還是那副不理不睬的樣子，轉身道：「表姊，我們進去喝茶，這大冷天的，哪裡還有泉水，只怕早被凍成冰塊了。」

大殿裡香客來來往往，絡繹不絕，阿秀跟在蘭嫣身後，一個殿、一個殿地參拜。

朱氏跪在佛前，虔誠地合上雙眸，口中唸唸有詞。阿秀將兩只香囊放在佛龕前的佛臺上，自己跟著跪下來，三跪九叩。

保佑世子爺這輩子長命百歲、福壽安康。阿秀心裡想著，嘴邊露出笑意。

朱氏起身，瞧見阿秀仍舊伏趴在佛像前，樣子是說不出的虔誠，忍不住點頭笑笑。

這時，邢嬤嬤在殿外給朱氏使了個眼色，朱氏便提起衣裙走到殿外。

邢嬤嬤湊上去，小聲道：「打聽到了，許國公府休息的禪院就是西邊的菩提院。不過，除了許國公府，今兒孔家也來了。」

朱氏淡淡嘆了口氣。「早聽說國公夫人有意娶孔家姑娘做世子夫人，只怕這次是有意為之。我們不必太過刻意，一定要讓她們以為只是巧合，千萬別讓蘭姨娘難做。」

邢嬤嬤應了。「我方才已捐足香油錢，點名要了菩提院隔壁的明鏡院休息。」

朱氏點頭，看著還跪在佛祖跟前的蘭嫣，心裡有幾分不捨。

蘭嫣跪拜完，阿秀上前扶她起來。

大殿門口的籤筒裡放著竹籤，白鬍子的老和尚正翻看著手中的書卷。

蘭嫣走過去，手指碰了碰籤筒，卻是不敢拿起來，又縮回手。

老和尚抬起頭，捋著山羊鬍子看蘭嫣一眼，笑道：「小姐近日紅鸞星動，難道不想求一籤看看姻緣？」

朱氏站在門口，聽見這句，心跳莫名快了起來。正主就在紫蘆寺裡，偏生這老和尚說蘭嫣紅鸞星動，莫非有些指示？

「嫣姐兒，既然大師這麼說，那妳求一籤也無妨。」

朱氏進殿，看著蘭嫣手下的籤筒，有了幾分期待。

蘭嫣信手將籤筒拿起來，遞給阿秀。「那妳幫我求吧。」

阿秀抱著籤筒，真是進退兩難。她兩輩子都沒求過籤，萬一運氣不好呢？要是求了個下下籤，豈不是……

阿秀看看朱氏，朱氏見蘭嫣這樣，也不勉強她，只笑著對阿秀道：「妳去吧，心誠則靈，佛祖不會怪罪的。」

阿秀見朱氏發話，不擔心了，便落落大方地跪在菩薩跟前，三跪九叩後，舉起籤筒搖晃。

蘭嫣看著阿秀手中晃動的籤筒，只抓著手絹，心裡不由緊張起來。

「踏破鐵鞋無覓處，得來全不費工夫。」老和尚撚著山羊鬍子，唸出阿秀抽到的籤詩。

蘭嫣眼波一動，嘴角似乎微微翹起。

朱氏不懂這兩句的含義，問道：「敢問大師，這事情……到底是成還是不成？」

老和尚點點頭。「事情自然是成的，不過中間也許會有些曲折。夫人不必操之過急，應耐心等待、靜候佳音。」

朱氏聽老和尚這麼說，心裡不由鬆了口氣，笑著道：「那就好、那就好，只要事情能成，就沒白費了那些工夫。」

說話間，邢嬤嬤來稟報，已經打點好休息的地方。

阿秀瞧了佛臺上的荷包一眼，等攢夠香客們的叩首，荷包也算是開光了。

第八章

蕭謹言跟著孔文、洪欣宇出了禪院，去和尚們住的院子看望一位故人。

小院整理得很乾淨，一把竹掃帚靠在院牆上。三人還未進門，便聽見裡面傳出聲音。

「今日廊下喜鵲叫個不停，果然是有客自遠方來。」

蕭謹言笑著道：「我們算不得什麼遠客，不過是順道來看看你而已。」

說話間，只見一個十七、八歲的小和尚從禪房裡出來，眉清目秀、膚白瘦削，穿著寬大僧袍，讓人看著忍不住心酸。

洪欣宇瞧見他，上前在他肩上輕輕捶了一記。「我聽說和尚大多都是白白胖胖的，怎麼你越養越瘦了？」

小和尚不理他，一本正經地唸了句「阿彌陀佛」，然後道：「心輕，則體態也跟著輕盈些。」

洪欣宇笑道：「果然當了和尚就不一樣了，說話透著一股子禪味。」

蕭謹言卻不像洪欣宇那般玩笑，開口道：「其實你何必真的出家呢，那些大臣們不過是風言風語，你放著大好前程不要，來這裡做和尚，心裡難道就高興了？」

這小和尚不是別人，正是蕭謹言前世的至交契友、已故恒王的世子周顯。恒王妃因生他難產而亡，恒王又在幾年後戰死沙場，如今恒王府只留下這麼一根獨苗。前年太后病危，欽天監算出有孤星刑剋，竟是恒王世子，因此原本等著封郡王的周顯拋棄功名利祿，遁入空門。說也奇怪，自那日以後，太后娘娘的身子果然就好了起來。

「何為高興、何為不幸，本就難以言喻。如今我過得心靜如水，未嘗不是件好事情。」周顯領眾人進室內，焚香煮茶，一派逍遙。

四人喝了一盞茶，孔文也開始勸道：「這兩年太后娘娘的身子硬朗，不如你請旨回京吧。堂堂的小郡王不當，來這裡做小和尚，又是何苦呢？」

周顯見眾人勸他，只笑著擺擺手。「那可不行，我在這裡還有要事，等你們都完婚了，我再出去，也好省下幾兩禮金。」

眾人聞言，哈哈大笑起來，只有蕭謹言眉宇緊蹙，想要大婚的人還沒找到呢，他跟誰大婚去？揉了揉眉心，一時間又想起這些惱人的事情。

周顯見了，略略低眉笑了笑，開口道：「最近我們寺中來了位解籤高手，尤其會看姻緣，若是有什麼想求的，可以去觀音殿那邊，讓他幫你們瞧一瞧。」

孔文對這件事不熱衷，倒是蕭謹言站起來道：「既然是小郡王引薦的，那我們去看看又何妨。」

阿秀跟在蘭嫣身後，往明鏡院去。朱氏和邢嬤嬤走在前頭，蘭嫣有些心不在焉地落在後面。

不遠處忽然傳來幾個男子的聲音，朱氏聽見，忙帶著蘭嫣等人低頭站在一旁。一個面目清秀的小和尚領著幾名錦衣華服的年輕公子從遠處走來，阿秀微微抬起眼，看見人漸漸靠近了，遂低下頭，不敢再瞧。

等那行人走遠，朱氏才從牆角邊走出來。邢嬤嬤上前，小心扶著朱氏，朱氏壓低了聲音道：「方才走在中間那個，便是許國公府的世子爺。」

以前朱氏去許國公府看望蘭姨娘時，曾經見過蕭謹言幾次，雖然那行人容貌出眾，但她還是一眼就認出他來，因為蕭謹言的個子比同齡人都高上那麼寸許。

阿秀聞言，回首朝方才那些公子走過的地方望去，只見熟悉的背影一閃，消失在轉角。她的手顫抖了一下，咬著唇瓣，忍不住又回頭看了一眼，可空蕩蕩的巷子裡，哪還有蕭謹言的人影。

蕭謹言站在大殿一側，正目不轉睛地看著坐在旁邊解籤的老和尚。方才他一時好奇，也從籤筒中搖出一支籤來，上面寫的是：踏破鐵鞋無覓處，得來全不費工夫。

老和尚捏著籤，山羊鬍子早已被撚得油光可鑑，笑著道：「這一個時辰之內，兩個人搖到同樣的籤，真是百年一遇啊！」

洪欣宇搶來籤詩看了一眼，有點摸不著頭腦。「這是什麼意思？」

「大約是說，再怎麼努力也沒有結果，那個人忽然之間就會出現在面前。」孔文接過洪欣宇手中的籤，一邊看、一邊道。

蕭謹言垂著頭，默默想了半天，在大殿裡轉來轉去，忽然間覺得有什麼東西在眼前晃過，竟然移不開眼了。

那是一只小巧秀氣的荷包，上頭繡著熟悉的青竹圖案，做工雖然算不上頂尖，但一針一線可以看出用心。

蕭謹言立刻伸手拿起了那只荷包，轉身跑出去。

他尋遍了前殿、後殿、客堂、山前山後，連和尚們住的禪房都找過了，就是沒找到阿秀的人影。手中的荷包分明是真的，可怎麼就找不到人呢？握著荷包，想起那兩句籤詩，看來是要他等了？

蕭謹言嘆了口氣，無奈地往菩提院去。

外頭的雪忽然大了起來，紛紛揚揚地落下，蕭謹言踩著滿地的雪花，在冗長巷子裡，一步一個腳印地走著。

不遠處，清霜、清漪正打著傘迎出來，瞧見蕭謹言搖搖晃晃地往前走，慌忙跑過來，趕到他身旁。

蕭謹言頓時覺得眼前一黑，兩眼突然看不清，就著兩個丫鬟的攙扶，倒了下去。

兩個丫鬟急得一陣驚呼，見蕭謹言已不省人事，忙不迭大喊。「不好了，世子爺暈倒了！快請大夫！」

孔氏聞言，嚇得心跳不已，從禪房中出來，吩咐道：「快把寺中懂醫理的老禪師請過來！」

老禪師把著蕭謹言的脈，眼眸中含著慈悲的光芒，然後鬆開手，對孔氏唸了句佛號，道：「蕭夫人不必擔憂，貴公子只是急火攻心、外染風寒，所以才倒下。他底子不差，吃上兩副藥，便沒有大礙了。」

他說完，喊門外的小和尚進來，吩咐道：「去拿幾副寺中常備的祛寒藥來，交給蕭夫人。」

孔氏千恩萬謝，把老禪師送到菩提院門口，轉身臉上又蒙上一層憂愁，進到裡間，看著兩個丫鬟為蕭謹言擦汗退熱。

「好端端地反倒又病了，早知道就不該走這一趟。」

洪氏從外間進來，看看炕上的蕭謹言，上前攙著孔氏一起到廳裡。

「到了寺裡還生病，會不會真的撞上了什麼東西？妳聽我的，回去後請幾個道士去國公府，最好到言哥兒住的地方再唸一唸。眼看要到年關了，年節裡不興動藥罐子，這樣拖下去可不行。」

孔氏抹了把淚，點點頭。

這時小丫鬟送了點心來，方才為了找蕭謹言，眾人都沒有好好用午膳，這會兒倒是有幾分餓了。

孔姝從外面進來，向兩位長輩福了福身子。「姑母，表哥的身子好些了沒有？」

「好是好些了，但眼下還沒醒過來，外頭又下著大雪，只怕我們一時走不了了。」

洪氏將孔姝拉到身旁，笑著道：「妳表哥病了，我們在這兒也幫不上什麼忙，出去跟妳哥哥說一聲，我們先回府，順道再去城裡請個太醫來，讓他給妳表哥好好看一看。」

孔姝應了一聲，往外頭去了。

外頭下著雪，天空灰濛濛的，卻隱約傳來了一陣陣悠揚的琴聲。

阿秀抱著手爐，坐在窗前的杌子上，看蘭嫣的指尖撥過琴弦。

蘭嫣撇了撇唇，笑道：「沒想到這小小的禪院裡，還有一架能彈得起來的琴，雖然音色比我那架綠漪琴差了些，不過也算不錯了。」

阿秀道：「那是姑娘琴藝好，隨便什麼琴，拿到手都能彈；要我，就只能看著它乾瞪眼了。」

蘭嫣轉頭瞧了阿秀一眼，眼底微微有些笑意。她並不知曉，這琴是朱氏一早命人預先準備好的。蕭謹言就住在隔壁禪院，身分有別，自然不能親臨拜訪，唯一的辦法，只能看看能不能用蘭嫣的琴聲把他吸引過來。

蘭嫣隨興地彈奏兩首，覺得無聊，再加上天寒地凍，手指也有些僵硬了。

阿秀忙把懷裡的手爐遞給她，出門拉開簾子，鵝毛大雪撲面而來。「雪下得這麼大，只怕今日回不去了。」

「回不去，那就不回去吧。」蘭嫣有些悻悻然。

這時，邢嬤嬤從外面來，見阿秀站在門口，簾子露了一條縫，忙不迭喊。「阿秀快進房裡去，小心灌了風，著涼了。」

邢嬤嬤進了偏廳，朱氏正坐在炕頭暖手，見到邢嬤嬤，將暖爐遞給了丫鬟。「快拿過去讓邢嬤嬤暖暖身子。」

邢嬤嬤接過暖爐，上前道：「打聽到了。方才那邊院子裡亂糟糟的，原是許國公府的世子爺不知怎麼忽然發了邪風，一個人跑出去，這會兒才找回來。聽說病了，請寺裡行醫的老禪師瞧過，說是著了風寒。」

朱氏聞言，眉梢透出一些喜色，微笑道：「這麼說，他們今兒必定回不去了，這樣一來，倒是老天爺給嫣姐兒留了個機會，那一籤果然沒有白抽了。」

蕭謹言又夢到了八年後的那個早晨。他從衙門回來，看見阿秀冰冷的屍體躺在血泊中，腹部還高高地隆起，可腹中的孩子卻已經死了，再也不會隔著肚皮，蹬他父親的掌心。

服侍阿秀的丫鬟們一個個含著淚站在門口，連郡主也紅著眼圈，在旁邊勸慰。「寶育堂的人來過了，說是孩子太大，林姨娘生不出來，折騰了一晚上，人還是歿了……」

蕭謹言從睡夢中嚇醒，腦門上滲著細密的汗珠。忽然有張熟悉的臉出現在眼前，讓他瞬間以為自己還活在八年後，重生的這半年，才是他的一場夢。

「娘……娘子……」蕭謹言張嘴，有些艱難地喊了坐在他床前的欣悅郡主一聲，忽然又覺得有些不對勁。欣悅郡主的容貌雖然沒有改變，但腦後長長的秀髮，分明昭示著她還是個尚未及笄的小姑娘。

欣悅郡主聽見蕭謹言這麼喊她，也嚇了一跳，臉上緋紅起來，只低下頭，裝作沒聽見。外頭的丫鬟們聽見裡面有動靜，連忙從外頭進來。

蕭謹言見到清霜，有些結巴地問：「我……我娘呢？」

清霜倒了杯熱茶，送過去給蕭謹言。「太太去前頭讓老和尚為世子爺唸經祈福，吩咐奴婢們好好服侍世子爺。郡主要回去了，這才進來瞧瞧。」

這會兒，蕭謹言的神色有些複雜，幸好欣悅郡主已從他的床前站起來，往房外走去。走了幾步，卻又扭過頭看著他。

「言表哥方才說過的話，欣悅已經記在心上，那欣悅就在家中靜候佳音了。」

蕭謹言的臉色頓時起了變化，奈何當著下人的面，一時不知如何辯解，索性冷著臉道：

「郡主大概誤會了，剛才我並沒有說什麼。」

欣悅郡主畢竟還是姑娘家，哪裡曉得蕭謹言的臉皮居然厚到這種程度，直接把自己說過的話給吞了回去。

欣悅郡主揚起頭，正打算辯駁，想了想，忽然把話壓住了，只笑著道：「沒關係，我會想辦法讓你再說一遍的。」

蕭謹言一驚，還想再說話，那邊早有丫鬟上前為欣悅郡主掀開簾子，隨她走了出去。

清霜上前，見蕭謹言額頭上還滲著汗珠，拿了帕子為他輕輕擦拭。

蕭謹言伸手摸了摸身上，忙問她：「方才妳們服侍我更衣時，有沒有瞧見一樣東西？」

清霜笑著，從袖中拿出一只銀白色的荷包，上面繡著淺碧色的青竹。

蕭謹言忙不迭將荷包拿過來，放在掌心，反覆地看來看去。

清霜見了，笑道：「這種荷包，也不知清瑤做了多少給您，從沒見您這樣寶貝；怎麼房裡人做出來的東西不珍惜，偏就喜歡這不知道從哪兒弄來的？」

這話當真說到了蕭謹言的痛處，他還真不知道這荷包的主人現下在哪兒，於是小聲道：「妳悄悄幫我出去打聽打聽，今兒都有哪些人家來紫廬寺上香了？」

「世子爺，您該不會真的連這荷包是哪家姑娘的都不知道吧？」見蕭謹言一臉為難，清霜便勸慰道：「爺，憑她是哪家姑娘，難道許國公府的門第還不夠高嗎？便是一般人家的小姐，能進許國公府做貴妾，也不算糟蹋了，爺何必要受這相思之苦？依我看，不如回了太太，等爺和孔家表姑娘大婚後，讓太太和少奶奶提一提，抬進門就是了。」

蕭謹言卻是不說話，只一個勁兒盯著手中的荷包，道：「妳且安心替我去辦差，別的就別多問了。」

第九章

下午雪小了許多，用過午膳，蘭嫣在房裡睡中覺，阿秀遂趁著這個空檔，去了觀音殿。

地上的積雪還未來得及清掃，鋪在冗長的巷道裡，她身量矮小，只得一腳深、一腳淺地走著。

她走到禪房門口，瞧見有個小和尚正在掃雪。禪房院子裡的積雪還未掃清，倒是先掃起了院外客人行走的地方。

阿秀打著黃紙傘，頂著風雪前行，忽然腳下打滑，小身子直直往雪堆裡栽了下去。

一旁的小和尚見了，忙不迭上前，把阿秀扶起來。

阿秀拍拍身上的衣服，抬起頭瞧了小和尚一眼，忽然覺得有些眼熟。

小和尚見阿秀長相秀氣，一雙大眼睛跟會說話一樣，且又是十歲的孩子，竟無端覺得有些喜歡，便彎腰幫她拍掉身上的雪花。

「小姑娘，別亂跑了，這寺廟不小，仔細迷路。」

雖然阿秀記性不大好，但還是聽出了這聲音。前世，她只來過紫盧寺一次，便是和蕭謹言來看望一個染病的故人；再抬起頭看了周顯一眼，忽然恍然大悟，眼前這個人，不正是蕭謹言口中所說的故人——小郡王嗎？

明明知道對方不可能認出自己，可阿秀還是緊張得渾身冒出冷汗，撿起一旁的傘，一句話不說就跑了。

阿秀覺得，自己這輩子也是白活了，只要遇上和蕭謹言有關的人和事，就怎麼也鎮定不了，幸好她這小小的軀殼成了很好的掩飾。

觀音殿裡，王嬤嬤遞了一炷香給孔氏，孔氏三跪九叩，親自起身，將香插入佛像前的香爐中。

王嬤嬤上前攙扶孔氏，開口道：「給世子爺祈福的經文已經唸完，香油錢也另外添了，方才小丫鬟來傳話，說世子爺已經醒了。」

「阿彌陀佛。」孔氏忙不迭又雙手合十，對著菩薩唸了一句。

大殿後方，朱氏也正跪在菩薩跟前，口中唸唸有詞。

邢嬤嬤上前，扶她起身。「太太，國公夫人那邊已經好了，太太要不要去打個招呼？」

朱氏擺擺手。「身分有別，還是不去了。我們在這兒跪了許久，她身邊的王嬤嬤是認得我的，若是她沒向國公夫人提起，只怕是不方便。」

邢嬤嬤想了想，道：「不如一會兒我親自去把王嬤嬤喊出來，讓她……」

朱氏連忙搖了搖頭。「千萬不要，若妳這麼做，就是此地無銀三百兩了，她們若當沒瞧見我們，我們也只當沒讓她們瞧見。」說著轉身要走，卻看見阿秀打著傘，從遠處過來了。

阿秀見朱氏在這裡，忙上前行禮。朱氏問了她幾句蘭嫣的事，又道：「這下著大雪的，妳從禪院跑來，可別凍壞了。」

阿秀笑著道：「回太太話，奴婢前幾日給姑娘繡了一個荷包，今兒趁著來寺裡，放在佛臺上，受眾人叩拜開光，正好送給姑娘保平安用。」

朱氏本就對阿秀格外偏愛，明明才十歲的姑娘，小腦袋瓜已經會關心別人、為別人著想，以後有她陪著蘭嫣，想必蘭嫣的日子也會過得好些。

更何況……朱氏瞧著阿秀俊俏的眉眼，小小年紀已出落得這般秀美清靈，長大了，只怕是個不得了的美人胚子。

朱氏寵愛地揉了揉阿秀的頭頂。「我和邢嬤嬤先回去了，妳也早些回去，陪著姑娘。」

阿秀送朱氏出去，才繞到前殿，正好遇見孔氏帶著一行人浩浩蕩蕩離開。

阿秀瞧見孔氏的背影，便知今日只怕沒有看錯，那一閃而過的背影，正是蕭謹言無疑。

孔氏回到菩提院時，蕭謹言已經下床了。

外頭的雪小了一點，但還是斷斷續續地下著。蕭謹言站在廊下，看著遠處的風景發呆。

孔氏見狀，忙不迭從王嬤嬤的傘下直接走到蕭謹言面前，伸手探了探他的額頭。「怎麼起來了？」

屋裡放著火盆，蕭謹言扶孔氏進門，笑道：「在房裡悶得慌，所以出來站了一會兒。」

孔氏見蕭謹言身披大氅，手裡捧著暖爐，想來是丫鬟們死活拗不過他，所以才這樣全副武裝地讓他出去。

孔氏瞧著蕭謹言略帶病容的臉色，心疼道：「言哥兒，如今你越發大了，以後可不要再不聲不響地不見人影，我受不住這樣的嚇，萬一要是有個什麼，我也活不成了。」說著，忍不住擦了擦眼淚。

「母親不用擔心，孩兒保證，以後絕不會再這樣了。」

蕭謹言也覺得對不起母親，他兩世為人，更深知母親在許國公府的不易，自己是她唯一的倚靠。如今知道阿秀就在附近，他應該定定神，想一想後面的事情。

阿秀在佛臺上找了半天，怎麼也找不到那青竹荷包，給蘭嫣繡的蘭花荷包好端端地躺在那邊，唯獨青竹荷包不見了。大殿裡人來人往，也不知道是誰在佛祖的眼皮底下，做這種順手牽羊的缺德事。

阿秀想了想，嘆口氣，跪在佛祖跟前道：「佛祖保佑，要是祢瞧見誰偷偷拿走我的荷包，可不能輕饒了他；敢在祢的眼皮底下順手牽羊，好歹也要罰他一罰……」

蕭謹言坐在廳裡，正聽孔氏說話，沒來由便一連打了三個噴嚏。

孔氏忙不迭喊丫鬟遞帕子來，蕭謹言接了帕子，摀著嘴，又是一連串的噴嚏。

孔氏心疼道：「聽娘的話，你還是進房裡躺著吧，明兒再回府也是一樣的。馬車上冷，這一路趕回去，只怕病更重了。」

蕭謹言點點頭，由丫鬟們扶著進了裡間。

這時，清霜打著傘從外頭回來，孔氏見了，便問道：「世子爺還在房裡呢，妳怎麼反而沒在跟前服侍著？」

清霜上前，向孔氏行禮。「奴婢方才離開時，世子爺還躺著。老太太房裡的吉祥姊姊聽說我們要來紫盧寺，讓我帶了幾個絡子來，放在佛臺上供著，開了光好拿回去給老太太用。」

孔氏聞言，不多說什麼，讓清霜趕緊進去。

蕭謹言卻在簾子後頭聽了個明白，不等清霜進去，忙不迭就問道：「妳說那放在佛臺上的東西原是要拿回來的？並不是丟在那邊就算數了？」

清霜笑道：「那是自然。東西放在佛臺上，受香客朝拜，便是開光，受的跪叩越多，越有護身的作用。」

蕭謹言聽了，臉上不由揚起笑，不等清漪上前解開他的大氅，大手一揮，撩開簾子便往外頭跑。

孔氏正坐在廳中喝茶，見蕭謹言風一樣地跑出來，急忙放下茶盞追上去道：「這大冷天的，你身子還沒好呢，跑出去做什麼？」

這會兒蕭謹言心中高興，面露喜色，大聲道：「娘，我沒事，去小郡王那邊坐坐就回來，不用丫鬟跟著！」

孔氏正要讓丫鬟跟上，聽蕭謹言丟下這麼一句話，只好隨他去了。

蕭謹言一口氣走過三個彎，見周顯正拿著竹掃帚掃雪，門口大道的雪已經清掃乾淨。一襲紅衣的趙暖玉在周顯身邊轉來轉去，見蕭謹言過來，上前道：「言表哥，你的身子好了嗎？」

蕭謹言顧不得他們，只笑道：「好了。表妹，山中天氣嚴寒，天色不早，妳也早些回去吧。」

趙暖玉見蕭謹言精神好得很，便點了點頭，手中的金絲馬鞭一揮，道：「既然言表哥好了，那我先走了，大年初一再上你家拜年去。」

周顯見趙暖玉總算離開，略略鬆了口氣。「總算送走這尊菩薩了。」

蕭謹言笑道：「怎麼，你一個和尚，還有怕菩薩的時候？」

周顯聞言，想起剛才趙暖玉在他旁邊說個不停的樣子，忙不迭雙手合十，唸起經來。

蕭謹言便向他告辭，往前頭的觀音殿走去。

午後，寺裡的人已經不多了，只有幾個香客在大殿裡走動。

蕭謹言深怕自己來遲，腳步走得更快了些。

誰知等他到殿裡一瞧，佛臺上已少了好些東西。蕭謹言擰著眉頭細想，分明記得那青竹荷包的旁邊還有另一個相似的荷包。

蕭謹言急得不得了，走到一旁問老和尚。「老師父，你可看見今兒有小姑娘來這裡拿走一個荷包嗎？」

老和尚瞧了蕭謹言一眼，撚著白鬍子想半天。「今兒是十五，來寺裡上香的姑娘可多了，一早也不知放了多少個荷包在上面，剛才還有個小姑娘鑽到這底下找東西呢。」

蕭謹言聞言，彎腰將佛臺下的幡帳一撩，就見一個十歲的小姑娘正跪在裡頭，巴掌大的臉頰，一雙撲閃的黑色杏眼又大又圓，亮晶晶的就像暗夜中最璀璨的星光，雖然和記憶中的阿秀有著太多差別，可單單看著那雙眼睛，不是阿秀又是何人呢？

阿秀愣在那裡，連話都說不出來，日思夜想的世子爺就這樣出現在面前。他的容顏也回到了八年前的模樣，瀟灑俊逸中，帶著幾分少年人的稚氣。

「小丫頭，妳丟的東西找到沒有啊？要是這佛臺底下沒有，八成是被人給拿走了。」

阿秀正愣得說不了話，生怕她眼中的驚恐會嚇壞蕭謹言，幸好有老和尚給她解圍，急忙低下頭，壓抑著有些沙啞的聲音道：「找到了，果然是在這下面。」

阿秀從蕭謹言的臂膀下爬出來，然而此時的蕭謹言卻還沒有回過神來。

前世遇見阿秀時，她已經是十四歲的大姑娘，雖然身量瘦小，但也有了姑娘家的姿態；

而此時的阿秀，是他在前世未曾見過的，紮著雙垂髻，大眼睛，小巧鼻頭上似乎還微微有些汗。雖然她瞧見自己的眼神中帶著幾分驚恐，可蕭謹言也說不清楚，她是害怕自己呢？還是有別的意思？就這樣看著阿秀經過自己的胳膊底下爬出來，小小的身子彎著，一遍遍拍去膝蓋上的塵土。

阿秀咬牙，覺得眼淚就要掉下來了，回頭朝老和尚福了福身子，便飛快跨出了殿門。

雪又開始下起來，蕭謹言手中握著那只青竹荷包，跑到門口，對著阿秀的背影喊。「妳是哪家的丫鬟？」

阿秀扛著黃紙傘，將自己的小身子罩在裡面，只裝作沒聽見蕭謹言的話，腳步不緊不慢地往前走，時不時抬起頭，擦擦臉頰上的淚珠。

蕭謹言忍不住追上去，靴子踩在雪地裡，咯吱咯吱地響。

阿秀走在前頭，不動聲色地加快步子。可她這十歲的矮個兒，怎麼跑也跑不過腿長的蕭謹言，只好在蕭謹言快要趕上她時，努力擦了擦臉，一本正經地扛著傘繼續走。

這會兒，蕭謹言認定了阿秀不曾有前世的記憶。要是阿秀記得他，如何捨得不認他？十歲的阿秀，並不知道蕭謹言是何人。

「我問妳話呢，怎麼跑那麼快？」蕭謹言幾步攔在阿秀跟前，居高臨下地看著她。小姑娘撐著不合年紀的大傘，在冰天雪地裡行走，顯然很是吃力。

蕭謹言忽然伸手握住阿秀手中的傘，阿秀防備地看著他，一雙手將傘柄牢牢抓住。

「你是誰？你想做什麼？」阿秀睜大眼睛問他，明明這些她都有答案，可是……為了不露餡，拚了！

蕭謹言看著阿秀那雙清澈的大眼睛，眼底泛起濃濃的溫柔，撥開她的小手，撐起傘，再騰出一隻手拉著她。

「小姑娘，天寒地凍的，妳一個人出來可太危險了，萬一遇上壞人怎麼辦呢？」

阿秀從來不知道蕭謹言有這麼逗人的一面，心情瞬間放鬆很多，眨眼望著他道：「難道你就不是那個壞人嗎？這寺裡的都是吃齋唸佛的和尚，哪裡會有壞人。」

蕭謹言看著阿秀可愛的模樣，恨不得將她抱在懷中，又怕嚇壞了她，只好耐著性子道：「和尚也不是人人都好的，還有花和尚，專門抓漂亮的小姑娘，妳怕不怕？」

阿秀橫了蕭謹言一眼，這下他真把她當小孩哄了。可轉念一想，她如今這模樣，分明就是個貨真價實的小孩子。

蕭謹言的手很暖，因為身體還有些發熱的緣故，掌心微微發燙。阿秀就這樣被他牽著往前走，一時間，兩人都沒再說話。

此時蕭謹言的心中卻是難掩酸澀，前世他遇上阿秀，卻錯過了她的成長。在許國公府裡當粗使丫鬟，並不是件輕鬆的事情，他一直覺得奇怪，憑阿秀的長相，想在主子跟前露臉，其實不難，可他偏偏沒有早些遇見她。

蕭謹言轉頭，看著被他牽在手中的阿秀，心裡忽然暖暖的，想要就這樣讓她待在他身邊，看著她長大，然後娶她。

而阿秀此時的心情，也是無比複雜。她喜歡蕭謹言，可前世的悲劇帶給她太大的震撼，她還沒有做好準備去接受相同的命運，更不知道還會不會有相同的遭遇。

阿秀的小手在蕭謹言的掌心裡扭了扭，站在原地，抬起頭看著為她撐傘的蕭謹言。那一本正經的眼神，幾乎讓蕭謹言覺得阿秀是認得他的。

然而阿秀卻開口道：「公子，奴婢住的地方到了。」

蕭謹言嘴角的笑有些尷尬，不過還是迎合阿秀的身高，蹲下來把傘放到她手中。

「那妳回去吧，記得不要一個人出門，小心遇上壞人。」

阿秀扛著傘，往明鏡院裡去了。

蕭謹言望著阿秀的背影，拿出荷包反覆翻看。分明還是前世的繡工，難道阿秀的繡藝在進許國公府之前，已經有這種水準？

見阿秀跑得快，蕭謹言對著她的背影喊。「妳還沒告訴我，妳是哪家的丫鬟呢？」

阿秀哪裡肯回答蕭謹言，一個轉身，一溜煙就消失在牆角了。

第十章

用過晚膳，孔氏和王嬤嬤在西邊禪房裡說話。

孔氏見蕭謹言回來之後神清氣爽，連燒都退了，堅信是今日下午她讓寺裡唸經起了作用。

「王嬤嬤，既然這樣，不如明日上午再捐一場功德，讓寺裡的和尚給言哥兒唸上半天祈福的經文，我心裡也好再放心些。妳瞧他今日下午回來時的光景，分明是換個人了。」

王嬤嬤在一旁點頭稱是，這會兒外頭風不大，依稀又聽見了隱隱約約的琴聲。

孔氏喝了半盞茶，臉上透出一些笑意，聽見琴聲，開口道：「這會兒言哥兒還未就寢，一會兒要是言哥兒睡了，嬤嬤得派個人過去，讓隔壁這琴聲停一停得好；雖說彈得不錯，但大半夜的，終是擾人。」

王嬤嬤聽孔氏這麼說，便悄悄湊上去道：「太太，今兒我在這寺裡看見了熟人，不過人家似乎沒瞧見我們，所以沒上前打招呼。」

「哪家熟人？說起來，那些富貴之家，也沒幾個喜歡往紫廬寺跑的。這兒畢竟還有個小郡王呢，礙著太后娘娘的面子，總要避一避的。」

孔氏是聰明人，對太后娘娘的心思再明白不過。皇上未登基之前，她不過是尋常妃子的位分，處處比恒王的母妃矮了一截；可惜恒王的母妃再厲害，也鬥不過命長的，她去世之後，連帶著恒王也一起失寵了。

如今恒王一死，膝下只有這麼個兒子，皇上顧念手足之情，本想讓周顯封了郡王位，看是當閒散王爺，還是掛個虛職，總歸不想虧待這個姪兒。可誰知道兩年前鬧出那樣的事情來，大雍又是以孝道治國，皇帝雖然沒忍心下旨讓周顯遁入空門，但早慧的周顯還是察覺了這一點，自己寫好摺子，只帶著一個隨從，去紫廬寺出家了。

孔氏嘆了口氣，心裡對太后娘娘實在沒幾分好感；而拜這件事所賜，那些和太后娘家交好的人家，便很少來紫廬寺上香。

王嬤嬤見孔氏想得遠了，開口道：「不是平常和老爺交好的官宦人家的太太，而是府裡蘭姨娘娘家的嫂子，帶著她家姑娘一起來的，聽說就住在菩提院隔壁。剛才的琴聲，應該是蘭家姑娘彈奏的。」

王嬤嬤是過來人，如何不知蘭家的心思，一開始沒提起，正是不想攙和在這件事中間，畢竟她只是個下人，世子爺房裡的事情，輪不上她操心。但是，她平素人面廣，聽說過朱氏的為人，打心眼裡覺得朱氏不容易；而且，如今蘭姨娘雖然受國公爺寵愛，但比起趙姨娘來，在孔氏跟前是再恭謙有禮不過了。

「原來是她啊。」孔氏淡淡地說了一句，其實根本沒想起蘭嫣究竟是個什麼模樣。蘭家並不是許國公府的正經親戚，平素和蘭姨娘走動時，也從不讓人到她跟前磕頭；即便蘭嫣去過許國公府，兩人曾經見面，也早已忘了。

王嬤嬤接著道：「那蘭姑娘今年十四歲，聽說過了年節、不出幾個月就及笄。前兩個月，奴婢遇見蘭姨娘房裡的翠雲，說是蘭家從安徽搬進京城了。」

王嬤嬤用腳趾頭想，就知道蘭家人在打什麼如意算盤，只可惜，這話實在不該由她在孔氏跟前提起。

孔氏點點頭，瞧著王嬤嬤說話的神情不很自然，心裡忽然敞亮起來，揉著眉梢笑道：「既然就在隔壁住著，那請過來見見吧。」

說完，孔氏嘆了口氣，這些年，她在許國公府確實也過得辛苦。容顏老去已是無奈，偏生許國公又是個憐香惜玉的性子，就算沒有蘭姨娘，只怕別的什麼紅姨娘、綠姨娘，要納也是攔不住的。所幸蘭姨娘還能拿捏住許國公的性子，裡裡外外服侍得妥當，沒鬧出什麼笑話來。

王嬤嬤見孔氏動了心，便知她悟出了這層道理，笑著道：「雖說不是正經親戚，但見見無礙的。蘭家雖然是商賈之家，在南邊倒也是大戶。」

孔氏嗯了聲，又覺得讓王嬤嬤親自去請，未免太抬舉了她們，遂只喊身邊的大丫鬟春桃去請人。

蘭嫣撫了一會兒琴，手指便凍僵了。

阿秀忙不迭送上手爐，心疼道：「姑娘何必每日都這麼辛苦呢？今兒難得出來，躲這麼一次懶，難道不行嗎？」

蘭嫣活絡了手指一下，淡淡道：「再過幾日，老爺就回來了，到時候定要檢查功課，我可不想讓老爺說我跟在母親身邊就懶散了。」

蘭嫣雖然知道朱氏有意讓她做小，可心裡終究對朱氏恨不起來。

阿秀從懷中拿出蘭花荷包，遞給蘭嫣。「姑娘，這是奴婢繡的，裡頭放著蠟梅花，可香了，姑娘戴著吧。」

蘭嫣接過阿秀送來的荷包，瞧著針腳倒是比自己身上戴著的那個還要精緻，便笑道：「好吧，我戴妳做的。」

兩人正說著，邢嬤嬤興匆匆地從外間進來。「阿秀、錦心，快服侍姑娘更衣，菩提院的許國公夫人要見姑娘。」

錦心聞言，放下手中的針線，有些怔怔地往前走了兩步。以前只是傳言，但今兒聽邢嬤嬤這樣鄭重其事地說了，心裡還是咯噔一下，不知要為蘭嫣高興，還是難過。

邢嬤嬤轉身出門，回過頭見錦心呆站著，便道：「錦心還愣著幹麼？快去幫忙，阿秀還小呢，不能指望她服侍好姑娘。」

這時阿秀卻還沒往這方面想，前幾日聽說蘭家有個姑奶奶在許國公府當姨娘，雖然不是什麼正經親戚，但遇上了見一面，也是應該的。

蘭嫣有些無精打采，只任由阿秀抱著大氅過來，懶洋洋地伸手讓她更衣。

錦心走上前，笑著對蘭嫣道：「姑娘上回見國公夫人，還是蘭姨娘剛進門的時候。這一眨眼過去好些年，只怕國公夫人認不出姑娘來了。」

蘭嫣冷著臉，悻悻然道：「她一個正經的國公夫人，怎麼可能記得妾室的姪女？」

錦心被噎了一句，不知如何是好，低著頭又為蘭嫣攏了攏長髮，換上一朵稍微大點的珠花。

阿秀見房裡氣氛有些冷了，遂笑著道：「姑娘長得這麼好看，許國公夫人能記住，也不足為奇啊。誰都是瞧見了好看的人，便要多看一眼的。」

蘭嫣忍不住噗哧笑了起來，半真不假道：「那我告訴妳，許國公府的世子爺可是難得好看的人，一會兒妳記得多看幾眼。」

阿秀聞言，頓時臉紅得不行，只覺掌心微微發熱，似乎還有著方才蕭謹言留下的餘溫。

錦心見了阿秀這副模樣，也忍不住笑起來。「姑娘，您快看看，阿秀還臉紅了！這丫頭小小年紀的，倒是聽得懂我們在說什麼似的，要是換成阿月，不知道要鬧出什麼笑話來呢。」

阿秀聽錦心還在拿自己取笑，噘嘴道：「錦心姊姊就知道欺負我。姑娘，您快給我評評理。」

蘭嫣瞧了錦心一眼，又看看阿秀。以後錦心是不會跟著她去許國公府的，所以見不見蕭謹言無所謂，萬一見了，有了念想反而不好。

「那我就罰她在房裡守著，我帶妳去見見那個據說長得好看得不得了的世子爺，好不好？」

阿秀聽見，覺得自己的脖子到耳根都要發紅了，恨不得找個洞躲起來。

蘭嫣看了，更是笑得直不起腰，權當阿秀是臉皮薄，開不得玩笑罷了。

紫廬寺的禪院是按照普通小四合院建造的，中間三間是正房，除了大廳，左右各隔出一個裡間、一個次間。

菩提院裡，蕭謹言住在左裡間，次間是服侍丫鬟住的。孔氏住右裡間，外頭各有幾間廂房，由王嬤嬤帶著幾個粗使丫鬟住著。

春桃去明鏡院請人，王嬤嬤在外頭安頓好車伕們的食宿後，便與孔氏在中廳等著蘭家母女過來請安。

其實孔氏對蘭姨娘並不反感，作為許國公府的當家太太，在外頭交際多了，自然知道不少大宅門內不如意的事情。像尚主的廣安侯，雖然明面上沒有納妾，但孔氏也知道，明慧長公主私下裡讓他在府中養了幾名歌姬，說好聽的，是用來交際取樂；說得不好聽，不過是讓廣安侯解解悶罷了。

經過這麼多年的琢磨，孔氏漸漸改變以前名流清士之家的嫡女做派，開始接受納妾這件事；但按照她的經驗，這妾不能讓男人自己納，不然就是亂來，什麼女人都想往家裡帶的男人，這世上也不是沒有。

王嬤嬤見孔氏氣定神閒，應是心裡已經想得很明白了，遂上前試探道：「蘭家不過是商賈之家，上不得什麼檯面，太太今兒這麼抬舉他們，請她們母女來見，可真是天大的恩惠，蘭姨娘知道了，也會記著太太的好。太太實在心善，懂得照顧姨娘娘家人的顏面。」

孔氏放下手中的青瓷茶盞，搖頭笑了笑。「王嬤嬤，妳說這話，我可不愛聽，妳明知道我心裡的意思。如今言哥兒大了，過了年節，等姝丫頭行完及笄禮，婚事就要訂下來的；雖說納妾不急在一時，但若有好的姑娘，先物色著，也未嘗不可。」

這會兒，孔氏乾脆跟王嬤嬤實話實說起來，繼續道：「我如今也想通了，像姝丫頭那樣的人，讓她管家理事自然不差，可她畢竟是孔家的女兒，只怕做不來伏低做小的模樣，即便以後與言哥兒琴瑟和諧，也是表兄妹之間的感情勝過夫妻之情。

「我的意思，是想物色一個言哥兒自己喜歡的姑娘，只要人老實，肯處處為言哥兒著想，納妾未必不是件好事。」

王嬤嬤點點頭。「太太想得周到。可表姑娘真的過門了，納妾之事只怕也不能急在一時，終究還要顧念著表姑娘的臉面。」

「這個妳放心，我自有辦法勸她。如今想想，要是我早些服軟，選了可靠的妾室，如今國公爺與我未必會這般冷冷淡淡。左右不過是為留住男人的心，姝丫頭會想通的；若言哥兒執意不肯，那我這裡也只能作罷了。」

談話間，外頭有小丫鬟進來傳話，說蘭家母女到了。

朱氏平常在家裡穿得珠光寶氣，這會兒來見孔氏，反倒換了件雪青色滿地纏枝花紋的褙子衫，外罩石青色大氅。蘭嫣則穿著藕粉色夾襖，外面是銀鼠皮小襖，再加上鑲白狐狸毛的猩猩氈大氅，從冷的地方進來，一張臉凍得有些蒼白。兩人身後跟著一老一小服侍的人，正是邢嬤嬤和阿秀。

孔氏見了朱氏，眸光中透出一絲讚許。當初她選蘭姨娘進門，對蘭家自然也是打探過的，知道朱氏雖然未生育男丁，卻在蘭家地位穩固，蘭姨娘對這個嫂嫂亦很敬重，人前人後多有誇讚。

朱氏跟蘭嫣才進門，便上前向孔氏行禮。孔氏忙免了禮數，讓丫鬟解去她們的斗篷，招呼她們坐下。

朱氏見了孔氏，倒是進退有禮，笑著道：「今兒在路上遇見官家車隊，我還想著，不知遇上了哪家，可巧就是國公夫人府上的。」

孔氏朝著朱氏淡淡一笑，顯出幾分雍容華貴，又見朱氏穿著樸素，心裡越發欣賞了。她早年聽說過，很多商賈之家因為經商發了橫財，便如同暴發戶一樣，不管那些禮儀規矩，做派簡直比京城裡的皇親國戚還鋪張奢侈。

「原來今兒在路邊等著的馬車是你們家的呀，我當誰呢。近幾年，紫廬寺的香火不如法華寺鼎盛，京城裡大多數人還是喜歡去法華寺。」孔氏淡淡道。

朱氏聽孔氏這麼說，便也像尋常閒聊一般接話。「去法華寺的官家更多，即便一早趕路，到的時候只怕也晚了，不如紫盧寺近一些。其實這種事情，心誠則靈，不拘在哪兒上香，拜的總是一樣的菩薩。」

孔氏聞言，笑了起來。「蘭夫人這話說得是，我家老太太也是這麼說的。」

孔氏隨口提了趙氏一句，目光轉到蘭嫣身上。

蘭嫣正低著頭看地面，臉上並沒有多餘的神色，安安靜靜坐在那邊，雙手交疊擺在膝蓋上，身子始終保持著很優美的弧度，一如當初孔氏第一次瞧見蘭姨娘般。

孔氏在心中感嘆，蘭家的女子，果然有讓人看一眼就能記住的本事。又細細瞧了蘭嫣的眉眼，眉色青黛，修得細細的，一雙丹鳳眼稍稍上挑，皮膚細膩白滑，正是江南女子最標準的長相。

「王嬤嬤，去裡間把言哥兒喊出來吧，讓他見見蘭姨娘家的表妹。」

孔氏這話，無疑是很抬舉蘭家的，連一直小心謹慎的朱氏，臉上也露出了一絲細微的笑容。

其實蕭謹言早就在簾子後面候著，瞧見阿秀跟蘭家母女進門了。

外面天冷，走在前面的主子穿著厚重衣裳，唯獨身後服侍的人，不過就是一件夾襖。阿秀的小手已經凍得通紅，小指上有一處略微腫著，應該是長了凍瘡。
蕭謹言心裡有些難受，索性回到了裡間。
清霜見他又進來，停下了手中的活計。「世子爺，您不是說要出去看看蘭家姑娘嗎？怎麼又進來了？」
蕭謹言坐下，見清霜的手光滑細膩，沒有一絲瑕疵，便問道：「清霜，這手要是生了凍瘡，怎樣才能治好呢？」
清霜沒料到蕭謹言問起這個來，想了想回答。「要是真長了凍瘡，那可麻煩了。我聽清瑤說，凍瘡這東西是有根的，要是今年長了，明年、後年都會長，除非哪一年好好保養著，興許還能養好，斷了根。」
說完，又忙不迭站起來，走到蕭謹言身邊，拉起他的手上下左右瞧了遍，才道：「世子爺嚇死奴婢了，還以為您手上長了凍瘡呢。」
蕭謹言轉身落坐，隨口敷衍道：「我就是問問。前幾日柱兒還在府裡時，說他奶奶手上長凍瘡來著。」
清霜聞言，鬆了口氣，笑道：「原來是柱兒奶奶。世子爺放心，明兒回府，我問吉祥姊姊要點凍瘡膏來。聽吉祥姊姊說，老太太每年都會讓她去寶善堂買上一些凍瘡膏，給府裡有了年紀的老嬤嬤送去，她那兒肯定還有多的。」
清霜越說，蕭謹言越心疼，專門給老嬤嬤們備著的凍瘡膏，阿秀小小年紀，竟然就要用上了。

兩人正說著，孔氏房裡的春桃走進來道：「世子爺，太太請您出去瞧瞧蘭姨娘娘家的姪女，長得真是秀氣，可把我們家二姑娘給比下去了。」

清霜道：「幸好太太怕老太太擔心，讓二姑娘先回府裡報信，不然她聽見這話，非撕了妳的嘴不可。」

春桃笑著道：「我就是瞧著二姑娘不在才敢說的。好妹妹，妳回去別告訴二姑娘，不然可有我受的了。」說著，又上前為蕭謹言理了理身上的衣服。蕭謹言本就生得好看，身量頎長，最近又病過一場，是以更顯得清俊儒雅、玉樹臨風。

蕭謹言想起阿秀也在外面，心裡生出期盼，便笑著跟春桃往廳裡去了。

第十一章

孔氏見蕭謹言從房裡出來，忙不迭把他喊到自己身邊，笑著對朱氏介紹。「這就是我的兒子言哥兒，過完年就十七了。」

朱氏私下裡早已見過蕭謹言好幾次，卻只敢偷偷地看，哪裡能像今天這樣，可以這麼近著、光明正大地看，越發覺得蕭謹言長得一表人才，心裡暗暗為蘭嫣高興，遂也喊了蘭嫣起身。「嫣姐兒，還不快拜見世子爺。」

阿秀站在蘭嫣身旁，聽朱氏這麼說，遂上前扶蘭嫣起身行禮。然後，蕭謹言的目光便一直停留在阿秀身上，怔怔地，連眼睛都沒眨一下。

孔氏見蕭謹言一時沒了動靜，順著他的眼神看去。

她哪裡知道蕭謹言看的是蘭嫣旁邊的小姑娘，只當是蕭謹言見到蘭嫣，移不開眼了。當然……這房裡的所有人，也都是這麼認為的。

出於朱氏平常對女兒的教養，蘭嫣不敢肆無忌憚地去看蕭謹言；而阿秀更是低著頭不敢看，深怕眼中流露出過多的情愫，嚇壞了尚且年輕的蕭謹言。

朱氏稍稍抬眸，觀察蕭謹言的一舉一動。他看著蘭嫣的眼神中，分明有幾分熱切，但在見到蘭嫣一直低著頭後，便稍稍收斂了些。

蕭謹言見阿秀垂首，看不清她的臉，遂收起情緒，淡淡道：「免禮吧。」

蘭嫣就勢起身，依舊坐在身後的雕花圈椅上。

孔氏見蕭謹言已然回過神，不由搖頭笑笑，讓蕭謹言在她身邊的椅子坐下。「說起來，蘭家姑娘也算是你半個表妹呢。」

蕭謹言雖然落坐，但目光還是沒從阿秀身上收回，瞧著小小的人兒站在蘭嫣身邊。即便別人坐著，她也只露出半個頭來，一雙小手在身前握著，露出有些紅腫的小指。怎麼下午牽她手時沒發現呢？蕭謹言看看自己的手心，不由笑了。

孔氏見蕭謹言一會兒看著蘭嫣、一會兒又看著自己的手傻笑，心裡早已嘆息起來。兒子長相是像她沒錯，可這脾性看來還是像他老子多一點。原本他病了這一場，對男女之事似乎沒有以前熱衷，可如今見到漂亮的姑娘，還是忍不住了。

朱氏瞧著蕭謹言發直的眼神，臉上露出尷尬的笑，稍微清了清嗓子。

孔氏聽見，笑道：「我這兒子，瞧著大人一樣，其實還是孩子心性。」便假裝嗔怪蕭謹言。「言哥兒，你這樣看著人家姑娘，可是失禮了。」

蕭謹言這才真正回過神來，愣了下，敷衍道：「蘭家表妹長得確實漂亮。母親，不如過幾日接蘭家表妹到府裡玩幾日，老太太喜歡熱鬧，一定會喜歡蘭妹妹的。」

朱氏內心幾乎要喜極而泣了，再沒想到頭一次見蕭謹言就如此順利，一句句蘭家表妹、蘭妹妹的叫喚，讓她像吃了定心丸一樣。

孔氏臉上則出現了少有的尷尬，她再抬舉蘭家，也只說蘭嫣是蕭謹言半個表妹，如今蕭謹言一口一個蘭家表妹、蘭妹妹，卻讓她為難了。把姨娘家的人當正經親戚來往，可是整個京城都沒有的事情。

「既然言哥兒這麼喜歡蘭姑娘，那等回府回了老太太再做定奪吧。」打臉的事情，孔氏自己不願意做，等回了老太太，若老太太允了，許國公也會記著她的寬宏大度。

這會兒蕭謹言心裡只想著怎麼把阿秀先弄進國公府，私下裡好多多接觸接觸，眼下阿秀年紀正小呢，得要讓她認準了他，才能長長久久跟著，哪裡想得到孔氏心裡的諸多糾結。聽孔氏這麼說，便笑道：「那行，明兒回去我就求了老太太，讓她把蘭妹妹接進府住幾日。」

說完這席話，蕭謹言才覺得似乎有些不妥，忙不迭又道：「也把姝表妹、玉表妹都接過來，等過完元宵再各自回家。過了今年，表妹們及笄，以後再沒有聚著的時日了。」

孔氏聞得蕭謹言忽然又提起另外兩個姑娘，知道是給她臺階下，遂笑著道：「你能這麼想，就再好不過。過了今年，你那幾個表妹都要及笄，到時候嫁人的嫁人，只怕是很難再聚了。」

其實孔氏心裡還有別的想法，既然孔姝要來，索性也讓她見一見蘭嫣。雖然孔氏心中對蘭嫣甚是滿意，但納妾畢竟是兒子房裡的事，還得讓孔姝這個正室點頭。趁著這段時日，兩人稍微熟識一下，各自摸清脾性，也是為了將來好。

蕭謹言又往蘭嫣那邊看了一眼，目光卻仍是停留在阿秀的小腦袋瓜上，道：「那便這麼說定了，蘭妹妹在家中靜候佳音吧。」

從菩提院回來，朱氏的心一直怦怦跳個不停，蘭嫣倒是心如止水的樣子，早早進房睡了。

蘭嫣在床上翻來覆去，最後還是沒睡著。在次間裡的錦心已經傳來均勻的呼吸聲，而阿秀睡在蘭嫣身旁，卻也是心事重重，甚至悄悄嘆了口氣。

蘭嫣翻身，看阿秀睜大著眼珠子，濃密黑翹的睫毛撲閃撲閃，很是可愛秀氣。

「阿秀，妳大半夜的嘆什麼氣，吵得我都睡不著了。」蘭嫣數落阿秀。

阿秀轉頭，看見蘭嫣也皺著眉，一副鬱鬱寡歡的表情，好奇地問：「姑娘，您怎麼還不睡？時候不早了呢。」

蘭嫣沒有回答阿秀的話，只是低著頭，裝作老成地開口。「妳還小，有些事情還不懂。」

阿秀差點兒沒被蘭嫣這一本正經的表情給逗樂了，不過仔細想想，她如今確實只是個十歲的孩童而已。

「阿秀雖然不懂，但姑娘跟阿秀說說，阿秀沒準兒就懂了。」

蘭嫣翻過身，和阿秀面對面躺著，想了想道：「阿秀，我問妳啊，妳今天瞧見了許國公家的世子爺，覺得他長得好看嗎？」

阿秀聽了，閉上眼，努力回想蕭謹言的模樣。

其實在阿秀腦海中，印象比較深刻的，還是蕭謹言二十三、四歲時的樣子，眉宇俊朗、鼻梁挺直、嘴唇不薄不厚，一雙深邃的眼，像是能看穿她所有的小心思，是以她在蕭謹言面前，從來沒有任何保留。

可那樣的蕭謹言，並沒有護住她。

阿秀重活一世，領悟了這一點，打算自立自強，自己保護自己。

「世子爺長得真的很好看，眼睛特別明亮、眉毛不粗不細，皮膚不是特別白，但是看上去非常細膩；耳垂很大，據說是有福之人的長相；鼻梁很挺，聽說這樣的男子會很有擔當……」

阿秀的話還沒說完，蘭嫣就打斷她。「我讓妳說說他的長相，妳倒像在看相一樣。他有沒有福、有沒有擔當，和我有什麼關係……」聲音越來越細，最後就安靜了。

阿秀抬起頭，見蘭嫣閉著眼睛，氣息平緩，似乎已經睡著了。

阿秀又翻了個身，躺平看著空蕩蕩的床頂，努力閉上眼睛，可濕濕熱熱的淚水還是慢慢滑落。

她有些恨自己的不爭氣，明明已經下定決心改變這輩子的命運，為什麼又忍不住想蕭謹言呢！

第二日一早，蕭謹言人逢喜事精神爽，昨晚一帖藥下去，已經完全看不出病容了。洪氏特意命人去請的太醫也說他只是偶感風寒，如今已無大礙。

孔氏送走太醫，進到裡間，見丫鬟正在為蕭謹言更衣。蕭謹言穿著銀白色繡青竹的直裰，腰間別無贅飾，只掛著一個青竹紋樣的荷包。孔氏覺得這荷包有些眼熟，一時卻想不起在哪裡見過。

這時，王嬤嬤進來傳話。「蘭家夫人和姑娘要回去了，過來向太太辭行呢！」

孔氏應了聲，伸手替蕭謹言理了理衣襟，轉身出門。

王嬤嬤剛挽起簾子，就見春桃領著朱氏和蘭嫣進來。

孔氏稍稍抬眸，正巧看見蘭嫣腰間繫著的蘭花荷包。會做針線活的人只看一眼，便知道這荷包和方才蕭謹言身上掛著的，是出自同一個人之手。

孔氏立時愣住，想起蕭謹言昨日見蘭嫣的種種失態，暗暗嚇了一跳，心裡更是說不出是個什麼滋味。

朱氏瞧見孔氏臉色不好，只當是寺廟裡清苦，且換了床榻，未必能像在家中睡得那般舒適。

「夫人瞧著臉色不大好，是不是昨晚沒睡好？」朱氏關切地開口詢問，倒是給孔氏提了個醒，回過神來，尷尬笑道：「還真是如此，我平素就是有些認床的。」

孔氏調整好思緒，心裡依稀有了些想法，怕是蘭姨娘早有了這樣的打算，讓蕭謹言和她姪女暗通款曲，而她這個母親居然被蒙在鼓裡。

孔氏心裡冷笑，想背著她做出骯髒事，只怕他們的道行還淺了些。

「嫣姐兒身上繫著的荷包，看著倒是精緻得很。」

孔氏冷不防提起荷包，蘭嫣一愣，這是阿秀昨兒剛給她的，覺得好看，才把原來那個換下來，戴在身邊。

朱氏聞言，目光也不由移到蘭嫣的荷包上。「嫣姐兒，把妳的荷包解下來，給夫人看看。」

蘭嫣雖有些不捨，可國公夫人開口，定是不能違逆的，只得將荷包取下，雙手送到她身邊丫鬟的手裡。

孔氏接過荷包，左右翻看，越發確定這荷包和蕭謹言身上的出自一人之手，心中又是一陣冷笑，卻不形於色。

「這荷包……倒是挺合我眼緣的。」

蘭嫣正想開口說話，朱氏已接著道：「既然夫人不嫌棄這荷包做工拙劣，不如留著玩吧。」

蘭嫣看了朱氏一眼，心有不捨，朱氏卻只暗暗朝她點頭。於是蘭嫣低下頭，也小聲道：「太太喜歡，就留下吧。」

朱氏暗暗鬆了口氣，又道：「要是夫人還喜歡別的花樣，請丫鬟送花樣子過來，讓嫣姐兒再繡個新的給您。」

孔氏把荷包塞回春桃手中，笑著道：「不用了，這個就很好，那我留下了。」

出了菩提院門口，蘭嫣的嘴巴噘得可以掛油瓶了，氣呼呼道：「娘，那是阿秀剛送我的荷包，怎麼能轉手就給了國公夫人呢！」

朱氏瞧了蘭嫣一眼，搖搖頭。「虧得國公夫人還能看上阿秀的繡工，看來妳大姑母說得不錯，京城裡即便選個小妾，也是要樣樣精通的。」

蘭嫣聽朱氏終於把話說明白，眼中滿含淚光，定定地看著她，將手裡的絲帕扯得變了形。

朱氏察覺自己說錯話，想改口卻已經晚了，尷尬地看著蘭嫣，眼底的哀怨多於傷痛。

蘭嫣轉身，奮力在雪地裡跑了幾步，臉上的淚滑落一片。

朱氏的身子晃了晃，險些要跌倒，幸好邢嬤嬤上前，一把扶住她。

「太太，姑娘還小，不明白您的苦心。」

朱氏一邊落淚、一邊道：「我這個要把親閨女送去給別人家做小的娘，又能有什麼苦心呢？」

蘭嫣回到明鏡院，趴在床榻上哭了起來。

錦心和阿秀不知事情的原委，不敢上去勸慰。過了良久，蘭嫣才漸漸緩過來，擦了擦眼淚，小聲抽噎。

阿秀走過去，小聲問道：「姑娘，您這是怎麼了？是什麼事情讓姑娘受了這麼大的委屈？」

蘭嫣看著阿秀清澈無辜的大眼睛，無論如何也說不出自己要帶著她一起去給人做小老婆的話，只咬了咬唇瓣道：「沒什麼，就是國公夫人看上了妳給我做的荷包，要了過去，我心疼得緊……」

蘭嫣的話還沒說完，阿秀便笑著道：「我還當是出了什麼天大的事情呢，原來是這個啊。姑娘喜歡，阿秀再給姑娘做就是了；姑娘想要多少，阿秀就做多少。」

蘭嫣含著淚點點頭，把頭靠在阿秀瘦小的肩膀上。

朱氏才走到明鏡院門口，就瞧見自己房裡沒跟著來紫廬寺的大丫鬟紅杏正匆匆從外頭進來，還不及行禮，便忙不迭開口道：「太太，老爺和方姨娘他們昨兒傍晚時到京城，泓哥兒也來了。老爺昨兒就想讓奴婢來找太太，卻被方姨娘攔住了。」

邢嬤嬤聽了這話，咬牙切齒道：「家裡哪裡有她說話的分！要不是太太得照顧京城這邊，哪裡會讓她在老家指手畫腳，如今還真擺起了當家太太的譜來。」

朱氏原本也有幾分生氣，但見邢嬤嬤已經開口為她出了氣，便平靜下來。「隨她去吧。

以前老太太在跟前，她還能倚仗著老太太幾分，如今老太太在安徽，到了京城這地界，以後也由不得她胡來了。這裡滿地都是講規矩的官宦人家，自然不像在老家一樣，即便我不說，只怕老爺也不會由著她了。」

紅杏點點頭。「柳嬤嬤也是這麼說的，讓奴婢勸太太放寬心，不要與她一般計較。」

朱氏想起這兩天的事，這趟紫蘆寺之行總算沒有白來，既然已經向許國公夫人辭行，也是時候打道回府了。

過了晌午，孔氏讓和尚們又給蕭謹言唸了一遍平安福壽經，才和王嬤嬤等人打點行李，準備回府。

春桃拿了方才蘭嫣身上的荷包，問孔氏。「太太，論手藝，不是奴婢誇口，這荷包還沒奴婢做得好，太太怎就看上了呢？」

孔氏懶得再看那荷包一眼，懨懨道：「那荷包妳收著吧，別丟了，我有用得著的時候。」

春桃只得將荷包收起來，又去外頭收拾東西。

王嬤嬤進來，見孔氏臉色仍舊不好，也不由上前問道：「太太今兒是怎麼了？世子爺的身子好了，太太倒愁眉不展起來。」

孔氏氣急，瞧見丫鬟們都走遠了，才對王嬤嬤道：「嬤嬤，只怪我們太老實，還想著是湊巧遇上蘭家母女，只怕那蘭家姑娘和言哥兒早已暗通款曲許久了！」

孔氏一邊嘆氣、一邊把荷包的事說給王嬤嬤聽。

王嬤嬤聽了，恍然大悟，擰著眉頭道：「這麼說，言哥兒對那蘭姑娘，許是早就……」

「可不是！虧我們還像傻子一樣，當真以為他們是頭一回見。」孔氏嘆氣，心裡是說不出的暗惱。

王嬤嬤看著孔氏，帶著皺紋的眼睇了睇，淡淡道：「這事只怕是蘭姨娘安排的吧？」她如何不知道蘭姨娘的厲害，能把許國公收拾得服服帖帖，近十年沒再納一房小妾。蘭姨娘作為女人，無疑是成功的。

「除了她，還會有誰？」孔氏揉著手中的絲帕，氣憤道：「原以為她是個安分的，沒想到會使出這種下三濫的伎倆，當真是我小看了她。」

此時，王嬤嬤已經將事情前前後後想了一遍，開始給孔氏出謀劃策。

「其實太太不必生氣，那蘭姑娘，太太也見過了，品貌確實不錯，蘭家這樣商賈之家的女兒，來國公府做貴妾，也不算辱沒了他們。太太倒是可以捏著這事，找蘭姨娘說說話，畢竟老爺現在還寵著她，有些太太不便開口的事，倒是可以讓蘭姨娘給老爺提個醒。」

王嬤嬤這建議正中孔氏下懷，孔氏雖然是正室，可這些年夫妻感情冷淡，有的不過就是正室的地位。如今蘭姨娘被她抓住小辮子，少不得以後還有用得著的地方；至於蘭嫣那孩子，看著確實安靜可人，既然蕭謹言喜歡，她也不願意違逆了兒子。

「嬤嬤，妳說得不錯，確實可以這麼辦。」孔氏一掃眼中的陰霾，氣定神閒地坐下，喝起茶來。

外頭打點完，蕭謹言向周顯道別，上了馬車，臨走時得意地拿出一荷包銀子遞給他。

「你們寺裡觀音殿解籤的老和尚說得挺準的，這是我添的香油錢，你幫我供上。」

周顯接下銀子，笑道：「難得你也信這個。」

「怎麼不信？摯友都成了高僧，我自然要信的。」

周顯笑了笑，目送蕭謹言離開，然後繼續拿掃帚清掃院裡的積雪。

車廂裡，清霜見蕭謹言靠在角落，手心托著那青竹荷包，一邊看、一邊傻笑，心裡暗暗嘆氣。

蘭嫣確實是模樣頂尖的人兒，只可惜出身商賈之家，終究上不得檯面，世子爺再喜歡她，也只能納進來做個貴妾。不過，那樣的人家又沒窮到賣兒賣女的地步，蘭嫣願不願意進許國公府做妾，還兩說呢！

想到這裡，清霜不由搖了搖頭，又想起她對孔文的那腔思緒，多半也會如浮雲般被風吹散，心裡越發多了幾分失落。

第十二章

從紫盧寺到國公府，約有十幾里的路，馬車入了城，便熱鬧起來。

蕭謹言拉開簾子，瞧見大街上人來人往，要過年了，京城裡越發喜氣洋洋。

蕭謹言喊了車伕停車，清霜忙不迭跟下去。前頭孔氏見了，也命停下，問道：「言哥兒，好端端地，你下車做什麼？」

蕭謹言擰眉想了想，開口道：「我忽然想吃杏花樓的紅豆糕了，想買些來吃。」

孔氏聞言，連連搖頭失笑。「想吃讓小廝買了送回府就好，哪裡還用你親自去。」

蕭謹言一邊回話、一邊接了牽馬小廝手中的轡繩。「我就愛自己買了吃，還熱呼呼的，帶回府裡的都冷著。」

孔氏見蕭謹言不聽勸告，翻身上馬，忙喊了小廝。「你快跟上去，好好服侍著世子爺。」

蕭謹言騎馬走了十來丈遠，見蕭家的馬車動了，這才慢下來，等著身後的小廝過來，丟給他一兩銀子。「去杏花樓買兩斤紅豆糕，一會兒送到國公府後大街柱兒家來，多的銀子賞你了。」

小廝得了差事，高高興興往杏花樓去了。

蕭謹言深吸了一口氣，八年前的氣味其實和八年後沒什麼區別，但是……阿秀還在。

蕭謹言還沒到柱兒家門口，便聽見柱兒奶奶罵罵咧咧的聲音。

「下次再讓我瞧見你撅著屁股回來，就不用回來了！直接到下面找你爹娘，好一家團聚，留我這個老不死的一個人熬日子吧！」

柱兒趴在裡頭的炕上，伸著脖子喊。「那可不行，我要真下去了，爹娘知道我留您一個人，準一腳又把我給踢回來！」

柱兒奶奶手上拿著金創藥，聞言一巴掌拍在柱兒的傷處。「我現在就想把你一腳踢下去！」

她的話音剛落，就聽見蕭謹言道：「柱兒奶奶，妳可別這麼做，要是柱兒不在了，我上哪兒找那麼聽話的小廝。」

柱兒奶奶見蕭謹言不知什麼時候站在了門口，連忙起身，彎著腰在圍裙上擦了擦手，迎過來道：「世子爺，您怎麼往我這兒跑了？這大冷天的，快……快進屋裡坐。」

蕭謹言走進去，見柱兒家裡雖然擺設不多，倒還不算簡陋。如今柱兒奶奶雖然不在老太太跟前了，但府裡對服侍過老主人的老僕仍是相當優待，每個月給一吊銀子；再加上柱兒跟著蕭謹言，每個月也有一兩，平常蕭謹言又多有賞賜，所以日子還算過得下去。

「我來瞧瞧柱兒，不知道他好些了沒有？」

柱兒瞧見蕭謹言，立刻生龍活虎起來，恨不得從炕上蹦起身，但礙於屁股上的傷還沒好，只能稍稍靠著炕沿坐著。

柱兒奶奶急急忙忙去燒茶、倒水，蕭謹言見她忙裡忙外，身子骨兒硬朗，也放心了些。

「世子爺，您是偷偷出來的吧？給太太知道了，準又要剝了奴才的皮。」

「有我在呢，哪那麼容易讓人剝皮了。」蕭謹言拍拍柱兒的肩膀，見他疼得直縮，便收回手，一本正經道：「上次讓你打探的事情，可以不用再打探了。」

「怎麼，世子爺不找那個姓林的人了？」

「不是不找，是找到了！」蕭謹言說著，眼中放出精光，掩飾不住心中的笑意。

「哎喲我的爺，可算找到了！是圓的還是扁的？」柱兒一個勁兒地問道：「我說爺，好端端地，您找個年紀半大的男人做什麼？」

蕭謹言瞪柱兒一眼，拍他的腦門。「誰要找男人了？我是想找他的閨女，如今找到了。」

柱兒挨了一掌，頭點個不停。之前雖然不知道蕭謹言找那個人做什麼，但世子爺說要找，那他就得找。

「你聽著，等你屁股的傷好點了，去廣濟路上的蘭家打聽一個叫阿秀的丫鬟，問問她在裡頭過得好不好？有沒有什麼人欺負她？再打聽打聽蘭家平常對下人是怎麼樣的？會不會動不動對下人喊打喊賣？都給我問清楚了。」

柱兒小雞啄米似地點頭，又問蕭謹言。「爺，打聽完後，要怎麼樣？」

蕭謹言捏著下巴想了想，抬頭道：「先按兵不動，我再想想別的辦法。」

柱兒一臉不解地看著蕭謹言興奮的表情，好奇心使然，再問道：「世子爺，您要打聽的那個丫鬟，多大了？」

蕭謹言聞言，瞪他一眼，柱兒頓時覺得後背拔涼拔涼的，遂低頭噤聲了。

海棠院裡，蘭姨娘正滿臉驚恐地跪在地上。

今兒原是個大喜日子，一早就有蘭家的婆子來傳話，說是蘭老爺帶著其他家人到了京城。蘭姨娘本預備在孔氏跟前告個假，回蘭家看看，可誰知道孔氏一回府，就命人把她傳過來，足足在大廳裡跪了一個時辰，連理都沒理她。

蘭姨娘素來小心謹慎，心知正室和妾室之間有天壤之別，雖然在國公爺跟前得寵，但在孔氏跟前，她是不敢甩臉子的。孔氏平時也不是不講道理的人，對待她們這幾個姨娘還算公正，想來想去，只怕是把蘭嫣引薦給蕭謹言這一步出了岔子。

孔氏喝了幾盞茶，又去老太太那邊回話，回到海棠院，瞧見蘭姨娘還在廳裡跪著，心下略略解氣，讓春桃把蘭嫣的荷包拿來，伸手丟到蘭姨娘跟前。

「我平常待妳不薄，妳倒好，唆使自己的親姪女來勾引世子爺。誰給了妳這狗膽，讓妳做這種下三濫的事情？怎麼，妳一個人給人做小不夠，還想著讓你們蘭家的姑娘全做別人的小老婆嗎？」

蘭姨娘瞧見那個荷包，心頭咯噔，當初給蘭嫣請繡娘學女紅，還是她的主意呢。她從小不愛女紅，所以這方面拿不出手，便想著讓蘭嫣好好學一學，沒承想才沒幾天，那丫頭片子就拿著這種東西出來勾引男人了。當初她是怎麼千叮嚀、萬囑咐的，做姑娘一定要矜持，絕不能先做出踰矩的事情，如今竟然被當成了耳邊風。

不過蘭姨娘畢竟是久經沙場的老手了，只暗恨了一會兒，即回過神來，一邊抹淚、一邊道：「太太拿著這個荷包來找奴婢，可奴婢實在不知道事情的原委啊。奴婢的親姪女，奴婢也有些時日沒見到了，如今是個什麼模樣，奴婢還說不清楚，何來教她做出下三濫事情一說？」

孔氏見她狡辯，心中又生出火氣，強捺著性子道：「不是妳教的？只怕以她的性子，還做不出這種事情來。妳面上一把鼻涕、一把淚，心裡不知怎麼得意呢。

「我告訴妳，這事即便世子爺點頭，還有我這一關。妳的如意算盤也別打得太精了，省得毀掉妳姪女的清譽，以後連個普通人家都嫁不成。」

此時，蘭姨娘的心裡真是如孔氏說的那樣，聽聞蕭謹言對蘭嫣有了意思，沒來由地多了一絲喜悅；可這瞬間的喜悅，卻被孔氏後面幾句話給澆滅了。

蘭姨娘是個聰明人，如何不知孔氏的意思，便伏低做小道：「奴婢本就是太太賞給老爺的人，太太想要奴婢做什麼，奴婢便做什麼；只是我那姪女，真是讓人心疼，太太就當疼惜疼惜晚輩，千萬別累著她的清譽了。」

孔氏見談判結果還算滿意，稍稍鬆了口氣。「放心吧，我已經見過妳那姪女了，至於她的清譽如何，還要看妳以後的表現，即便在許國公府做個小妾，也是要身家清白的。」

蘭姨娘聞言，也鬆了口氣。這麼看來，蕭謹言必是滿意蘭嫣，不然像荷包這樣敏感的東西，一個國公府的世子爺，斷然不敢隨便收下。

蘭嫣從外頭進來，在院子裡頓了頓，眉梢一挑，瞧見紅梅樹上才盛開的兩枝梅花不見了。

眼下正是仲冬，紅梅開得豔麗，當初蘭家買這處宅子時，一來是看中這兒離朱家的房產近；二來就是看上了小院裡的紅梅樹。聽賣院子的人說，這棵紅梅名叫江南朱砂，是很稀罕的種類，原先的主人家要走時，本是想掘起帶走的，後來因為路太遠，怕樹禁不起折騰，才留下來。

蘭嫣是愛花之人，幾次想折了養起來，終究還是沒捨得；孰料出門兩天，就見花斷了幾枝，心裡如何不氣，遂將琴芳喊來，訓道：「我才出門幾日，這繡閣裡就反了天了。妳說，到底是誰折了院子裡的梅花？」

琴芳正在搬行李，冷不防聽見蘭嫣發脾氣，忙從大廳裡走出來。「姑娘，您且息怒。我們這院子裡的人，誰不知道您喜歡這紅梅樹，當初若不是為了它，興許也不選這處院子了，誰也不敢來折這花的。」

蘭嫣心裡也清楚，她這院子雖小，裡頭的人卻都是聽話的，只聽琴芳繼續把話說下去。

「昨兒方姨娘從這邊經過，瞧見了，說是二姑娘喜歡，非要折幾枝過去；若是她遣了丫鬟來，奴婢們定不讓她們折，可方姨娘和老爺一起，奴婢們只好……」

蘭嫣聽琴芳說完，憤憤咬牙，沒再開口，轉頭進房了。

到了午時，太太身邊的紅杏來請蘭嫣用膳，蘭嫣直不肯過去。

阿秀瞧蘭嫣心情不好，杵在旁邊不敢說話，心裡清楚，蘭嫣肯定還在氣那幾枝梅花的事，正想上去勸慰幾句，卻聽蘭嫣開口道：「妳就回太太，說我今兒回來，瞧見自己院子裡的花被折了，心裡難受，吃不下飯。」

阿秀服侍了蘭嫣小半個月，有點摸到蘭嫣的脾氣，是個寧折不彎的主子，如今聽她這麼說，想必是要跟方姨娘打上一次擂臺了。想了想，作為奴婢，她還是不多話得好，便原原本本地把蘭嫣的話說給紅杏聽。

前院正房，蘭老爺端坐在主位，朱氏坐在下首，下面坐著蘭家幾個庶出子女：二姑娘蘭婉、三姑娘蘭妡還有大少爺蘭瀟、二少爺蘭泓。

圓桌邊，一名身形清瘦卻不失嬌媚的女子站在一旁，見蘭嫣遲遲未到，開口問道：「我瞧哥兒、姐兒都餓了，大姑娘怎麼還沒來？太太要不要再派個人去請一請？」

朱氏抬頭，橫了方姨娘一眼，眼中帶了幾分厭惡，但說話還是一如既往地溫和。「已經派丫鬟去請了。嫣姐兒路上奔波，可能是累了。」

方才朱氏一回來，就把在紫廬寺遇上許國公夫人的事同蘭老爺說了。蘭老爺聽完，心裡只一味高興，當這事是八九不離十了，如今見蘭嫣怠慢，也沒有怪罪的意思，只笑道：「等就等一會兒吧，時辰還早呢！」

蘭婉聽了，噘起小嘴，一個勁兒地道：「爹爹，大家都餓了。您聽見沒有？瀟哥兒的肚子都咕嚕咕嚕叫了。」

方姨娘上前，假裝生氣地瞪了蘭婉一眼，大聲道：「老爺讓你們等著，你們就等著。嫣姐兒是你們的長姊，她沒來，便沒有你們吃飯的分。」

朱氏聽了這話，臉上頓時變色，只壓著火氣，仍舊溫和道：「老爺和我都在呢，這裡沒妳教訓孩子的分。孩子們要是餓了，就先吃吧，我們不是那種豪門大戶，不用講究這排場。」

朱氏正說著，紅杏已經從蘭嫣房裡回來，見老爺和方姨娘都在，不敢實話實說，咬了咬唇，小聲道：「姑娘說路上累著了，不用午膳，讓老爺和太太先吃吧。」

朱氏聽說蘭嫣累了，心下有些擔憂，還要發問，見紅杏有些不自然地暗暗搖頭，便壓下話，開口道：「老爺，既然嫣姐兒不來，那我們先吃吧。」

蘭家雖然規矩不大，吃飯倒也是安安靜靜，一頓飯吃完，奶娘們各自帶著孩子出去；蘭老爺剛到京城，事務繁忙，用過午膳，也帶著小廝出門了。

這會兒，朱氏總算空閒下來，才把紅杏叫到跟前，問道：「嫣姐兒為何不來用午膳？」

這時，紅杏不需要再隱瞞，便一五一十把話說了。

朱氏聽完，甩手砸了茶几上的蓋碗，氣得嘴唇發抖。「她就是個惹事精，如今到了京城，看我還容她！」

柳嬤嬤在一旁聽了，也很氣憤，嘆息道：「太太，昨兒您不在家，她那進院子的架勢，好像她才是當家奶奶一樣。進了院子，又東挑西揀，說這兒不好、那兒不行，最後瞧上姑娘住的繡閣，聽說姑娘住了，肯定是心裡恨，才故意折了姑娘的花，讓姑娘生氣呢。」

朱氏輕撫額頭，一個勁兒嘆息，拿著帕子擦眼淚。「原本以為來了京城，我就清靜了，誰知道她竟求著老爺跟來，我死活勸阻，她便攛掇老太太去鬧老爺。如今老太太沒來，她倒是得逞了。」

柳嬤嬤心疼地看著朱氏，上前安慰。「太太別難過，泓哥兒不是也來了嗎？我聽那些從老家跟來的人說，陳姨娘只怕熬不過這個春天，到時候泓哥兒就是太太一個人的了。」

朱氏聽了，強忍著淚水，點點頭。「妳說得是。快，快去把泓哥兒喊過來，我們一起去嫣姐兒那邊，讓他瞧瞧自己姊姊。」

繡閣後罩房的小房間裡，阿月正拿著自己私藏的糖遞給阿秀吃。阿秀服侍完蘭嫣回來，就開始整理自己的針線簍子。可憐她趕工繡出來的兩樣東西，全部便宜了別人。

阿月盯著阿秀，神秘兮兮地問道：「阿秀，看見未來姑爺了沒有？」

「什麼未來姑爺？我們這次是去上香，又不是去見人。」阿秀莫名其妙地看著阿月。

阿月湊上去，趴到阿秀跟前，皺著眉頭道：「怎麼會沒見到呢？我昨兒聽太太房裡的綠珠姊姊說，這次太太到紫廬寺上香，是帶著姑娘去見未來姑爺的，據說是個什麼公府還是侯府的世子爺……」

阿月的話還沒說完，阿秀的身子便忍不住震了一下，再低頭，雪白面料竟染上了一滴鮮紅的血跡。

見阿秀戳著了手，阿月哈哈笑道：「妳瞧妳，之前還笑話我手笨呢，這回妳也被繡花針戳到了吧！」

阿秀放下針線，伸手按著阿月的肩膀問道：「妳當真是這麼聽說的？」

阿月從沒見過阿秀這個模樣，被她嚇住了，結巴道：「我……我也是聽她們說的。我們姑娘的人品、相貌是沒得說，可人家公府侯門能看上我們這種商賈之家嗎？」

這時阿秀恍然大悟，顧不得吸指尖上的血，終於把這兩天的事情給想明白了。

原來蘭家人一直籌謀的，是讓蘭嫣進許國公府，給世子爺蕭謹言當小妾。

阿秀有些不知所措了，讓她看著蕭謹言和別人恩恩愛愛，白頭到老，會是種怎樣的折磨呢？況且這個人，很有可能是自家小姐。

阿秀又仔細回想那晚的見面，她一直低著頭不敢看蕭謹言，但總覺得蕭謹言的目光落在她身上，原來是她想多了。蘭嫣這樣優秀動人，能有幾個男子不為她動心？

「阿秀……阿秀……妳怎麼不說話呢？」阿月見阿秀不說話，搖了搖她的手臂。

阿秀猛然抬起頭，咬著牙，一時實在說不出話來。過了良久，稍稍緩和情緒後，才開口道：「若那個人就是妳口中說的姑爺，我倒是真瞧見了。」

阿月興致勃勃地問：「長什麼樣？好看嗎？」

「好看，是這世上最好看的男子。」阿秀說著，心又忍不住酸起來，只強忍著淚意繼續道：「下次妳要是看見，就知道了。」

阿月滿臉羨慕。「太太嫌棄我繡工不好，讓我在家練繡花。妳看，就這一天一夜，我已經毀掉好幾塊帕子了。」

阿秀無奈笑笑，收起手中的活計，背對著阿月側躺在炕上，眼淚卻不聽使喚，一個勁兒地落下來。

阿月見阿秀躺下，以為她這兩天服侍蘭嫣累了，便悄悄吹熄燭火，到床上睡了。

沒過多久，阿月均勻的呼吸聲傳來，阿秀再也忍不住，嗚咽一聲，又急忙摀住了嘴。

十六的月亮很圓，阿秀看著窗外的月光，擦乾眼淚想著，如果蘭嫣真的要進許國公府，如果蕭謹言這輩子還是娶了欣悅郡主，那她怎麼能讓蘭嫣進去涉險呢？

第十三章

眼下年節越發近了，蘭家也比往常更加忙亂。這是蘭家頭一次在京城過年，好多不懂的規矩，都是朱氏請兩位老嬤嬤挨家挨戶問來的，比如北方人過年要吃餃子，餃子裡還要包銅錢。從臘月二十四開始，朱氏便按照北方人的習俗，一樣樣在府中安排起來。

正院裡，幾個大丫鬟正領著幾個小丫鬟掃地。泓哥兒、瀟哥兒跟著幾個小廝、小丫鬟在院子裡捉迷藏。

阿秀端著托盤，裡面整整齊齊放著百來個大紅荷包，從門外走進來。

瀟哥兒跑得太快，一時沒看著路，竟往阿秀直衝過去。雖然他不過七、八歲大，但男孩子壯實，已經和阿秀差不多高，兩廂一撞，便撲通一聲，跌了個四腳朝天。

阿秀才十歲，又瘦弱得跟竹竿一樣，這一撞也沒站穩，一屁股摔在地上，滿盤子荷包散了一地。

瀟哥兒是個被方姨娘寵壞的性子，便指著阿秀哭鬧道：「哪裡來的死丫頭？撞疼我了！」

正在旁邊閒聊的奶娘聽見哭聲，吐了嘴裡的瓜子殼迎上來，見阿秀是個面生的，遂趾高氣揚道：「妳是哪個院子裡的，懂不懂規矩？撞了大少爺，還不快起來賠罪。」

阿秀自己還懵著呢，可兩世當下人，知道頂撞主子只有死路一條，於是急忙爬起來，跪在地上向瀟哥兒認錯。

瀟哥兒摔得不輕，只一味抹眼淚，奶娘見他哭個不停，生怕把方姨娘招來，自己又要受罪，遂上前一巴掌把阿秀打倒在地。「不知死活的丫頭，竟然敢撞大少爺！」

奶娘打完，又回去哄瀟哥兒，但他還是哭鬧不休，在地上撒潑耍賴。

阿秀被奶娘打了一巴掌，半邊臉又麻又疼，雖然芯子裡不是十歲的孩子，眼淚還是忍不住撲簌簌落下來。

泓哥兒見了，跑過去道：「奶娘，是大哥走路不看路，先撞了這個姊姊的。」

恰巧這時方姨娘從外面進來，聽見瀟哥兒的哭聲，頓時大怒，扯著嗓子道：「是誰惹大少爺哭的？」

泓哥兒畢竟年紀小，再加上以前跟著陳姨娘時，沒少受方姨娘的嚇唬，竟一下子結巴得說不出話來了。

瀟哥兒見到方姨娘，有了倚仗，指著阿秀道：「就是她，是她把我撞倒的。」

方姨娘看了阿秀一眼，見是蘭嫣房裡新買的小丫鬟，瞧著眉眼，還生得真是秀氣呢。想起前幾天不過是折了蘭嫣繡閣裡的兩枝梅花，就整整看了她幾天的臉色，最後還不得不讓蘭婉親自去道歉，才算甘休，這股氣實在嚥不下去，遂走到阿秀跟前，橫眉瞪眼。

「哪個房裡的小丫鬟這般不懂規矩？既然衝撞了主子，就拉出去好好教訓一頓。」方姨娘說著，朝身後努了努嘴，兩個老婆子便上前，一副要把阿秀生吞活剝的樣子。

阿秀見兩人靠近，心裡叫苦不迭，蘭嫣早交代過她，現在方姨娘來了，出門之前，都要看看黃曆才好的。

兩個婆子的手才預備伸上來，忽然聽見身後一個清亮的嗓音道：「打狗還要看主人呢，方姨娘好大的威風，在正院裡就敢喊打喊殺了嗎？」

方姨娘見是蘭嫣，正預備還嘴，忽然瞧見朱氏領著一位年紀稍微大些的老嬤嬤從外頭進來。那老嬤嬤看著雖然是下人模樣，但身上穿的卻是上等杭綢，頭戴赤金嵌寶珠釵，手腕的金手鐲看上去足有兩兩重；方姨娘再沒眼力，也知道這位定然不是普通人家的老媽子。

朱氏看看方姨娘，只嫌棄地吐了一句。「還不帶著孩子們下去。」

方姨娘終究不敢在朱氏跟前太過撒野，況且還有一個來路不明、身分不明的外人，便撇撇嘴走了。

見方姨娘離開，朱氏才嘆了口氣，對王嬤嬤道：「讓王嬤嬤見笑了。我們小地方出來的人，總有些上不得檯面，承蒙國公夫人不嫌棄，肯見我們一面。」

王嬤嬤跟在孔氏身邊多年，對這些事情司空見慣，更知道失去丈夫寵愛的女人在後宅的艱苦。孔氏生了蕭謹言，有兒子依傍，在許國公府裡尚且如此，只怕在小門小戶又沒有兒子的朱氏，更是不容易了。

「太太是真心喜歡你們家姑娘的，況且這些年，太太和蘭姨娘之間，關係也算和睦。這次既然老太太也發話了，所以太太讓我來府上說一聲，請大姑娘初二到國公府做客。除了大姑娘，太太還請了幾位表姑娘，大家一起住到元宵節後，熱熱鬧鬧地過個年。」

朱氏當真沒想到這事情會成。原本只想著，若是不成，自己再找機會見蘭姨娘，看看能不能再安排個什麼事情，讓蘭嫣在蕭謹言跟前多露露臉，沒承想，如今竟這麼容易就成功了。

「這……嫣姐兒從小沒在別人家住過，我怕她不懂規矩，要是衝撞了老太太、太太她們，那可……」

好事來得太快，朱氏又覺得不安起來，終究是自己的親閨女，實在放心不下。

「夫人放心，我們家老太太最是隨和，又喜歡熱鬧，大姑娘那麼聰明伶俐，一定會討老太太喜歡的。對了，我們世子爺還說，上回見到的那個小丫鬟挺有意思，也帶進去，府裡剛好有新進的小丫鬟，可以一起玩。」

雖然王嬤嬤覺得蕭謹言特意這麼囑咐，似乎別有用心，可一時想不出有什麼不妥，便如實說了。

朱氏點點頭。「說的是阿秀吧，她確實靈巧秀氣。」朝外頭看了一眼。方才她們進來時，阿秀還跪著呢，這會兒方姨娘已經走了，不知那小丫頭怎樣了？

蘭嫣見朱氏往外看，又覺得她和王嬤嬤的對話，自己多聽無益，遂站起來道：「我去看看阿秀。」

朱氏見蘭嫣跑出去，嘆了口氣，又重新和王嬤嬤攀談起來。她知王嬤嬤是個聰明人，如何猜不透她們這些小心思，於是一語雙關地對王嬤嬤道：「以後蘭嫣進了國公府，嬤嬤可要多多照顧著。」說著，一旁的柳嬤嬤就將事先準備好的荷包遞過去。

朱氏把荷包推到王嬤嬤面前，為難道：「但凡有能耐的人家，誰也不願意讓自己的女兒做小，可這一家老小的，蘭家總要活下去。」

王嬤嬤收起荷包，猜想裡面應該是一張銀票，點頭道：「夫人的苦心，我也明白。夫人放心，不是我吹噓，世子爺是個成材的，太太又厚道，便是以後的主母，也是寬厚的人。」

朱氏點頭，心裡稍稍寬慰了點。

蘭嫣走到廳外，見阿秀正跪在地上撿被風吹散的荷包。

這些荷包是朱氏吩咐做的，過年時用來打賞下人。如今到了京城，處處要學著京城人的規矩，出門應酬才不會被人笑話了去。朱氏是個很周全的人，這方面素來想得周到。

荷包上沾了灰塵，顯得有些髒，阿秀伸手輕輕拍了拍，臉上沒有半點受委屈的表情，要換成前世的阿秀，不知要躲到角落哭多久。活過一世的阿秀對這些事情看得很淡，倒沒覺得自己有多委屈。

蘭嫣走上前，蹲下來幫阿秀撿荷包，抬起頭時，才瞧見阿秀臉上的四個手指印再明顯不過，頓時火冒三丈，拉著她的手道：「是誰打妳？快告訴我，我去幫妳出氣！」

阿秀聽了，只皺著眉頭不說話。以前世的經驗來看，主子們爭強鬥勝，最後遭殃都是當奴才的，她受些委屈不要緊，只要能小事化無便無所謂了。

蘭嫣見阿秀不說話，也不逼她，喊了在一旁玩耍的泓哥兒過來問道：「泓哥兒乖，告訴姊姊，是誰打了阿秀？」

泓哥兒雖然年幼，但還是認得清自己要倚靠的人，開口回答。「是大哥的奶娘。姊姊，我瞧見是大哥先撞這個姊姊的，不是她的錯。」

像這種還沒被教壞的小孩子，說出來的話，蘭嫣是相信的。她摸了摸泓哥兒的頭，取了一個荷包給他，在裡面丟了塊碎銀子。「去玩吧，這個是姊姊賞你的。記著，以後你大哥要是敢亂欺負人，就來告訴我，知道不？」

泓哥兒應了，拿起荷包，歡歡喜喜地又去找奶娘玩了。

蘭嫣把阿秀的東西整理好，送給朱氏房裡的綠珠，便帶著阿秀回房上藥。

「我瞧著妳平常挺機靈的，怎麼這次吃了悶虧呢？」錦心一邊給阿秀上藥、一邊道：「她這哪裡是要打妳，分明是藉著打妳，來下姑娘的臉面。妳不知道，以前我和琴芳剛到姑娘房裡時，也三天兩頭被她尋了理由打一頓。」

冰涼的藥膏搽到臉上，疼得阿秀抽了一口氣。「太太以前不知道嗎？」

「太太事情多，忙裡忙外的，有時壓根兒顧不到這些小事。也怪那時我們不機靈，只想著是主子教訓奴才，奴才怎麼也躲不掉，後來才知道，她就是喜歡揀軟柿子捏，專欺負姑娘房裡的小丫鬟。」

錦心說著，蓋上藥膏，再朝阿秀的臉頰看了一眼。蘭嫣也上前瞧了，淡淡道：「幸好下手不算太重，幾天就好了，不然過幾日去國公府，讓人瞧見妳臉上帶著傷，還以為我們家欺負丫鬟呢。」

「什麼？去國公府？去哪個國公府？」阿秀一下子懵了。

說到這裡，蘭嫣有些意興闌珊。「還有哪個國公府？不就是在紫廬寺見過的那一家嗎。」說完，隨手拿了一本書，靠在窗口看起來。

阿秀聽了，只覺得臉上的傷又隱隱作痛，想起那日在紫廬寺遇見蕭謹言的情景，又心亂如麻了。

方姨娘帶著瀟哥兒回房，正巧在門口遇上出來玩的蘭婉，見瀟哥兒紅著眼珠子，就問道：「怎麼了？瀟哥兒又被人欺負了？」

瀟哥兒的奶娘捋起袖子道：「還不是大姑娘。姨娘不過是教訓一個小丫鬟，大姑娘就當著外人的面，把姨娘當下人訓，這口氣怎麼能嚥得下去？」

這幾日，蘭婉也正為這件事生氣。她們從安徽搬過來，願意跟著的丫鬟，除了幾個家生奴才外，其他人都不願意來京城。

方姨娘房裡的奴才們，大多是外頭買的，所以如今她和蘭婉身邊得用的丫鬟沒有幾個。蘭婉那裡，算上粗使丫鬟，總共三個，只有一個是貼身服侍的，那天看見阿秀、阿月兩個伶俐的小丫鬟，她就開始眼饞了。

原本朱氏打算買幾個丫鬟，等她們來了分過去應急，可邢嬤嬤勸道：「太太買的丫鬟，只怕方姨娘她們用得也不稱心，不如等人到了，當著她們的面買進來，讓她們自己挑選得好。」

誰知到了年底，賣兒賣女的人家忽然少了，這幾日邢嬤嬤四處打聽，沒有什麼好的，所以這事情就耽擱了下來。

「姨娘，當初我說來京城必定是受氣的，妳還不信，如今可好，連個像樣的丫鬟也不讓人使喚了，我這日子過得還不如大戶人家裡的丫鬟呢！」蘭婉說著，捏著帕子就哭起來。

蘭婉今年十二歲，已經有些姑娘家的氣派，平常又仗著方姨娘疼愛，素來有幾分嬌貴。

「妳當我辛辛苦苦千里路的來京城是鬧著玩的？還不是為了妳和妳瀟哥兒！在宣城那小地方，能有什麼好的，蘭家富了幾代，如今還不是敗落了。這次妳爹遷到京城，擺明就是不想在老家待著，妳要是還住老家，過幾年不過就是找戶人家嫁了，能有什麼大出息？」

「難道來京城就有大出息嗎？我聽那些下人說，如今蘭家的生意，還不是全靠著許國公府蘭姨娘的關係，難道做個姨娘，在妳口中就是大出息了？」

蘭婉一甩袖子，轉身往廳裡走，一屁股坐了下來。

方姨娘連忙跟進去，左右瞧了一眼，小聲道：「那種人家的姨娘，跟我們蘭家的姨娘可是沒法比的。當初妳姑姑進許國公府，也是費了姥姥勁兒，如今再瞧瞧妳那姊姊，進京大半年了，才和許國公府的人說上話；不是我說，若是嫁到這樣的人家當姨娘，就跟給皇上當了妃子一樣，誰能小看了妳去？」

蘭婉聽著，扭了扭身子，橫方姨娘一眼，咬唇道：「妳自己當了別人的小老婆，還指望我也去當別人的小老婆嗎？也不怕別人笑話！」

方姨娘看蘭婉明顯沒有方才那般反感，笑道：「我怕誰笑話呀，妳要是能進許國公府當姨娘，我在這大宅裡的腰桿子才能硬些呢！妳以為妳爹對那生不出兒子的人真有感情？還不是瞧在大姑娘的面子上。以後大姑娘入了許國公府，少不得要幫襯著家裡。」

蘭婉聞言，低著頭，擰著裹在手指上的絲帕。

方姨娘見她還不開竅，著急道：「我私下裡打聽過，許國公府的世子爺過完年就十七了，還尚未婚配。那種大戶人家不興才成婚就納妾，所以大姑娘要進府，至少是兩、三年以後的事情，到時候大姑娘都十七了，妳卻剛剛好十五。」

蘭婉的眉梢動了一下，扭著手帕的手指忽然停下來，咬了咬唇道：「姨娘，那個叫阿秀的丫鬟，我看著挺好的，不如妳去幫我要過來。」

瀟哥兒聽蘭婉這麼說，忽然插嘴道：「姨娘，我要那丫鬟，她撞了我，我還沒教訓她呢。我要她給我當大馬騎，等她長大了，給我當媳婦！」

方姨娘甩著帕子道：「沒出息，別人看上的東西，你們搶個什麼勁兒？等過完年，娘給你們選更好的。」

蘭婉聽了，站起來，挑起眉梢道：「姨娘剛才不是還讓我去搶那世子爺來著？反正，只要是她的東西，我都要搶過來。」

正房的東裡間，正是朱氏和蘭老爺的住處。剛回京那幾日，蘭老爺在朱氏房裡住了兩天，然後又天天歇在方姨娘那裡了。

今兒蘭老爺難得在正房留宿，朱氏心裡很是高興，輕柔地為他寬衣解帶。

蘭老爺自認對朱氏還是念舊的，朱氏十幾年未有所出，如今還能做當家主母，覺得很對得起她了。

「聽說妳新買的兩個丫鬟，有個叫阿秀的還算出挑，蕙蘭想要了去，給婉姐兒使喚。」蕙蘭正是方姨娘的閨名。

朱氏的動作滯了滯，手指停留在蘭老爺的腰封上。「什麼？你說婉姐兒想要阿秀？」

「是啊，蕙蘭瞧阿秀性子沈穩，婉姐兒又是個急性子，想讓阿秀過去服侍，好幫襯幫襯。」蘭老爺隨口道。

「老爺，阿秀和阿月是我為嫣姐兒進許國公府特意挑的人啊。婉姐兒那邊要是丫鬟不夠用，我可以另外派人去。阿秀個性乖順，難得又做了一手好針線，這次國公夫人能請我們進府做客，少不了她的功勞……」

朱氏的話還沒說完，蘭老爺便打斷了她。「再好也只是個丫鬟，等年後買了新的，再讓嫣姐兒挑兩個就是。蕙蘭那邊難得向妳開口，妳這個當正室的要寬宏大量些。」

朱氏聽了這話，頓時生出怒火，咬著牙道：「原來老爺來這邊，只是為了要人，我還真當老爺是想起我來；那我也把醜話說在前頭，這次阿秀是許國公府點名要陪著嫣姐兒進去的，她想要人，好歹等嫣姐兒從國公府回來再說。」

蘭老爺聽朱氏的話語中似乎有了讓步之意，遂緩和了口氣道：「我來妳這邊，本就是想妳了，要人不過是順口帶句話而已。妳和蕙蘭是自家姊妹，何必為一個小丫鬟傷了感情。」

朱氏著實聽不下「自家姊妹」這幾個字，氣得渾身發抖，往炕頭上一坐。「我今日身子不適，請老爺去我的姊妹那邊吧。」

蘭老爺沒料到朱氏來了脾氣，見她拉長臉的模樣，頓時沒了心情，重新披上衣服，往姜姨娘的房間去了。

第十四章

朱氏鬱悶得整晚沒睡，第二天便犯了頭風，連床都下不了，一起身就覺得天旋地轉。柳嬤嬤忙讓下人去寶善堂請大夫，又派丫鬟去繡閣，把蘭嫣找過來。

阿秀跟在蘭嫣身後，見朱氏果真疼得厲害，心裡也有些擔心。朱氏的身子瞧著也算硬朗，如何能說病就病，只怕多少跟方姨娘他們來了有關聯。

朱氏的病因，還是因為沒生出兒子，總覺得對不住蘭老爺，所以每逢爭辯都氣弱幾分；如今瞧見阿秀乖巧地跟在蘭嫣身後，想起昨晚的事情，忍不住又落下淚來。

綠珠見狀，帶著阿秀出門，讓朱氏母女好好說一會兒體己話。

朱氏看阿秀走了，這才把昨夜的事情一五一十跟蘭嫣說了。

雖然蘭嫣平常看起來淡漠，可也是個倔強脾氣，聽了朱氏的話，氣得嘴唇發抖。

「從小到大，但凡是我有的東西，哪怕是一塊帕子、一件首飾，她都要爭過去。如今倒好，還跟我爭起人了，也不照照鏡子看看，她配不配！」

朱氏忙勸著蘭嫣。「我的兒，妳快別說這氣話。自從她進府，這十幾年，我是一天安生日子也沒過到。她是那種沒臉的人，事情鬧開了，丟的還是蘭家的臉面。」

蘭嫣從凳子上站起來，咬牙道：「蘭家若要臉面，如何只能靠著做姨娘的閨女照顧家裡的生意；既然她不要臉面，索性大家都不要。」說著，不顧朱氏起身要拉她，轉身逕自往門外走去。

朱氏剛支起身子，頭又疼得死去活來，只能大聲喊人攔住蘭嫣。

蘭嫣走到方姨娘院子門口，不等院裡侍弄花草的小丫鬟迎上來，只板著臉橫衝直撞。中廳裡，方姨娘正在教蘭婉做繡活，冷不防瞧見蘭嫣闖進來，嚇了一跳，還沒回過神，蘭嫣已一巴掌招呼在蘭婉的臉上。

那巴掌用足了氣力，一掌下去，蘭嫣只覺得手心發麻，臉上是一副憤恨的表情。

蘭婉平常嬌氣跋扈慣了，此時卻被徹底打懵。

方姨娘從沒瞧過蘭嫣這個樣子，愣了半刻，才如潑婦般開口道：「打人了、打人了！妳們還不快去告訴太太，說大姑娘跑到我的院子打婉姐兒來了！」

幾個丫鬟見蘭嫣震怒，也不敢攔著，這時邢嬤嬤趕了過來，見蘭嫣站在院中，正朗聲道：「不必了，我正是從太太那邊來的。太太有句話要我帶給姨娘，姨娘若是教不好婉姐兒，以後就把婉姐兒放在她身邊養著。京城裡的大家，為了讓閨女嫁得好，都會先養到嫡母名下來，如果姨娘也覺得這個主意不錯，今晚我就回了老爺。」

方姨娘雖然是小地方出來的人，但對這樣的習俗也是知道一二的，聞言便有些心虛，開口道：「大姑娘說的什麼話，大姑娘如今大了，太太張羅您的事情還忙不過來，怎好讓太太再操心婉姐兒。聽說太太身子不適，大姑娘怎麼沒在太太跟前服侍？」

蘭嫣原是窩著一團火來的，只想給朱氏出口惡氣，如今被方姨娘這麼堵回來，一時竟不知怎麼應答。阿秀跟著蘭嫣過來，見蘭嫣一下子被問住，心裡不禁著急，蘭嫣說什麼也不過就是十四歲的孩子，口角爭鬥上，哪裡會是方姨娘的對手。

阿秀看著蘭嫣受屈，心裡難受，想起昨晚蘭嫣心疼她臉頰上的傷，遂豁出去道：「服侍太太難道不是姨娘的事情嗎？奴婢雖然年紀小，可以前也聽別人家的老嬤嬤說過，太太和老爺房裡的事，都是姨娘服侍的，如今太太病了，方姨娘怎麼不去太太跟前瞧一瞧呢？」

阿秀本就長得一副老實樣子，一雙大眼睛無辜地眨了眨，倒像真的不明白一樣。

邢嬤嬤知道阿秀想護著蘭嫣，也上前幫腔。「妳們聽聽，一個十歲小丫頭都懂的道理，偏生有些人白活了這麼大歲數，還沒弄明白。」

蘭嫣有了臺階下，口氣又硬了幾分，轉身看著方姨娘。「姨娘，這可是京城的規矩，姨娘若是不照做，說出去也不像話……」

蘭嫣的話還沒說完，就瞧見蘭老爺從院外進來，見幾個人面紅耳赤的樣子，便開口問道：「一大清早的，什麼事情吵吵鬧鬧？」

方姨娘見蘭老爺來了，萬般委屈湧上心頭，擦著眼淚走過去。「老爺，大姑娘不知道發了什麼邪風，進來就給了婉姐兒一巴掌。」說著，把蘭婉拉到蘭老爺面前，指著她臉上的傷哭訴。

蘭嫣方才那巴掌是用了狠力氣的，現在手心還微微發麻呢，更何況是蘭婉的臉頰，早就腫起了一大塊。

蘭婉哭得梨花帶雨，一個勁兒地道：「爹，姊姊打我。」

蘭老爺看著蘭嫣，見她桀驁不馴地站在那裡，全然沒有半點犯錯的自覺，心中冒出了怒意。

「嫣姐兒，就算婉姐兒有什麼不對，妳也不能打她，她是妳妹妹！」

蘭嫣扭過頭，倔強地看著蘭老爺，一字一句道：「她若是把我當姊姊看待，我自然認她這個妹妹；若是沒有，我只當沒有這個妹妹。」

蘭老爺震怒，舉起手，眼看著就要落下一巴掌，蘭嫣卻絲毫不懼怕，閉上眼仰起頭，恨不得將自己的腦袋湊上去。

想起幾日後的許國公府之約，蘭老爺硬生生垂下了手，只冷冷道：「今日的事就這麼算了，罰妳去小佛堂面壁思過！」

蘭嫣睜開眼睛，第一次對這個父親無所畏懼，咬牙道：「要我在小佛堂面壁思過可以，但是母親病了，方姨娘難道不應該在榻前伺候嗎？我們來京城有些日子了，也知道規矩，太太、老爺房裡的事，本就應該由姨娘服侍。」

蘭老爺見蘭嫣咬住不放，況且確實有這些規矩，便點了點頭。「既然這樣，蕙蘭，妳就去吧。」

方姨娘還想辯駁幾句，見蘭老爺眼中已有了煩躁之色，只得生生把話嚥下，低頭道了聲是。

小佛堂裡，蘭嫣跪在蒲團上，口中唸唸有詞，一旁的阿秀也跟著唸了幾句。

可蘭嫣忽然不唸了，有些懶散地跪坐在一旁，帶著幾分無奈的怨氣道：「這菩薩要是真的靈驗，我娘早就生出弟弟來了。」

阿秀被蘭嫣的話逗樂，噗哧笑道：「姑娘快別這麼說，仔細菩薩聽見了，跟姑娘生氣呢。」

蘭嫣瞄了佛臺上供著的觀音大士金像一眼，搖頭道：「祂每天聽好話都聽得耳朵長老繭了，哪裡會聽到我這一句半句的抱怨。」

阿秀拿蘭嫣沒辦法，只好雙手合十，默唸道：「我家姑娘有口無心，請觀音大士原諒。」說完，更是三跪九叩，一片虔誠。

蘭嫣嘆氣，有些無聊地扯著手中的絲帕。

阿秀見了，便勸道：「姑娘今日確實太衝動了點，這樣正兒八經地吵，外頭只會說姑娘的不是。京城裡的人都知道，姨娘是上不得檯面的，姑娘是正經嫡女，不應當這樣。若老爺真的打了姑娘，心疼的還是太太。」

蘭嫣扭過頭，有些不屑道：「他才不會打我呢，如今還指望我能進許國公府，最好討國公夫人的喜歡，給世子爺當小妾，他們的如意算盤打得可精了。」

阿秀聽了，咬咬唇，終於問出困擾自己多日的問題。「姑娘不想進許國公府嗎？」

「以前瞧見姑母穿著我從沒穿過的綾羅綢緞、戴著我從沒看過的珠釵簪環時，曾經想過；後來……為了進許國公府，要學琴棋書畫、詩詞歌賦，就不想了，非但不想，還厭煩得很。可是我娘就我一個閨女，我要是不爭氣，她以後更沒指望了。」

蘭嫣說著，低下頭，白皙滑膩的臉頰上滾下淚來。

阿秀瞧著蘭嫣的樣子，一時也不知道說什麼好。若是這一切還按照前世的發展，等欣悅郡主嫁入許國公府，蘭嫣的日子也會不好過吧。

可是蘭嫣這樣聰明，說不定……會比她活得更好些。

這日，蕭謹言從海棠院出來，帶上一個小廝，去了國公府後大街的柱兒家。

快過年了，家裡事情多，所以孔氏也不再拘著蕭謹言出門。尤其是從紫廬寺回來後，蕭謹言先前的病竟不藥而癒，讓孔氏很是驚喜，又命王嬤嬤備足了香油錢，讓下人送去紫廬寺。

柱兒屁股的傷好了大半，已經能勉強走動。從許國公府後大街到廣濟路蘭家，步行大約要三炷香的工夫，但他的屁股還疼著，所以磨磨蹭蹭走一趟，也得半個多時辰。

照樣是老規矩，到了柱兒家門口，蕭謹言就打賞小廝，讓他買東西去了。

蕭謹言才進門，見柱兒還沒回家，柱兒奶奶在那邊罵罵咧咧道：「小兔崽子，一早也不知道去哪兒閒逛，回來看我不打斷了他的腿。」

這時，柱兒正好從外頭進來，聽見奶奶的話，忙不迭道：「奶奶，您打斷了我的腿，誰給世子爺辦差啊？」

柱兒奶奶見孫子回來，也不說他了，去廚房燒熱水，給蕭謹言沏茶。

柱兒見到蕭謹言，眼珠滴溜溜地轉，還真像是打聽到了天大的消息般，神神秘秘地湊到他跟前。「世子爺，我這幾日在蘭家門口裝討飯的，您猜猜，被我聽到什麼消息了？」

蕭謹言對蘭家的消息完全沒興趣，唯一有興趣的就是阿秀，便不耐煩道：「你先說說，我讓你打聽的事情，你打聽得怎麼樣了？」

「打聽好了，蘭家算是個好人家，當家太太又和氣，整條街的人都知道，也從不打罵、發賣奴才。」

蕭謹言點點頭，這樣聽來，阿秀在蘭家應該不會受什麼委屈，一顆心好歹放下一些。

「世子爺，您當真不想聽我最近打聽到的消息嗎？」柱兒看著一臉歡喜的蕭謹言，有些不確定地多問了一句。

此時蕭謹言心情舒暢，便隨口問道：「還有什麼好消息？你一併說來。」

柱兒看著蕭謹言，咂了咂嘴，皺眉道：「我聽他們家下人說，蘭家大姑娘以後是要嫁到許國公府，給國公爺的世子當小妾的。」

蕭謹言聞言，只覺得腦袋上忽然轟隆炸開一道響雷，一時懵了。

「你……你說什麼？」

「世子爺，這可不是天大的好消息嗎？我聽他們說，他們家大姑娘長得那叫什麼魚落雁的。」

蕭謹言拍著額頭，一個勁兒地擰眉。這下麻煩了……人都要接進府裡，越發說不清了。

蘭嫣在小佛堂裡跪了兩日，據說方姨娘也在朱氏床前服侍了兩日。但方姨娘平常清閒慣了，竟然連一些端茶、倒水的簡單活兒都沒做好，所以朱氏起得來後，便放她回去了。

蘭嫣到正院裡看朱氏，瞧見泓哥兒正一勺一勺地給朱氏餵藥。泓哥兒個子小，朱氏得彎著腰，才能喝到他送過來的藥汁。人人都知道，這藥的苦是恨不得直接吞下去，一口一口地喝，最是燒心，可朱氏眼中卻帶著滿足和慈愛，一邊喝、臉上一邊露出笑來。

泓哥兒奶聲奶氣地說：「以前我姨娘病了，我也是這麼餵她吃藥的，她說只要我餵她吃藥，她的病很快就可以好了。娘喝了我餵的藥，病也很快就好了。」

蘭嫣捏著手裡的帕子，上前摸了摸泓哥兒的後腦勺，笑道：「泓哥兒，那以後只要娘吃藥，你就來餵娘好嗎？」

泓哥兒乖巧地點點頭，朱氏看一碗藥已經見底了，便讓奶娘抱著泓哥兒出去玩，自己漱了口，和蘭嫣說話。

「嫣姐兒，聽娘的話，以後不要再頂撞妳爹了。」

蘭嫣努了努嘴，憋出一句話。「娘是怕我在家裡耍慣了脾氣，以後去別人家當小老婆，做不來那種做小伏低的樣子嗎？」

朱氏聽了，流淚道：「嫣姐兒，娘知道妳不甘心，可娘也……也沒有法子，就算妳不去，以後妳爹還會想著讓婉姐兒去；要是婉姐兒去了，那這個家裡，哪裡還有娘立足的地方？娘一個人受苦無所謂，可如今又多了一個泓哥兒。」

朱氏頓了頓，擦去臉上的淚痕。「今兒一早，南邊的人來報信，說陳姨娘十四那天過世了。路上不好走，消息剛剛才傳到京城……」

蘭嫣回到房中，愣愣地坐在梳妝檯前。

這輩子投生在蘭家，她沒有後悔過，唯一可惜的，就是自己不是男孩子。如今母親有了泓哥兒，泓哥兒又失了生母，他要在蘭家站穩腳跟，能倚仗的只有母親；而母親如今唯一能依靠的人，只有她。

蘭嫣淡淡嘆了口氣，似是已經下定決心。

這時，邢嬷嬷帶著丫鬟進來，丫鬟手裡捧著幾件新衣服，放在蘭嫣房中的鐵梨木嵌大理石圓桌上。

「大姑娘，這是太太前天吩咐奴婢特意給您趕製的新衣服。既然是去許國公府那種富貴之所，又正巧是年節裡，大姑娘穿得喜慶點才好。」

蘭嫣看了桌上那幾件衣服，一件緋色、一件絳紫色、一件石榴紅，雖都避開了忌諱，並沒有用上正紅、正紫，但也確實是鮮豔的顏色。

蘭嫣站起來，瞧見一旁的托盤裡還放著兩大兩小的丫鬟衣裳，一套秋香色、一套竹青色，看著倒還淡雅。

邢嬤嬤便道：「這是給錦心和阿秀準備的。阿秀進來時做了兩件衣服，可太太上次見了許國公府的人，發現他們府裡的丫鬟都是穿綢緞的，怕我們家這棉布的丫鬟服不大像話，所以又讓奴婢給她們做了新衣。」

蘭嫣伸手摸了摸布料，是上好的綢緞，裡面鋪著今年新收成的棉花，軟軟的。

「她們的衣服留下吧。這三件，就留絳紫的，緋色和石榴紅那兩件，給二姑娘和三姑娘送去。」

邢嬤嬤不解問道：「大姑娘何必如此？這都是太太吩咐的、讓彩衣閣的繡娘連夜按照大姑娘身量做出來的衣裳，何必便宜了她們？」話語中透露出一絲不屑。

「妳以為我不給，她就不會開口向我爹要了嗎？除非我沒有，不然但凡我有的東西，只怕她都會去要回雙份，與其如此，不如先給她罷了，反正我也不稀罕這些。」

「可是，這些是您去許國公府做客的衣裳……」邢嬤嬤猶豫道。

「嬤嬤不必擔心，既然是去做客，倒不用太過講究，要是天天穿新衣服，難道她們就不會笑話我們商賈人家的做派了？不如按著以前的樣子來，太過刻意，反倒不好。」

邢嬤嬤聽蘭嫣說得有道理，點點頭。「那依大姑娘的意思吧。不過，這麼好的衣裳，大姑娘還是留著自己穿，穿在她們身上，無非就是糟蹋了。」

蘭嫣見邢嬤嬤執意不肯，便笑道：「就當是我想送給三姑娘，順帶便宜二姑娘罷了，總比她真開口去要得好。妳又不是不知道我爹的脾氣，最是把她寵上天了。」

邢嬤嬤拗不過蘭嫣，只好點頭，讓丫鬟將另外兩件衣服拿走了。

第十五章

方姨娘的院子裡，方姨娘一邊喝茶、一邊罵罵咧咧，身後的小丫鬟正在為她捶背。

「還沒進許國公府當姨娘，倒先擺出姨娘的譜了，當真以為許國公府這麼容易進嗎？不是我說，八字還沒一撇呢！」

方姨娘的話還沒說完，蘭婉從房裡出來，這兩日，她的臉早已消腫，偏生還裝模作樣地拿塊帕子蒙著。

「姨娘，我倒是有個辦法。妳去同爹說說，能不能讓我一起去國公府住幾日？」蘭婉朝方姨娘眨了眨眼睛，透出幾分狡黠來。她的長相隨了方姨娘，正宗瓜子臉配著一雙大圓杏眼，容貌確實不比蘭嫣差，這也是蘭老爺對她格外寵愛的原因。

方姨娘正端著茶盞想喝一口，聽了這話，頓時抬起頭來，開口道：「這……能行得通嗎？」

蘭婉順勢坐到方姨娘身邊，撒嬌道：「怎麼行不通呢？蘭姨娘是蘭嫣的親姑母，難道就不是我的親姑母了？我為什麼不能進許國公府看看她呢？」

方姨娘心裡自然清楚，這次蘭嫣去許國公府，看蘭姨娘不過是個藉口，最重要的目的，其實是讓國公夫人好好相相面，看看今後能不能入府做妾。

「妳說的，未嘗沒有道理。這樣吧，我一會兒問問妳爹，只要他點頭，這事就八九不離十了。」

方姨娘向來得意於女兒腦袋瓜子好使，見她臉上還蒙著絲帕，揉了揉道：「妳的臉可得快些好起來，要是去了許國公府，被瞧見就丟人了。」

兩人商量妥當，外頭正巧有小丫鬟過來送衣裳。蘭婉上前，看見那衣服紋飾華麗、做工精美，頓時亮起雙眼，伸手扯開在身上比了比，才發現衣服明顯長了一寸。

這時，小丫鬟才道：「這是太太吩咐做給大姑娘去許國公府穿的，大姑娘說用不著，吩咐奴婢送二姑娘和三姑娘一人一套。」

蘭婉聽完，冷著臉道：「衣服這麼長，怎麼穿？」

小丫鬟老實，回道：「姑娘留著明年穿，也是一樣的。」

蘭婉轉頭纏著方姨娘的手臂，道：「姨娘，我也要這麼好看的衣服，要合身的。」

方姨娘拍了拍蘭婉的手背。「行了行了，要是妳爹答應，我馬上讓人替妳趕製。」

「就算爹不答應，我也要。」

邢嬤嬤在門口站了好一會兒，見小丫鬟沒出來，怕有什麼事，便進了院子，才進去，就聽見蘭婉向方姨娘撒嬌，索性在門口喊了一聲。「翠兒，既然二姑娘不要，妳在裡面耽誤什麼，還不快出來，咱們還要到三姑娘那邊呢！」

小丫鬟聞言，忙不迭應了聲，也不等蘭婉說不要，將衣服重新摺好，端起托盤就往外頭跑了。

邢嬤嬤見小丫鬟出來，急忙迎上前，兩人噗哧一笑，往三姑娘那邊去了。

蘭婉一時沒反應過來，就瞧見丫鬟抱著托盤走了，氣得跺腳，哼了一聲，又對方姨娘撒嬌去了。

今日是小年夜，蘭老爺生意上的事全部打點完畢，就等著明日一家人團團圓圓地過年。前兩日因為近年底，蘭老爺的應酬頗多，方姨娘想跟他提讓蘭婉去許國公府的事，都沒找到機會。

朱氏正在蘭嫣的繡閣為她整理去許國公府的行頭，見蘭嫣只帶了幾件家常穿的衣服，忍不住開口道：「我特意給妳做的新衣服，妳偏要送人，如今這行李倒是看著寒酸了。」

蘭嫣一邊收拾自己的妝奩、一邊道：「我上回瞧見國公夫人的穿戴，也不是那般華貴奢侈，母親不是為了見她，還特意換了素淨些的衣服嗎？我何必弄成暴發戶的樣子，反倒讓人看不起了。」

朱氏素知蘭嫣懂事，聽她這麼說，覺得有幾分道理。「也是。許國公府是潑天富貴的人家，便是穿金戴銀的進去，人家未必就高看我們一眼，倒不如平平常常得好，是我想左了。」

蘭嫣又道：「聽說昨兒方姨娘帶婉姐兒找娘要新衣服，您可是應了？若是應了，我可不依。娘之前說了，如今在京城，沒有老太太給她做主，斷然不准她再猖狂。」

朱氏笑著道：「我自是沒答應，只說開年做春衫時，多給婉姐兒做一套罷了，沒想到，她居然應了。」這麼點小虧，想讓方姨娘吃下去，也是不容易的。

兩人又聊了一會兒，外頭小丫鬟進門傳話。「回太太，老爺和方姨娘過來了。」

蘭嫣聽聞方姨娘也來了，微微皺起眉頭，將妝奩蓋好，放到一旁的箱子裡。「又沒人請她，跑到這兒招人嫌。」

朱氏嘆了口氣，扯扯蘭嫣的袖子，讓她一同到廳中相迎。

這半個月，蘭老爺把京城瑣事都安排好了，心情愉快，所以今兒方姨娘向他提出讓蘭婉同去許國公府的要求時，想也沒想就答應了。他本就喜歡蘭婉，又聽方姨娘說得天花亂墜，只當她是一心為蘭家考慮，便帶著她來找朱氏。

一杯熱茶下肚後，蘭老爺開口道：「我今兒早上想了想，既然大後天嫣姐兒就要去許國公府了，不如一會兒讓下人給我妹子送個信，讓婉兒也跟著去吧。」

朱氏頭疼的毛病才好些，聽見蘭老爺這麼說，只覺得一口氣堵在胸口，差點兒要憋昏過去。

蘭嫣見狀，忙不迭上前為朱氏揉了揉胸口，看著方姨娘那張臭臉，恨不得也搧一巴掌上去。

不過，當著蘭老爺的面，蘭嫣不敢如此，忍著氣道：「爹若覺得妥當，就派人去問了姑母再說。國公府的規矩，我們哪裡懂，如果不請自來，到底還是失禮的。」

這時，朱氏心裡早已落下淚，只是臉上強忍著，接道：「嫣姐兒說得不錯，老爺要是決定了，就派人向大姑奶奶討個主意吧。」

蘭老爺見事情已然定下來，笑了笑，轉頭吩咐方姨娘。「妳回去給婉姐兒整理整理東西，萬一許國公府那邊應了，也好不耽誤行程。」

方姨娘一臉得意，笑著小聲道：「今兒已經是小年夜，初二就要走，這衣裳只怕是趕不出來了。上回大姑娘給三姑娘的那兩件衣裳，我瞧著倒是不錯，拿來讓府裡懂針線的老嬤嬤改一改，也就能穿了。」

這些細緻的事情，蘭老爺自然不會親自過問，隨口道：「那妳看著辦吧，不讓婉兒丟了蘭家的臉面就好。」

方姨娘準備告退，蘭嫣忽然又開口道：「父親不如問了姑母，能不能把炘姐兒一起帶過去？如今父親要二妹妹一起去，若是不帶上三妹妹，倒讓別人家以為父親厚此薄彼。」

蘭老爺聽了，雖然覺得有道理，但想了想，還是道：「妳三妹妹年紀還小呢，妳還真當自己是去許國公府玩的嗎？等妳三妹妹大了，有她出門應酬的時候。」

蘭老爺和方姨娘走後，朱氏再忍不住，按住胸口哭起來，幾個大丫鬟也擦了擦眼淚。雖說朱氏如今是當家主母，可失去了蘭老爺的寵愛，終究也是要受氣的。

阿秀站在一旁，聽得清清楚楚。關於蘭二姑娘的脾氣，她這幾日耳聞目見的，多少摸透了幾分。

「姑娘，奴婢倒是覺得，若二姑娘想去許國公府，讓她去就是了。」阿秀很清楚孔氏的喜好，孔氏是老實人，所以喜歡的是跟她一樣安守本分、老實勤勉的姑娘；像蘭婉那樣看上去帶著幾分精明的人，只怕孔氏多看一眼都覺得嫌棄。

見朱氏和蘭嫣不明白，阿秀索性多說了幾句。「那日我瞧見國公夫人，覺得很面善，一看就是和太太一樣溫柔慈愛的人，大姑娘乖巧溫順，她自然會喜歡的；但是像二姑娘那樣的，就……」想了想，繼續道：「聽說許國公府裡還有一個老太太，老太太喜歡稍微靈巧些、卻不傲氣的姑娘，二姑娘平日看人，眼光都長在頭頂上，也許入不了老太太的眼。」

朱氏聞言，忍不住破涕為笑。「瞧瞧這丫頭，這都誰告訴妳的？怎麼知道得清清楚楚，倒像妳在許國公府待過一樣。」

阿秀一愣，忙笑道：「就是上回太太和姑娘向國公夫人辭行時，我偷偷跟國公夫人身邊的丫鬟姊姊打聽的。」

朱氏聽了，看著阿秀，越發喜歡起來，想起方姨娘竟想要了她走，又惱恨得咬牙。

第二日是除夕，給蘭姨娘送信的下人回來，說蘭婉去許國公府的事，她做不得主，得請示國公夫人。

方姨娘得知後，背地裡笑話蘭姨娘。「還許國公府的貴妾呢，連半句話都拿不了主意，簡直不如我！」

蘭婉倒是全然不顧這些，一副只等著去許國公府的模樣。

朱氏聽了這個消息，心裡略略安慰。「希望國公夫人別讓她進去才好。我不擔心她搶了妳的風頭，而是怕她這般不知好歹，萬一得罪國公府的人，連累妳和妳姑母就不好了。」

這會兒蘭嫣倒是氣定神閒得很，淡淡道：「母親不必擔心，她要丟人，也是丟方姨娘的人，姑母心裡清楚得很，她又不是母親教養的，怪不到您身上。」

「即便丟了方姨娘的人，也是蘭家的顏面。」朱氏嘆了口氣，伸手替蘭嫣整理鬢邊的珠花，臉上帶著笑意。「我的嫣姐兒長大了，越發懂事了。」

蘭嫣低下頭，臉上沒有多餘的表情，只不緊不慢道：「如今我不光有娘，還有泓哥兒，也不忍心看著方姨娘一群人把這個家糟蹋了。」

兩人說著，整理妥當後，到大廳坐下。

這是蘭家頭一次在京城過年，一切習俗都按照城裡大戶人家的規制。早上朱氏就在前院發賞錢，放那些在京城有親人的僕人回家過年，現在正輪到蘭嫣的院子。

朱氏將放著賞銀的荷包一個個分給下人，大家向她磕頭，各自說了句吉祥如意的話，便當是拜過年了。

繡閣裡的丫鬟、婆子，大多是從南方跟過來的，只有阿秀和阿月是在本地買的。兩人一早就穿上新衣裳，梳了一樣的雙垂髻，像是年畫上拓下來的小人兒一樣，漂亮得不像話。

朱氏見她們跪在跟前，問道：「今兒是除夕，妳們還記得自己的家在哪兒嗎？要是記得，我請門房的人帶妳們回去瞧瞧？」

阿秀摸了摸掌心裡的荷包，裡面少說也有半吊銀子，雖然不多，但可以讓弟弟、妹妹吃上幾頓飽飯了。

阿秀正打算開口，邢嬤嬤笑著跑進來道：「太太、太太，方才門房的人進來說，阿月的姥姥來了，想帶她回去過年，讓太太給個恩典。」

阿月聽說姥姥來了，忙不迭轉頭往外頭看，好像這一眼就能瞧見門房外的人似的。

朱氏笑道：「我正說呢，她們兩個都是本地人，只怕過年時家人會惦記，果真來接了。」說著，又從盤子裡另拿了一個荷包，命丫鬟遞到阿月的手中。「拿著吧，回去好好過個年。明日下午記得回來，給大姑娘整理東西。」

阿月收下荷包，朝著朱氏一個勁兒地磕頭，笑嘻嘻牽著邢嬤嬤的手離去，阿秀卻還跪在地上。要是前世的阿秀，遇上這樣的場景，肯定會哭得傷心欲絕，可如今的阿秀心裡卻是那麼平靜。

阿秀暗暗嘆氣，然後開口道：「太太，我家住在世康路，不知道離這兒有多遠？」前世的她鮮少出門，所以對京城的路並不是很熟悉。

朱氏擰眉想了想。「世康路……我來京城這麼久，也沒聽說過這條路啊。」

柳嬤嬤一邊給朱氏倒茶、一邊道：「太太，這世康路就是討飯街，外頭來的、活不下去的窮人，多半住在那裡。離這兒走路得要半個時辰，要是坐車，那就快了。」

朱氏看著阿秀，細細的眉眼、大大的眼睛，一張櫻桃小嘴微微抿著，真是說不出的好看。賣了這樣的姑娘，家裡人多半是捨不得的吧。

「那一會兒讓門房的人駕車送妳回去，大過年的，應該一家團聚。」

阿秀聽了，向朱氏重重磕了幾個響頭，一迭聲地謝恩。

朱氏笑著道：「明兒我再派人去接妳。」

阿秀搖搖頭。「不用了，我讓我爹送我回來。」

第十六章

即便是過年，討飯街上仍舊一片蕭瑟，唯一有些喜氣的地方，就是各家各戶門口新貼的春聯。

阿秀抱著小包袱，從馬車上跳下來，謝過了車伕。「裡面路窄，馬車進不去，請替我回了邢嬤嬤，說我明天自己回去。」

車伕駕車離開，阿秀才覺得輕鬆起來，邁著輕快的步子往巷子裡走去。她左看右看，總覺得今年春聯上的字沒往年好看了，可一時又說不出個所以然來。

走到自家門口時，阿秀心裡卻有些害怕起來，不知道她爹看見她，會是什麼樣的反應。

「阿秀，真的是妳嗎？」

阿秀還沒推開小院的門，就被一個突如其來的聲音喊住了。她回頭，見是住在隔壁的阿婆。

「阿秀，妳怎麼在這兒呢？妳不是跟妳爹一起回老家了嗎？」阿婆走過來，上上下下打量了阿秀一眼，笑著道：「變漂亮了，也比以前胖些了。」

阿婆左右看看，見阿秀身邊並沒有別人，又問：「妳爹呢？沒跟妳一起回來？」

一開始，阿秀沒回過神來，可細細聽完隔壁阿婆這些話，便明白了。她爹是秀才，如何能做賣兒賣女的事，鐵定是在她被賣掉後，就帶著弟妹離開了這裡。

於是，阿秀抿了抿嘴，咬唇道：「我……我是和爹一起回去的，可路上走散了。有個好心人收留我，如今我在他們家做丫鬟呢。」

「怪不得穿得這麼好看，是在有錢人家做丫鬟吧？」阿婆的眼睛頓時亮了起來，拉著阿秀道：「做有錢人家的丫鬟，怎麼也比跟著妳爹受苦強，不過丟了妳，妳爹可不得急死了。這樣吧，一會兒妳給我留個口信，要是妳爹回來，我好告訴他。」

阿秀點點頭，卻是笑不出來，只看了看自家門口，要伸手推門進屋。

阿婆忙又拉住她。「妳家裡能有什麼？人走了一個月，都落灰了。來，上我家過年去。」

除夕夜，許國公府按例要一家人吃團圓飯的，但自從三年前二老爺一家外放後，用趙氏的話說，這年夜飯總是吃得不夠熱鬧。

趙氏心裡有些怨恨孔氏，既不能跟母雞一樣會生，好歹也讓許國公早早納幾個妾，讓她多享受享受天倫之樂。如今白白被孔氏耽誤十年，她的孫子、孫女都比同輩的人小了許多。

許國公衙門裡的事務繁忙，直到申時才真正散衙上鎖，開始過年。

另一邊，趙氏的榮安堂裡，所有人早已來齊。因二少爺和三少爺年紀小，身邊離不開人，且二少爺的生母又是趙氏的人，所以孔氏特別給了恩典，讓蘭姨娘跟著過來服侍。蘭姨娘沒有推辭，換了衣服，到榮安堂給老太太請安。

雖然蘭姨娘不是趙氏親自挑的人，可她對孔氏挑人的本事仍是肯定的。蘭姨娘非但容貌好，許國公還經常誇讚她才情高，更重要的是，這樣的人兒也沒有壞脾性，當真讓人挑不出錯處。

蘭姨娘進門時，才十七、八歲，如今不過二十五、六歲，正是年華最盛的時候，怪不得許國公對她是寵愛難消。

眾人給趙氏行過禮後，說起初二請姑娘們過來做客的事情。

蘭姨娘見時機成熟，便旁敲側擊道：「昨兒我兄長給我送信，嫣姐兒聽說能來國公府小住，正高興地收拾行李呢；我那二姪女知道了，還暗地數落太太偏心，只讓大姑娘來，不讓她來，真是小孩子家家的，不懂事呢。」

孔氏瞧了蘭嫣，已是非常滿意，忽然聽說蘭家還有姑娘，眉梢稍稍動了動，往趙氏那邊看了一眼。

趙氏笑道：「既然想來，那讓她一起來好了，橫豎都是姑娘家，大家可以玩在一塊兒。」

蘭姨娘聽了一喜，可轉念一想，又覺得有些不妥，但自己的兄長親自託人上門說了，這個忙無論如何也要幫的。

蕭謹言正愁大家以為他看上蘭嫣，非要鬧著蘭嫣進府，如今聽說還有別的姑娘，樂得高高興興贊同道：「那好，老祖宗就是喜歡熱鬧，這回元宵節可有得玩了。」

孔氏見蕭謹言點頭，自然歡喜，也跟著說：「讓她們一起來罷了。」

因為二老爺不在府裡，所以團圓宴上只有大老爺許國公一家。趙氏還有兩個庶出兒子，老國公去世後，她便給了恩典，把他們分出去，帶著各自的姨娘單過了。雖說沒了許國公府這棵大樹，但也算母子團圓，明兒大年初一，兩位老姨娘定是要來拜年的。

筵席吃到一半，蕭謹言便覺得沒什麼胃口，每年過年就這幾樣菜色，毫無新意；況且他還是從八年後重生回來的人，等於比席上這群人多吃了八次，越發食之無味。

孔氏見蕭謹言不動筷子，當他身子又有不適，悄悄喊了身邊的貼身丫鬟去問話。蕭謹言只搖搖頭，推說下午多吃了幾塊糕點，這會兒還沒消化，所以不覺得餓。

孔氏聞言，才稍稍放心。

這時，許國公說起二老爺在淮南的事情，笑著道：「自從二弟上任至今，淮南就沒發過大水，真是祖宗保佑啊。」

趙氏點點頭。「也是他的運氣。當初聽說要他去那個地方，我幾天幾夜沒睡著，深怕他會跟別人一樣，遇上大水被沖走，連屍首也找不回來。」

孔氏笑道：「老太太誠心禮佛，二叔又是個有運道的，這種事情自然不會被我們家遇上。」

但是，前世的第二年，淮南就發了大水，蕭二老爺在大壩上指揮救人，一個浪頭打來捲走了他，連屍首都沒找到。趙氏喪子心痛，猛然想起孔氏說過的這些話，對她越發怨恨起來。

蕭謹言想到這裡，腦筋一動，道：「我記得二叔任職已是第三年，應該已經上呈了考評，既然淮南那邊危險，不如讓二叔回京城吧。」

許國公捋了捋下頷美髯，開口道：「你二叔的意思是，才在淮南有些政績，若這次只是平調，還不如再連任一回好。」

「就算平調，在京城裡畢竟是一家團圓，待在淮南，老祖宗想二叔，只能看看書信，終究不方便；再說了，瑾珍和瑾珊兩位妹妹許久沒見老祖宗，儀哥兒都一歲多了，老祖宗還沒看過他呢！」

趙氏聽蕭謹言提起這些，一個勁兒地點頭。「還是言哥兒孝順，知道我心裡想什麼。你們做多大的官都不要緊，就是不能忘了我這個老太婆，儀哥兒可不是一歲多了，我還沒見上一面呢！」

孔氏見趙氏實在想二老爺，便朝許國公看了一眼，小聲道：「老爺，既是如此，不如讓二叔回來吧。上回聽我嫂子說，我兄長衙門裡的事情繁多，好些調任的文書都要等過完年節，才給皇上御批呢。」

許國公想了想，點頭道：「那好吧，明兒一早我就寫信，給老二遣來拜年的下人帶過去，讓他準備回京。」

蕭謹言在心裡盤算，前世的大水是發在五月，按照朝廷的規矩，三月底或四月初，新官員就會上任，希望蕭二老爺能逃過這次的水災才好。

趙氏見大兒子應了讓老二回來的事，不由連飯都多吃了一碗，頭一次對孔氏客氣了幾分。用過晚膳，還賞了每人一杯寶善堂獨家配的消食茶。

蕭謹言沒吃什麼東西，只喝了半口消食茶，忽然瞧見多寶槅外的簾子動了動，似有人朝著他招手。

蕭謹言起身出來，原來是老太太房裡的如意在外頭等他。

如意見蕭謹言出來，上前道：「清霜讓我進來喊世子爺，但不知是什麼事情，只說別驚動了主子們。」

蕭謹言聽見，朝如意行了一禮，笑道：「謝謝好姊姊了。」

如意撇過頭，裝作不理他，冷冷道：「世子爺怎麼身子才好些，又跟以前似的？」

蕭謹言摸摸鼻子，朝門外走了幾步。前世這個年紀時，他好像真有那麼些不好的習慣，雖然沒有胡鬧到跟著狐朋狗友去逛窯子，但家裡小丫鬟的手帕肯定是收過不少。

他搖頭笑了笑，想起那句話，「人不風流枉少年」，後來遇上阿秀，才像進了港灣，收斂不少。也許只有阿秀能給他安定、安逸、安心的感覺。

「爺，您可出來了，急死我了。」清霜瞧見蕭謹言，忙迎上去，見他身後沒跟著人，便道：「我就知道您慌忙出來肯定會忘了大氅，幸好我給您帶了一件。」

清霜說著，上前把攬在臂彎裡的大氅幫蕭謹言穿好。「柱兒在後角門口等您呢，說是有急事。我瞧他那樣子，像是真有事，就來傳話，幸好今兒清瑤回家過年，不然這信可傳不到了。」

蕭謹言聽了，直覺這事情跟阿秀有關，不等清霜把大氅的帶子繫好，便忙不迭往前走去。

清霜跟在他身後，一邊走、一邊小聲道：「爺可小心著點，我進去回太太，說您先回文瀾院了。爺得早些回來，不然奴婢們都要挨板子的。」

蕭謹言笑道：「放心，大過年的，沒人會動板子，而且後天有客人上門，讓她們瞧見了也不好。」

清霜無奈笑笑，目送蕭謹言的背影遠去，這才轉身進榮安堂回話。

柱兒站在後角門，等了足有大半個時辰。

這時，他奶奶肯定做好了一桌小菜，等他回去吃年夜飯。可他不能不出門呀，蘭家守門的小廝說得清清楚楚，車伕方才送了一個叫阿秀的小姑娘回家過年。

柱兒撅著屁股，走了小半個時辰，到討飯街一看，那小姑娘哪來的家人，正一個人坐在院子裡發呆呢。

憑柱兒對蕭謹言的熟悉，他這樣看重一個小姑娘，這小姑娘對他來說肯定是了不得的人，所以不顧屁股的一再反抗，又跑回許國公府傳話了。但除夕夜裡，想見主子談何容易？他這一等，又足足等了大半個時辰，等得自己又冷又餓。

蕭謹言出來，瞧見柱兒站在門邊等他，忙上去問道：「大過年的，有什麼事快說！」

柱兒凍得舌頭都僵硬了，結巴道：「爺……爺，打聽到了，那叫阿秀的姑娘還真是林秀才賣的……今兒她回家過年，我跟去看，瞧見她進的就是林秀才家；可林秀才一個月前就走了，就她一個十歲小丫鬟守著三間破屋子過……過年呢！」

蕭謹言聞言，俊秀的眉宇立刻蹙了起來。現在府裡大半下人都回家了，一時半刻想出門，還真不容易。

他想了想，開口吩咐。「你去前面弄輛馬車來，就說我喊你出門辦事。我在後角門等著，快些啊！」

柱兒點頭，順著夾道一溜煙去了。

天色已經全黑了，各處點起燈光，蕭謹言站在寒夜裡，搓了搓有些凍僵的手。不久，便聽見外頭傳來馬車的轆轆聲。

蕭謹言打賞了看門的小廝，讓他別睡著，給自己等門，然後悄悄溜出了許國公府。

馬車走到國公府後大街，蕭謹言從車裡探出頭。「柱兒，回去陪你奶奶過年吧，再不回去，仔細你奶奶剝了你的皮。」

柱兒一邊趕車、一邊笑道：「爺，我這時候回去，已經沒皮了。」

蕭謹言摸摸身上，臨時出門沒帶多少東西，遂摘了大拇指上的翡翠扳指。

「把這個拿回去給你奶奶，就說是今兒替我辦差得的。」

柱兒一看，不得了，這扳指可是去年豫王妃賞給蕭謹言的，蕭謹言戴上後，還沒拿下來過呢。

「這可不行。爺，小的寧願沒皮，也不敢要這東西啊！」

蕭謹言一把將扳指塞進柱兒手中，拉著韁繩，讓馬車停到路邊。「行了，快回去吧。一會兒我回來，就到你們家門口，你別睡沈了。」

柱兒下了車，點頭哈腰看蕭謹言駕著馬車走了，納悶道：「世子爺啥時學會駕車的？還駕得這麼好。」

第十七章

阿秀在隔壁阿婆家中吃完晚飯，把朱氏的賞銀送給她，然後借了盞燈回自己家裡。

阿婆原本想留阿秀過夜，可是她的孫子今年十五歲了，家裡又沒有多餘房間，所以阿秀堅持要回去。

阿婆沒有強留，借了油燈給阿秀，讓她晚上睡覺把門關緊，小心壞人。

阿秀將油燈放在中間的客堂裡，看著空蕩蕩的院子苦笑。討飯街上的壞人向來不多，因為這裡的人實在太窮了，小偷看不上，強盜更不會來，一年到頭出現最多次的就是人牙子，這裡賣兒賣女的人是最多的。

阿秀從房裡找出一塊破布，在院子的水井裡打盆水，像往常過節一樣，把家中僅剩的幾樣家什擦得乾乾淨淨。

井水冰冷刺骨，沾到阿秀手上的凍瘡，疼得她哆嗦了一下。

要是前世十來歲的阿秀，這會兒不知哭掉了幾缸眼淚。這一世，她明明想和父親保持關係，就算被賣掉，還能有聯繫，誰知道等待自己的，只有這空無一人的小屋。

阿秀放開破布，雙手抱膝，坐在客堂門口的石階上，小小的肩膀顫抖著，落下了眼淚。

蕭謹言沒來過討飯街，前世的他，甚至連京城有條討飯街都不知道。和阿秀在一起的日子，他曾有意無意問起阿秀以前生活的地方，但阿秀似乎很不情願提，所以也沒再多問。

下了馬車，蕭謹言往路口滿是穢物的小巷子看了一眼。巷子外一片紅燈高掛，一派過年的景象；小巷子裡卻黑漆漆的，連幾戶點得起燈的人家都沒有。

這時路上已經沒什麼人，掛著許國公府牌子的馬車不怕被牽走。蕭謹言拴好韁繩，往巷子裡走去，才踏出一步，只覺腳下有灘軟綿綿的東西，不知是哪家倒在路口的餿水。

蕭謹言趕緊避開，瞧見巷口有個大漢揹著空的餿水桶出來，連忙往旁邊閃，餿水桶和他的大氅將將擦過。

蕭謹言往巷子裡走了幾步，瞧見幾個七、八歲的孩子拿著破口的碗，在方才大漢倒餿水的地方撈著。

忽然，有個小孩歡快地尖叫道：「雞腿！有雞腿……」

其他孩子聽見，朝著他一擁而上，那孩子慌不擇路，轉身就跑，竟一頭撞上蕭謹言，雞腿滾出去一丈遠，連人都彈出兩尺。

蕭謹言看著衣襟上碩大的油斑，瞬間有想捏死那孩子的衝動，可是想到阿秀也曾生活在這條巷子裡，或許曾經有一天，阿秀歡天喜地地找到一隻雞腿，卻被別人撞飛了……

想到這裡，蕭謹言覺得喉嚨發澀，深吸一口氣，從錢包裡拿出一錠碎銀子，遞給那小孩。

「那隻雞腿髒了，你拿著銀子，去外頭買乾淨的吃，每人一隻。」

那孩子似乎嚇壞了，平常他們撞上這樣穿戴的人，只有死路一條，今兒忽然來個心善的，有些傻住了。

蕭謹言見他不接銀子，以為給得太少了，又掏出一個小銀錠子。「這些總該夠了吧？」

小孩終於反應過來，驚恐地看著蕭謹言，一把搶過錢，飛奔而去，深怕蕭謹言後悔了。

蕭謹言伸手拍了拍自己的衣服，抬頭問道：「這兒有個林秀才，你知道他住哪兒嗎？」

小孩往巷子深處指了指，幾個人成群結隊地跑了。

蕭謹言順著指路的方向，繼續往巷子裡走去。巷子很深，起初他以為住的人家並不是很多，後來聽見幾處黑洞洞的房間裡傳來咳嗽聲，才知道他們不過是沒錢點油燈而已。

蕭謹言一邊走、一邊尋找阿秀的家。這種地方對他來說，根本不能算是家，充其量就是個乞丐窩。

蕭謹言越往裡走，心情越複雜。見到阿秀時，他應該怎麼辦？說自己從八年後回來，只為了今生好好待她、想跟她在一起嗎？

雪下得越來越大，蕭謹言覺得前頭白茫茫一片。不……他不可以這麼做，不能再給阿秀絲毫負擔、不能讓阿秀擔驚受怕，萬一她問起自己八年後的經歷，他又要怎麼回答？

蕭謹言沈默半刻，忽然覺得有些遲疑。他這樣不請自來，出現在阿秀的家門口，會不會把她嚇壞了呢？

片刻後，蕭謹言站在一處坍塌的圍牆外面，靜靜看著房裡的阿秀擦桌子、抹凳子、拿掃把清牆角的蜘蛛網。瘦小的身軀裡，似乎有著不一般的力量。

做完這一切，阿秀似乎有些累了，坐在門口，孤零零的一個人，對著半掩的門扉，抱膝哭了起來。

蕭謹言低頭，呵了下凍得有些紅腫的手，又抬頭看著屋裡微弱的燈光。

阿秀終於站起來，走到門口，伸手將門關上。那瞬間，她的眼角瞥見銀白色的大氅、一雙沾著污漬的靴子，似是有人站在門外的雪地中。

阿秀按住木門的手頓住，心跳得劇烈。靴子上的青竹紋樣那麼明顯，只看一眼，便知道是蕭謹言，可他為什麼會來這裡呢？

她嚇得關上門，反手靠在門上。

蕭謹言聽見動靜，忙不迭往前走了兩步，卻見門被阿秀關上，沒有留半條縫隙。

他低下頭，略有幾分傷神，轉身走出兩、三步，又忍不住回首。

阿秀聽見門外的腳步聲，以為人已經走了，索性打開門出去，瞧離開巷子的路口已沒了人影，便嘆口氣，轉過身——

蕭謹言就在她後面幾步外，筆直地站在那裡，溫柔地看著她。那眼神，就像前世他從衙門回來，走到門口看見她去迎他一樣。

阿秀嚇得拔腿就跑，回到院中把門關得嚴嚴實實，心簡直要跳到嗓子眼了。

蕭謹言見阿秀這般反應，只當是他的出現真把她給嚇壞了，既懊惱又鬱悶，上前幾步，敲門道：「小姑娘，我迷路了，這天寒地凍的，連晚飯都沒吃，妳讓我進去躲躲雪吧。」

阿秀聽了，將信將疑地轉頭問道：「你這麼大個人了，怎麼會迷路呢？你知道自己是誰嗎？」

蕭謹言裝傻道：「我想不起來了。我去年掉到水裡後，腦子就是一時清楚、一時不清楚。妳知道我是誰嗎？」

阿秀打開門，看蕭謹言雖然穿著整齊，但衣襟上卻沾了好大一塊油斑。她素知蕭謹言最是好潔，要是腦子清楚，不可能穿著髒衣服在街上亂跑；況且她也知道蕭謹言落水的事，聽說那年差點就病死了，好不容易才救活，只是腦子糊塗了好一陣子。

阿秀心裡哎喲一聲，她該不會正巧遇上蕭謹言腦子糊塗的時候吧？

「你……你快進來躲躲，這會兒雪太大了，我也沒辦法送你回去。」

阿秀上前，扶著蕭謹言進門，熟悉的感覺在腦中反覆滾動著，讓她不敢抬頭去看他的臉。

蕭謹言順著她的攙扶往前走，嘴角頓時咧開大大的微笑。

阿秀把蕭謹言領到客堂裡，簡陋的四角桌上只放著一盞油燈，所幸桌椅已經擦拭乾淨了。

阿秀抬起頭，怯生生地看了蕭謹言一眼。「你說你沒吃飯，那肯定餓了吧，我去隔壁要幾個餃子來，下給你吃好嗎？」

蕭謹言本就沒吃什麼東西，這會兒還真的餓了，吞了吞口水點頭。

阿秀瞧蕭謹言完全反常的樣子，越來越確定，他是犯病了。之前在紫廬寺時，也聽說國公夫人去寺裡上香，就是為了世子爺的身子，如今看來，蕭謹言當真病得不輕。

還沒等蕭謹言反應過來，阿秀就往門外走去。

外頭風雪正猛，蕭謹言見阿秀只穿著單薄的夾襖，想喊住她，卻聽見吱呀一聲，嬌小的身影已經出了院子。

蕭謹言站起身，細細打量這客堂。雖然簡陋得只有桌椅，但靠牆的地方掛著一幅福祿壽三星的年畫，左右是隸書寫的對聯：「一帆風順年年好，萬事如意步步高」。橫批是「福星高照」。紙的大紅底色已經褪去，看著有些發白，應該是去年換上的。

蕭謹言只看了一眼，似乎已能想像去歲阿秀在這個破舊的小房子裡，一家團聚過年的樣子。

另一邊，阿秀到了隔壁阿婆家，阿婆聽說阿秀家裡來了客人，以為是和她一同當差的小丫鬟，笑著道：「阿婆家裡沒什麼好吃的，罐子裡還有一勺豬油，妳也拿過去。這大冷的天，好歹讓人喝上一口熱湯。」

阿秀謝過阿婆，一手抱著豬油罐、一手拿著餃子，高高興興地回家了。

蕭謹言聽見外面有動靜，連忙坐下，裝作一臉懵懂的樣子，朝外頭看去。

「你在這兒等著，我去給你下餃子。」阿秀沒進客廳，直接往旁邊的廚房去了。

廚房裡黑漆漆一片，阿秀才走進去，幾隻老鼠竄出來，嚇得她尖叫一聲，伸手牢牢護住懷中的餃子和豬油罐。

蕭謹言聽見聲音，急忙跑過去。「怎麼了？怎麼了？要我幫忙嗎？」

「不用，就是有幾隻老鼠，我已經把牠們嚇走了。」阿秀深吸一口氣，繼續往裡面走。

蕭謹言拿著油燈找來，阿秀回頭，看見他站在門口，道：「你別進來，房子太矮了，小心撞到頭……」

話還沒說完，就聽見砰的一聲，蕭謹言的額頭已經撞在門框上了。

阿秀慌忙轉身，自然地伸手，想察看蕭謹言額頭上的傷。才抬手，便想起她如今不過只長到蕭謹言胸口那般高，僅能摸到他的肩膀。

他們之間，已不是前世踮起腳跟，就可以觸到他雙唇的距離了。

阿秀尷尬地縮回手，接過蕭謹言拿著的油燈，轉身道：「公子還是到外面等著吧。」

蕭謹言揉揉額頭，繼續裝傻充愣。「外頭太黑，只有一盞燈，被妳拿走了。」

阿秀扭過頭看蕭謹言一眼，前世他那樣寵愛她，在她跟前，何時有過這樣驚恐的表情？心一下就軟了，道：「那你進來在我旁邊坐著吧，外頭天冷。」

蕭謹言笑著低頭進去，弓著背，踩著滿地的亂草，走到阿秀身邊。「妳讓我待在哪兒，我就待在哪兒。」

阿秀把手中的油燈放在灶臺上，從裡面搬出一張小板凳，拿帕子擦了好幾遍，才放到蕭謹言身旁。

「你坐這兒吧，我出去打水，一會兒就進來給你下餃子。」

蕭謹言看著那個勉強可以稱之為板凳的木塊，提起衣服，蹲下來坐著。

阿秀從外面拎了一桶水進來，小身子搖搖晃晃，一路走到灶臺前。

蕭謹言站起來，上前接過她手中的水桶，結果兩人的頭撞在一起。阿秀身子瘦小，腳下不穩，一屁股就坐到了地上。

蕭謹言抬起頭，看見阿秀烏黑明亮的眼睛，火光在她的眸中跳躍。

兩人就這樣對視著，阿秀忽然翻身而起，拍掉屁股上的塵土，低頭舀了一勺水倒進鍋裡，搬出另一張小板凳，站在上頭，表情淡淡地開始刷鍋子。

「一個月沒用，這鐵鍋都生鏽了。你不要著急，一會兒我洗乾淨，就可以下餃子給你吃了。」阿秀一邊刷鍋子、一邊還不忘安慰蕭謹言。

蕭謹言見阿秀一本正經的模樣，也跟著一本正經地點頭，卻在阿秀繼續低頭刷鍋子時，勾唇笑了起來。

「我不餓，妳慢慢來。」蕭謹言彎著嘴角回答，冷不防肚子竟咕嚕叫了起來。

廚房裡靜悄悄地，這個聲音如何能逃過阿秀的耳朵？她忍不住噗哧笑了一聲，越發覺得蕭謹言「病得不輕」。

這會兒蕭謹言真是尷尬得無地自容，一世英名簡直毀了，裝傻裝成真傻，他也算是厲害了。

「你嘴上說不餓，只怕肚子不是這麼想的呢。」阿秀抿唇笑笑，忽然想起一樣東西，跳下板凳跑了出去。

不一會兒，阿秀從外面進來，手裡捧著一個帕子紮成的小包裹，遞給蕭謹言。「你餓了，就先吃兩塊紅豆糕。這是我從府裡帶回來的，本來想給弟弟、妹妹吃。」說話的口氣很平靜，可眼神中還是帶著淡淡的哀傷和失望。

阿秀洗好鍋子，在灶裡生了火，安安靜靜地添柴，火光照得她的臉頰紅彤彤的，看起來特別溫柔。

蕭謹言搬著板凳坐到她旁邊，阿秀卻側身讓了讓，抬起頭，帶著幾分戒備看著他。

「我冷，這兒暖和點。」

阿秀聽蕭謹言這麼說，只好隨他去，幫他把身上的大氅理了理。「那你當心點，小心火星子濺出來燒壞了你的衣服。」

蕭謹言看著阿秀小心翼翼的動作，伸出手，想揉揉她的頭頂，可下一刻阿秀卻抬起頭，他忙收回手藏在背後，默默握拳，只用一雙眼看著她，捨不得移開目光。

「妳的家人呢？大過年的，怎麼只有妳一個人？」

「你明知道過年，怎麼還一個人跑出來了？」阿秀沒回答蕭謹言的話，反倒問起他。

蕭謹言鬱悶，心道前世怎麼沒發覺阿秀的腦子這麼靈光，只好又裝傻。「我聽見外頭有鞭炮聲，只有過年才會放鞭炮吧？」

阿秀點點頭，並沒發現蕭謹言的回答有什麼不妥，一邊添柴、一邊道：「那你記得我嗎？我們在紫廬寺見過的，你還幫我打過傘。」說著，還空出一隻手比劃，樣子說不出的動人可愛。

蕭謹言不禁看呆了，不管是幾歲的阿秀，都能深深吸引著他。

「我……我……」蕭謹言愣了一下，發現自己裝傻裝得太過頭，拍拍腦門，恍然大悟道：「我記起來了，妳是蘭家的小丫鬟吧？我見過妳！」

阿秀見蕭謹言想起來，心情大好，跟著眉開眼笑。「對對對，你總算想起來了。那你知道自己是誰嗎？再好好想想。」

蕭謹言聽了，輕撫額頭，裝出痛苦的模樣。全想起來，那可不是要露餡了？大過年的不回家，實在說不過去。

蕭謹言假裝冥思苦想著，阿秀看他想得眉頭都皺了起來，心疼道：「想不起來就別想了，仔細頭疼。」

這句話提醒了蕭謹言，又想了想，便按著額頭，痛苦道：「疼，真疼了。」

阿秀見蕭謹言這樣，急得丟掉手中的柴火，抬起頭問道：「你沒事吧？」

蕭謹言假裝疼得齜牙咧嘴，正巧看見鍋裡的水已經冒出熱氣，便指著灶上道：「水……水開了。」

第十八章

素三鮮餃子和加了一小勺葷油提味的熱湯，是蕭謹言兩輩子都沒有享受過的「美味」。

阿秀見蕭謹言吃得高興，也忍不住開心起來，兩手托著腮幫子，眨巴眼睛看著他。

忽然，蕭謹言輕呼一聲，從嘴裡吐出一枚洗得乾乾淨淨的銅錢來。

阿秀頓時眼睛放光，笑著說：「沒想到被你吃到了！你今年肯定能有好運氣。」

蕭謹言把銅錢放在手中，瞧見上頭已經被他咬出一個牙印，便遞給阿秀。「我把銅錢給妳，把好運氣也給妳。」

阿秀望著蕭謹言，身量嬌小的她抬起頭看人時，總讓人有種怯生生的感覺。

蕭謹言以為阿秀害怕自己，皺起眉頭，小姑娘雖說乖巧，終究還是難安撫了點。

阿秀心裡確實害怕，可怕的卻是蕭謹言會看出她的不安和閃躲。前世對蕭謹言的依戀，讓她看見他就有情不自禁想靠近的衝動，雖然努力克制，但這種感覺似乎越來越強烈。

阿秀咬唇想了想，伸出手，將那枚銅錢接過來，小心翼翼地放進腰間的荷包裡。

蕭謹言低下頭，吃完最後兩個餃子，就著熱湯喝了一口。一股刷鍋水的味道充斥著嘴裡，他忍不住嗆了下，側著身子猛咳起來。

阿秀見他那個模樣，有些納悶。蕭謹言紅著眼睛，指了指那碗油湯。

阿秀伸手端過碗，輕輕抿了一口，急忙吐掉，憋紅了臉，笑道：「這豬油放得太久，變味了。」

蕭謹言也笑，放下筷子，裝作滿足地打嗝，一副吃飽想睡覺的樣子，伸手擦了嘴巴。

阿秀收拾好碗筷，從廚房回來，瞧見蕭謹言端著油燈，在房裡探頭探腦。

「我剛剛找過了，家裡沒有像樣的鋪蓋，只有一條爛棉花被。我在客堂裡生一堆火，我們打個地鋪吧。」說著，從破舊的櫃子裡拿出帶著霉味的爛棉被，走到客堂裡，就著牆角鋪在地上。

外頭依舊是大雪紛飛，阿秀抬頭看去，喃喃道：「等明兒一早天亮了，我就喊人送你回家。」

蕭謹言問她。「妳知道我家在哪兒？那妳送我回去不成嗎？」

阿秀一邊鋪被子、一邊道：「我雖然知道你是哪家的人，可我不知道怎麼去。」這句話並沒說謊，前世她鮮少出門，壓根兒不知道怎麼去許國公府。

蕭謹言見阿秀鋪好被子，就坐了下來，也不管牆上灰塵厚重，便靠在上頭，眼睛看著她。「那妳明天可要說話算話。」不由按照十歲孩童的口吻說起話來，語氣中帶著幾分肆意的寵溺。

阿秀又走進廚房，拿了乾柴來，小心地用火摺子點上火，再拉開客堂門，留了一小條縫隙，向蕭謹言解釋道：「這兒得留一條縫，不然我們要悶死的。」蕭謹言見阿秀這樣一本正經，只得跟著點頭，解下身上的大氅放在一旁。「妳不過來睡覺嗎？」

阿秀眼睛睜得大大的，坐在火堆前的小板凳上，暖著瘦小的手掌，小聲道：「我這會兒還不睏，你先睡吧。」

蕭謹言聽了，乾脆也坐起來，走到阿秀跟前蹲下，忽然一把握住阿秀的小手，低下頭小心翼翼地暖著，讓阿秀愣住了。

「怎麼樣，這樣熱一點沒有？不要太靠近火堆，小心火星子濺出來，燒到衣服就不好了。」

蕭謹言重複著方才阿秀說過的話，然而阿秀只抬著頭，靜靜地看著蕭謹言。他的眉眼沒有一丁點改變，但心性卻當真變了許多。

阿秀看著蕭謹言現在的模樣，擔憂起來。病得這麼嚴重，可怎麼辦呢？太太一心想著讓大姑娘進許國公府做小，要是世子爺的病沒好，豈不是委屈了大姑娘。

阿秀越這麼想，越是心急，抬起頭，看著蕭謹言道：「公子，明兒一早你回了家，可要找個大夫好好瞧一瞧。」

這會兒蕭謹言正握著阿秀的小手吃豆腐，冷不防阿秀提起這個來，只開口道：「瞧？瞧什麼瞧？我又沒病。」

阿秀納悶地看著蕭謹言，正想發問，蕭謹言卻一拍腦門道：「噢……噢噢，我頭疼，我頭疼。」一時心虛，鬆開阿秀的小手，走到爛棉被上坐下，靠著牆，假裝小憩起來。

阿秀烤了一會兒火，身上沒有那麼冷了，走到蕭謹言旁邊，見他合眸睡著，火光映照在臉頰上，帶著忽明忽暗的陰影。

阿秀在離他一尺遠的地方，背對著背，躺了下來。

這一次，阿秀沒有落淚，心裡滿滿都是歡喜。雖然如今只有她還保留著前世的記憶，但今夜將成為她這輩子最安心、最幸福的夜晚。

外頭靜悄悄地，連放鞭炮的人都沒了，偶爾傳來狗叫的聲音，在雪夜中也顯得那麼遙遠。阿秀閉上眼睛，安心地睡了。

在聽到背後傳來均勻的呼吸聲後，蕭謹言才睜開眼睛，晶亮深邃的眸子帶著幾分暖意，轉過身，看著不知何時已翻身正對他的小阿秀。

蕭謹言拿起大氅，蓋在阿秀瘦小的身子上，她的臉白皙如玉，纖長睫毛微微顫動，小手交疊枕著半邊腮幫子，正是他見過最乖巧的睡姿。

蕭謹言伸出手指，點了點阿秀的鼻頭，一旁的火堆發出輕微噼啪聲，打破了客堂裡的寧靜。

「阿秀啊阿秀，我會等妳慢慢長大。」蕭謹言低下頭，在阿秀白嫩光潔的額上親了一口，站起身來。

阿秀瘦小的身子睡在破爛棉被中，上面蓋著華麗貴重的大氅。蕭謹言居高臨下，目光柔和地凝視她，享受這難能可貴的美好時光。阿秀緊了緊身上的大氅，似乎睡得很熟，臉上還浮現淡淡的微笑。

蕭謹言轉身，往門口走幾步，一陣風從門縫中灌進來，冷得他打了個寒顫，又轉頭看阿秀一眼，毅然跨出去，輕輕帶上了門。

外頭早已是白茫茫一片，蕭謹言踩在雪地裡，腳下咯吱咯吱作響，雪花落在他的頭頂、他的肩膀，還有他的髮絲上。

蕭謹言一步一步向前走，手中拳頭卻是微微緊握著，對著漫天大雪發誓——

這一世，他一定要護住阿秀！

文瀾院裡，清霜正心煩意亂地在廳裡走來走去，忽然門簾一閃，派出去打聽消息的小丫鬟上前道：「清霜姊姊，我聽門房的人說，今兒掌燈時分，柱兒去前頭要了輛馬車，說是世子爺吩咐他出門辦事，到現在還沒回來呢！」

清霜聞言，一屁股坐在椅子上，支著額頭道：「我就知道世子爺想出門，可誰知道這會兒還沒回來。眼看前頭要落鎖了，方才太太派人來問話，我只說世子爺已經睡了，他要是再不回來，只怕我也瞞不住了。」

兩人正說著，忽然聽見外頭喊道：「世子爺回來了。」

清霜聽了，忙不迭跑出去，急忙壓低聲音道：「妳喊什麼，讓其他院子的人都知道世子爺出去了嗎？妳們給我記好了，今兒的事情，誰也不許說出去，便是回了家的清瑤和清漪也不准說。」

清霜平時沈默安分，實則很有幾分要強的性子，只是懶得和清瑤、清漪她們針鋒相對，所以大家都以為她膽小怕事，如今說出這番話，竟頗有威嚴。但眾人卻當她是抱上了蕭謹言的大腿，耍起威風來，神色各異地看著清霜，並不說話。

蕭謹言在旁邊聽了，便道：「今天的事情要是傳出去半句，我這院子，妳們也不用待著了。」

丫鬟們見蕭謹言果真處處幫著清霜說話，雖有怒氣，卻只好壓了下來。

清霜把蕭謹言迎進來，才進院子，便就著亮堂的燈光，看清了蕭謹言衣服上的油漬。

「這是怎麼弄的？您去哪兒了？」清霜低頭，瞧見蕭謹言這一路留下的泥腳印，嚇得差點兒唸起佛來，伸手往他身上一摸，雪化了一半，衣服濕答答的，那雙手卻是冰涼冰涼。

清霜忙不迭抬手去探蕭謹言的額頭，發現燙得驚人。

「世子爺……您……」清霜蹙眉，急忙扶他坐下，又遣小丫鬟打水來。

這會兒蕭謹言的精神倒是好得很，開口吩咐道：「千萬別跟太太說。上回去紫盧寺上香，老和尚開的草藥帶回來了嗎？妳偷偷熬一碗來，我喝下就好。」

「那可不成，病了得請太醫，奴婢做不得主。」

清霜說著，就要喊人去給孔氏傳話，卻被蕭謹言拉住。「妳不聽我的話，我就告訴孔文表哥去。」

清霜的腳步猛然一滯，有些不敢相信地回頭，驚恐地看著蕭謹言。

「世子爺……」

清霜的話還沒說完，就被蕭謹言打斷了。「我知道妳喜歡文表哥。乖乖聽我的話，我自會想辦法，讓妳去文表哥身邊。」

雖然蕭謹言覺得拿這種事來要脅一個丫鬟有些過分，可他病著的事若讓孔氏知道，只怕為了讓他好好休息，便不接那些表妹們進府，想見阿秀就越發難了。

清霜聽了，轉過身，理好衣裙，跪在蕭謹言面前，磕頭道：「多謝世子爺成全。」

蕭謹言瞧見清霜順從地跪在自己面前，又想起阿秀那張乖巧的臉，嘴角不由露出了淺淺的笑容。

「妳下去吧。」

清霜起身，往外頭走了幾步，忽然回過頭問蕭謹言。「世子爺明明知道奴婢心有所屬，為什麼還要讓奴婢貼身服侍呢？府裡想在世子爺房中服侍的人，怕不止一個、兩個，為何單單提拔奴婢？」

蕭謹言拿起掛在腰間的荷包，放在掌心，心滿意足地看了兩眼，笑道：「妳以後自然會知道的。」

阿秀打了個哈欠，在蕭謹言的大氅裡醒來。

房裡的火已經滅了，外頭白茫茫一片。阿秀揉揉眼睛，翻身四處找了找，哪裡有蕭謹言的人影，可自己身上分明蓋著他的大氅。

「世……」阿秀才預備喊出口，連忙換了稱呼。「公子，你在哪兒？天亮了，我帶你回家去。」

阿秀站起來，在房中尋了一圈，還是不見蕭謹言的人影。

客堂的門虛掩著，阿秀推開門，外頭的雪光煞是刺眼，阿秀用手遮擋，小心翼翼尋找門外的足跡。

但蕭謹言走得早，腳印早已被大雪掩蓋，阿秀愣怔地站在門口，只有懷中抱著的大氅，證明他昨晚真的來過。

討飯街上的人陸陸續續起床，小巷子裡傳來鞭炮聲。開年的第一聲爆竹，便是再窮的人家，也要點上一個，以示來年開門大吉。

阿秀打了水，把自己洗漱乾淨，再將蕭謹言的大氅摺疊整齊。這東西不能拿進蘭家，唯一的辦法，還是把它藏在這兒。

她找出一塊大些的破布，包起大氅，放進臥房裡唯一的五斗櫃中，又把家裡收拾收拾，挽著小包袱，關上門，一步三回頭地走了。

外頭時不時飄落雪花，阿秀轉頭，看著自己生活過幾年的地方，跪下來，朝著那裡重重地磕了頭。

做完這一切，阿秀起身，拍拍膝蓋上殘留的雪花，頭也不回地離開了。

大年初一，正是家家戶戶拜年的日子。昨兒夜裡，蕭謹言偷偷喝了一帖藥，清早發出一身汗，起床時雖然覺得身子有些虛，但精神看著倒是很好。

清霜為他整理衣服，問道：「那件鑲白狐毛的雲錦大氅，您總共才穿過兩次，如今不見了，要是太太問起來，我怎麼交代？」

「就說那件顏色不夠鮮亮，大過年的，還是穿得喜慶些。穿那件大紅猩猩氈的斗篷吧。」

清霜去拿衣服，又道：「平常您不是不喜歡這件嗎？說顏色太紅，不該是男人穿的。」

「過年難得穿個一、兩次，也罷了。」

蕭謹言的話才說完，那邊清霜已經幫他把斗篷繫上。「到時您自己找個藉口跟清瑤說吧，您穿戴的東西，平常都是她管著的，她才回去幾天，我就丟了您的衣服，說出去，我也不好擔當。」

蕭謹言想了想，開口道：「妳放心，我同她說去。」

兩人正說著，便聽見外頭小丫鬟脆生生地招呼。「清瑤姊姊，這麼早就回來啦。」

清霜打完最後一個結，笑道：「說曹操，曹操就到了。」

清瑤掀了簾子進來，蕭謹言忽然抓住清霜正要縮回去的手，帶著幾分曖昧，輕聲道：「這兒還沒繫好呢，妳再幫我理一理。」

清瑤一腳跨入房內，瞧見這一幕，真是不知要進去好，還是出去好，一時羞紅了臉，進退兩難。

清霜也被蕭謹言這突如其來的動作嚇了一跳，待她看清蕭謹言眸中的深意後，才小聲道：「那世子爺先把手鬆開，奴婢再幫世子爺繫上。」

清瑤還愣在旁邊，眸中已經蓄滿淚水，欲言又止。

蕭謹言轉頭，若無其事地看了清瑤一眼，開口道：「以後沒我的吩咐，不用到房裡來，有清霜服侍就夠了。」

清瑤微微退後兩步，艱難地擠出一句話。「是，奴婢遵命。」

清霜見清瑤含淚離去，鬆開了蕭謹言的衣服，在旁邊的凳子坐下，佯裝生氣道：「世子爺每每都用我擋著清瑤，不怕清瑤去找太太告奴婢的黑狀嗎？奴婢可是老太太的人。」

蕭謹言理了理衣服，走到門口，轉頭對清霜道：「從今往後，妳得先學會當我的人。」

第十九章

那天車伕送阿秀回來時，她是一路瞧著馬車走的，可現在單憑兩條腿，要走到廣濟路蘭家，似乎還有些距離。

阿秀挽著小包袱，沒走幾步路，臉就被風吹得凍僵了。她伸出小手拍拍自己的臉頰，繼續奮力地一腳高、一腳低地走著，忽然聽見有人在身後喊了一聲——

「丫頭，怎麼是妳呀？」

阿秀回頭，瞧見趙麻子肩膀上扛著一個十來歲的男孩，手裡拿著一串冰糖葫蘆舔著，一臉心滿意足的模樣。

「丫頭，妳怎麼在這兒啊？」沒等阿秀開口，趙麻子先問起她來。

阿秀低下頭，怯生生地回答。「太太准了我回家過年，所以我就……」

阿秀的話還沒說完，趙麻子就把肩膀上的男孩放下來，蹲著看阿秀。

「啊？那妳怎麼辦？妳爹早就走了，我還想等過完年邢嬤嬤來選奴才時，讓她給妳捎個信呢。」

趙麻子說著，伸手摸摸阿秀的小臉，冰涼冰涼的，便從懷裡掏出一個紙袋子遞給她。

「快吃，是肉包子，還熱著呢！」

「大叔，我不吃，我吃過了。」阿秀把紙袋推回趙麻子的手中，抿著唇瓣道：「我已經吃飽了。」

「騙誰呢，妳一個小姑娘家，自己待在家裡，能有啥吃的？」趙麻子見阿秀還推辭，索性從紙袋裡拿了肉包子出來，塞在她冰冷的小掌心裡。「丫頭，看來妳爹是真的不想要妳了。大叔本來是想安慰安慰妳的，誰知妳爹收了賣妳的銀子，當天就走了。」

阿秀的眼睛亮晶晶的，只是低下頭不說話，不知過了多久，一滴眼淚忽然啪嗒一聲，落在她手中的肉包子上。

趙麻子也忍不住心疼，一手牽著阿秀、一手牽著自己的兒子，開口道：「都別說了，我把妳送回蘭家去吧，這麼遠的路，只怕妳不認得呢！」

阿秀回到蘭家時，是邢嬤嬤出來接的，見阿秀跟趙麻子在一塊兒，便問道：「這孩子怎麼跟你在一起？昨兒太太不是派人送她回家過年嗎？」

趙麻子笑著道：「她爹早就回老家去，她家裡都沒人了。今兒一早在路上遇見她，才知道她昨兒一個人在家過年呢，所以就送她回來。」

邢嬤嬤便讓阿秀進去了，她還要跟趙麻子商量買丫鬟的事。

阿秀先到前院給朱氏請安，朱氏的臉色看上去似乎不大好，雖然起身了，可頭上還戴著抹額，明顯是體力不濟的樣子。

阿秀跪下給朱氏磕頭，朱氏只勉強笑了笑，讓阿秀回蘭嫣的繡閣。

阿秀從前院出來，正巧遇上和趙麻子說完事情的邢嬤嬤，忍不住上前問道：「嬤嬤，我瞧著太太臉色不好，是不是……」她如今也懂事了，往方姨娘住的地方指了指。

邢嬤嬤會意，點點頭，帶著幾分讚許把阿秀拉到身邊道：「許國公府來消息了，說讓二姑娘也跟著大姑娘一起去；再加上昨兒是除夕，老爺硬是沒留在太太房裡。」

阿秀聽了，咬咬唇，對朱氏深表同情，想起蘭婉那張囂張跋扈的臉，頓時感覺噁心得很。

「在京城裡，是不興這樣的，老爺這麼做，只會讓人戳脊梁骨。」

「懂道理的大有人在，可這話卻不是我們能說的。像大姑奶奶吧，她也是做妾的，只巴望著許國公更疼愛些才好，哪裡會勸自己的兄長打壓妾室，這次二姑娘能進許國公府，還是多虧了大姑奶奶的關係呢。」

邢嬤嬤嘆了口氣，摸摸阿秀的腦袋。「妳回繡閣吧，看看姑娘那邊還缺什麼，早些來告訴我，我好準備著，一起送過去。」

阿秀應下，往蘭嫣的住處去了。

院中的紅梅又盛開了幾枝，上頭掛著白雪，煞是好看。

琴芳正端著小盤子收集梅花上的雪水，見阿秀進來，便笑著道：「姑娘方才還念叨妳呢，說妳一回家就不想回來了，人家阿月早早回府，就妳遲了。」

阿秀只笑著道：「我腿短，又不認得路，走了一個多時辰才到呢。」

阿月聽見阿秀的聲音，從房中迎出來，笑呵呵地拉著阿秀的手道：「妳可來了。快看快看，我這個鎖片好看嗎？」指了指自己脖子上用紅線穿過的、薄薄的小金鎖片。「我娘新添了小弟弟，姥姥打金鎖片，也給我打了一個，回去娘就給我戴上了。好看嗎？」

阿秀細細地看著那鎖片，上頭壓著祥雲紋樣，隱隱約約可以看見四個字：長命富貴。

「好看，很配妳的衣服呢！」阿秀由衷讚道。

阿月聽見阿秀的讚美，心情頓時大好，又問阿秀。「妳呢？妳爹給妳東西了嗎？有沒有壓歲錢呢？」

阿秀原本要搖頭，忽然想起昨夜蕭謹言給她的銅錢，從荷包裡拿出來。「有啊，我收到一個銅錢，是很重要的人送給我的。」

阿月見阿秀對這銅錢視如珍寶的樣子，忍不住搶過去看，笑著道：「就這麼一個普通的銅錢？上頭還有牙印呢！」

阿秀拿回銅錢，放在掌心細細摩挲，轉頭問阿月。「妳那穿金鎖的紅繩還有嗎？我也把銅錢串起來戴在身上，聽說可以保平安呢！」

「有，房裡有好多，是錦心姊姊給我的。」

阿月看著阿秀，心想拿到一個銅錢就這麼高興，阿秀真是可憐啊。

一早，蕭謹言去榮安堂給趙氏拜年，又回海棠院向孔氏請安。

孔氏正和王嬤嬤商量大年初一給各房發放開門紅包的事，又想起明兒蕭謹言的幾個表兄妹要來，遂吩咐道：「妳再多預備幾個紅包，就按著府裡的分例，省得明兒人來了，才去安排，可是失禮了。」

王嬤嬤便問道：「那表姑娘的丫鬟和蘭家姑娘的丫鬟都按一樣的分例嗎？」

孔氏想了想，開口道：「明面上都一樣吧。我私下裡已經給姝丫頭留了幾樣東西；倒是趙家姑娘……」

孔氏正為難呢，王嬤嬤便笑著道：「只怕老太太也私下留著呢。即便是蘭家姑娘，蘭姨娘這些年攢的體己也不少，難保不會拿幾樣出來，太太就一視同仁吧。」

「也是，自家兄妹還有個親疏呢，我不必糾結於此。」

這時，外頭的小丫鬟進來傳話，說蕭謹言和蕭瑾璃過來給孔氏拜年了。

兄妹倆穿著相同的大紅色猩猩氈斗篷，帽簷上鑲一圈白毛，個子一高一矮，模樣都是極好的，真真金童玉女一樣。

兩人才進來，便有丫鬟上前把兩人的斗篷脫下，蕭瑾璃笑著道：「頭一次看見哥哥肯穿這斗篷，真是好看得不得了，遠遠從雪地裡走來，我看著都愣了神，只可惜是自家的兄長。」

蕭瑾璃的話才說完，孔氏便佯裝生氣道：「妳這丫頭，說話越發顛三倒四了，什麼叫『只可惜是自家的兄長』？」

王嬤嬤笑著接道：「二姑娘的意思大概是說，若是別人家的兄長，好告訴了太太，派人去問問，請他們快些上門提親才是。」

蕭瑾璃聞言，臉頰頓時脹得通紅，上前挽著孔氏的手臂道：「母親，您看王嬤嬤說的，臊死人了！」

「妳要是懂害臊，就不會說出這種顛三倒四的話了。」孔氏說著，伸手拍了拍蕭瑾璃的手背，抬起頭看蕭謹言。她的兒子，果真是越發俊朗了。

兄妹倆向孔氏拜年，說了好一番吉祥話，孔氏便留了兩人在海棠院用午膳。

外頭又有小丫鬟進來回話。「老太太讓奴婢向太太交代一聲，趙小將軍提前回京，趙姑娘明兒先不過來了，讓太太記下，過幾日老太太再親自派人去接她。」

趙暖陽十六歲就跟著趙將軍去了邊關，這些年在軍中頗有建樹，大家都稱他一聲「趙小將軍」。

蕭瑾璃聽見趙暖陽回京城了，臉色頓時尷尬起來，拿著筷子，觀察孔氏和蕭謹言的表情。

孔氏原本對趙家就淡淡的，遂只淡淡道：「我記下了。一會兒妳去找王嬤嬤，讓她從庫裡挑一份禮，給趙小將軍送去。」

蕭瑾璃見孔氏就這樣平平淡淡地把事情帶過去，蹙眉看了蕭謹言一眼，穿著繡花鞋的腳有些不安分地踢了踢他的小腿。

蕭謹言身子一震，瞧見蕭瑾璃的眼神，勉為其難地開口道：「母親，趙小將軍一年多沒回京了，這禮還是讓孩兒親自送去，順便敘敘舊。」

蕭瑾璃一個勁兒地跟著點頭，附和道：「大哥說得有道理。正巧上回玉姊姊託我打的絡子也打好了，一起送過去。」

孔氏瞥了蕭瑾璃一眼，冷冷道：「難道趙家沒有丫鬟嗎？還要讓妳給她打絡子？」

蕭瑾璃皺著一張臉回答。「玉姊姊說，他們家的丫鬟全被她教著耍大槍了，沒人會這精細活。」

孔氏陰沈著臉看蕭瑾璃，感覺臉都僵了，開口道：「妳那絡子，讓下人送去，下午你們大姊要回來，誰都不准走。」

蕭瑾瑜身為豫王妃，過年要去的第一個地方，自然是皇宮。

皇后娘娘膝下原有一子，養到十三歲時夭折了，便是世人口中的先太子，死因正是讓太后娘娘對小郡王周顯格外仇視的原因之一。皇后和恒王妃是自家姊妹，感情相當深厚，先太子和小郡王兄弟情深，常常同進同出，因此一起染上了時疫；可惜天不從人願，周顯安然無恙地痊癒，但先太子卻病逝了。

蕭瑾瑜從皇宮出來後，便回許國公府給趙氏拜年，在榮安堂坐了片刻，才起身去海棠院。

這時，蕭謹言和蕭瑾璃都不在院中，孔氏難得見到女兒，心中自是忍不住高興，卻發現蕭瑾瑜臉上帶著少許疲憊之色。

「王妃看著氣色不大好，是不是過年瑣事繁多，累著了？」

孔氏深居簡出，對朝事一知半解，當初把蕭瑾瑜嫁給豫王，不過是想讓她當個富貴閒散的王妃。自先太子去世之後，皇帝還沒有另立太子，但豫王想入主東宮的可能，還是比較小的。

如今的後宮裡，徐貴妃是徐太后的親姪女，又育有五皇子，地位僅次於皇后；皇后膝下無子，便將劉美人生的七皇子養在跟前，現在才四、五歲大，說要立太子，實在言之過早。而豫王的生母陳妃，在他十六歲出宮開府後就病死了，所以豫王現在的處境是兩邊不靠，唯一的好處是最年長。皇長子早年病故，豫王雖為二皇子，卻是眾皇子的大哥，現已列朝參政。

「這幾日皇后娘娘鳳體違和，我在跟前服侍了幾天，有些累著了。」蕭瑾瑜說著，接過丫鬟送上來的茶水，略略抿了一口，又遞回去。「去換杯清茶過來，我如今已不喝濃茶了。」

孔氏素知蕭瑾瑜喜歡濃一點的茶水，所以特意命丫鬟準備，誰知她竟改了，不禁又擔心起來，問道：「是不是身上不好？請太醫瞧過沒有？」

蕭瑾瑜見孔氏關心，便抬眸在房中掃了一眼。孔氏會意，吩咐道：「妳們都出去吧，我和豫王妃要說幾句心裡話。」

眾人躬身退去，孔氏瞧著窗外的人也散了，這才問蕭瑾瑜。「有什麼話，現在可以說了吧？」

蕭瑾瑜勉強打起精神，湊到孔氏身邊，悄悄耳語了幾句。

孔氏立刻瞪大了眼睛，上下打量蕭瑾瑜一番。「當真是？」

蕭瑾瑜點頭，抬手揉了揉腫脹的太陽穴。「是請了外頭的大夫看的，絕對沒錯。等過了年節忙亂的日子，便是時候跟皇后娘娘說一聲了。」

孔氏好奇道：「妳預備怎麼說？」

蕭瑾瑜嘆氣，略略想了想。「自然是要讓太醫來說的。」

孔氏擔心道：「既然如此，妳好歹在王府歇著，到處跑來跑去，萬一動了胎氣，如何是好？」

蕭瑾瑜笑道：「我若不動來動去，只怕有心人見了，還說我早有防範，不如和平常一樣才好。」

孔氏心疼蕭瑾瑜，開口勸她。「既然來了我這裡，就休息一會兒，等用過了晚膳，再回去不遲。」

蕭瑾瑜點點頭，跟孔氏起身到裡間，忽然轉身問孔氏。「言哥兒和姝表妹的婚事，還沒拿到明面上談吧？」

孔氏愣了一下，回道：「還沒有，不過也快了。再過兩個月，妳姝表妹及笄，只怕事情就要定下來了。」

蕭瑾瑜靠著軟榻躺下，閉目養神一會兒，然後睜開眼睛，看著孔氏。「依我看，言哥兒和姝表妹的年紀也不大，倒是可以再等等。」

「還要等？」孔氏有些不明所以了。「不會等出什麼變數吧？」

蕭瑾瑜擺了擺手。「變數倒不至於，等太后娘娘為欣悅郡主賜婚之後再看吧；反正孔文表弟還沒大婚，姝表妹應該不會搶在哥哥前頭的。」

孔氏聽了這話，惴惴不安起來，忍不住多問一句。「妳這話說得我心裡不安生，要是有什麼，倒不如同我直說了。」

蕭瑾瑜又閉上眼睛，隨口道：「我昨兒在除夕宴上，聽了幾句玩笑話，當不得真。」

孔氏依舊不依不饒地追問道：「既然當不得真，為何還要這般囑咐？讓我聽聽是什麼玩笑話。」

蕭瑾瑜無奈，睜開眸子，湊到孔氏跟前，小聲道：「我聽見欣悅郡主誇言哥兒長得好看，比起孔文更勝一籌。」

第二十章

因第二日要去許國公府，今晚蘭嫣特意讓阿秀和阿月放了假，囑咐她倆不用服侍，早些休息，明兒早早啟程。

阿秀躺在床上，卻是怎麼也睡不著，脖子上戴著的銅錢貼在胸口，讓她有種莫名的安全感。今兒回蘭家的路上，沒瞧見許國公府的人到處找人，想必蕭謹言已經想起自己是誰，偷偷回去了。

阿秀翻身，又嘆口氣，索性起身取了桌上的針線簍子做針線，裡頭放著一只未完工的青竹荷包。

阿秀拿起針，在髮上擦了擦，然後繡了兩針，忽然覺得似乎在哪兒瞧見丟失的荷包，可這會兒卻怎麼也想不起來。

院裡隱隱傳來一陣哭聲，阿秀開門，瞧見錦心從外面回來，便問道：「錦心姊姊，是誰在外頭哭呢？」

錦心嘆了口氣，走到阿秀跟前，小聲道：「是阿月在哭。姑娘讓她這幾日去服侍二姑娘，那丫頭不樂意呢。」

用晚膳時，方姨娘又向朱氏提起，要阿秀過去服侍蘭婉。理由很簡單，如今蘭婉也要去許國公府，但身邊卻連個像樣點的丫鬟都沒有，從安徽老家帶來的丫鬟，只有一個好的，既然大姑娘要帶兩個丫鬟去，那二姑娘也得帶上兩個。

朱氏自然不肯讓阿秀去，可蘭老爺覺得方姨娘說得有道理，便讓她趕緊再挑個小丫鬟給蘭婉。

朱氏想著，三姑娘和姜姨娘那邊本來就沒什麼得用的丫鬟，不能去她們那裡找；自己房裡的丫鬟，只怕方姨娘也不肯要，想來想去，只有蘭嫣房裡的阿月稍微合適些。

況且，朱氏還有別的想法，如果蘭婉用阿月用得順手，興許就不會再記掛著阿秀了。阿秀這麼聰明懂事又聽話，能留在蘭嫣身邊，自是最好不過的。

阿月回房，哭成小淚人一樣，兩隻眼睛都腫了起來。

阿秀急忙去絞了濕帕子給她敷上，勸慰道：「前幾日，妳不是還想跟著我們一起去許國公府嗎？好不容易如願以償，怎麼哭了呢？」

阿月撇嘴道：「我是想跟著我們姑娘一起去，可不是跟二姑娘去。聽說二姑娘和方姨娘房裡之所以人少，就是因為她們在老家欺負下人，所以那些人不願意跟著她們來京城。」

阿秀笑著道：「妳聽誰說的呀？哪裡有這種話。那些人沒跟來，是因為他們不是家生子，家裡的老少都在安徽，要是到京城，豈不是跟家裡斷了聯繫？我問妳，如果姑娘這會兒回老家去，妳願不願意丟下家裡人跟著呢？」

阿月想了想，毫不猶豫地搖搖頭。

阿秀用帕子幫阿月擦了臉。「妳瞧瞧，眼睛都哭腫了，可不漂亮了。」過了片刻，阿月終於不再哭泣，兩人頭碰著頭躺上床。

阿月畢竟年紀小，傷心一陣子後，這會兒已經不難過了，反而又開始嚮往起去許國公府的事，笑著道：「明天我也可以看見妳說的那個好看得不像話的世子爺了。」

阿秀微微一笑，閉上眸子，唇角的笑意漸漸放大。也許有一天，看著蕭謹言開開心心娶妻生子的幸福感，會填補她今生不能陪伴在他身邊的遺憾。

蕭瑾瑜終究沒有留在許國公府用晚膳，還未到掌燈的時辰，豫王便派了自己的近侍來接她回府。孔氏見豫王對蕭瑾瑜這般用心，心中頗為安慰。

臨上車前，蕭瑾瑜把蕭謹言喊到跟前，和他說了幾句話。

蕭瑾瑜一向疼愛這個弟弟，更何況女子出嫁，以後娘家能指望的人，除了自己的父親，便只有兄弟了。

見蕭謹言最近清瘦不少，蕭瑾瑜幫他理了理鬢邊的頭髮，柔聲道：「好好愛護自己的身子。前幾日，你姊夫還說，他像你這個年紀的時候，已經在御前行走了，如今你卻還只是個孩子模樣。」

蕭謹言聽了，低下頭。前世的他確實晚慧得很，到了二十出頭還是孩子心性，建功立業全靠祖上恩蔭，自己很少出力。

蕭謹言想了想，開口道：「我心裡也想著這件事呢。老爺說，等明年考上舉人，就讓我出門歷練歷練。我想去軍營裡看看，蕭家祖上是行武的，不能忘了本行。」

蕭瑾瑜見蕭謹言難得說出這番話，又驚又喜。「你這樣子，我可再放心不過了。說起來，趙家那小子不過比你大三歲，如今卻已經是小將軍，只怕老太太又要在你面前嘮叨，說母親寵壞了你。」

蕭瑾瑜看了站在遠處目送她的孔氏一眼，心裡嘆息。當初許國公把她嫁給豫王，其實暗地裡已經在下一盤很大的棋，可單純的孔氏還只當是給女兒找了個安穩的歸宿，可以當一輩子榮華富貴的王妃。

蕭瑾瑜伸手摸了摸蕭謹言的臉頰，淡淡道：「以後許國公府就靠你了。」

蕭謹言心裡清楚，這兩年正是豫王奪嫡的關鍵時候。雖然早已知道結果，可是連阿秀的人生都改變了，誰能預料其他事情會不會變？如果豫王奪嫡失敗，要面臨的就是整個許國公府的衰亡。

他點點頭，安撫蕭瑾瑜。「大姊姊不用太擔憂，還是安心養胎得好。」

蕭謹言說出這句話時，是想起前世蕭瑾瑜難產，足足折騰了兩天一夜，才把孩子生下來。因為這個皇長孫，豫王被冊封為太子，所以蕭瑾瑜這胎至關重要。

蕭瑾瑜聽見蕭謹言的話，愣了一下，有些尷尬地點頭應了，往孔氏那邊看去，見孔氏仍憂心忡忡地望著她，一時不能確定是不是孔氏把她懷孕的事告訴蕭謹言，可他既然知道，那定然是孔氏透露的了。蕭瑾瑜忍不住搖頭，自己的娘真是一點政治警覺性也沒有。

「這事情我還未向兩宮稟報，言哥兒可千萬不能透露出去，不然的話……」

蕭瑾瑜的話還沒說完，蕭謹言便意識到自己說漏了嘴，忙笑著道：「大姊姊放心，我只當什麼都不知道，倒是大姊姊一定要好好保重身子。」

蕭瑾瑜轉身上車，蕭謹言這才鬆了口氣。

孔氏迎上來問道：「你姊姊跟你說了些什麼？還老是朝我這邊瞧。」

「沒什麼，大姊姊說娘生了我這麼個好兒子，正誇我呢！」蕭謹言玩笑道。

孔氏被蕭謹言逗樂了，笑著道：「走吧，外頭天冷。」

孔氏才回到海棠院，就聽見有人在大廳裡說話，還不時傳來姑娘家細聲細氣的哭聲。春桃見孔氏回來，忙迎上去，替她打起簾子。「張嬤嬤和清瑤來了，正在屋裡等著太太呢。」張嬤嬤是蕭謹言的奶娘，也是清瑤的姑母。

孔氏瞧見張嬤嬤和清瑤坐在廳中，清瑤不停擦著臉上的淚水，張嬤嬤則在一旁安慰。孔氏剛剛送走蕭瑾瑜，心裡正有幾分失落，況且大過年的哭哭啼啼，實在不吉利。

孔氏皺著眉頭問道：「又怎麼了？」

兩人慌忙起身，向孔氏福身行禮。張嬤嬤親自上前，扶孔氏坐下，送了杯熱茶過去。

「其實也不是什麼大事，就是世子爺那邊……」張嬤嬤想了想，繼續道：「自從上次去了紫廬寺，世子爺的身子倒是真的好了不少。」

孔氏聞言，臉色稍稍緩和，低頭抿了一口茶。「是啊，不然的話，也不知道世子爺如今是個什麼光景。」說完這句，忽然話鋒一轉，擱下茶盞怒道：「既然世子爺的身子好了，妳們在年節裡哭哭啼啼的，成何體統！」

清瑤嚇得忘了抽泣，連忙跪下，強忍著眼淚，一時間連話都說不出來。

孔氏原先器重清瑤，是想讓她長長久久留在蕭謹言身邊服侍，可她如今又看上蘭嫣，便覺得清瑤不是那麼重要了。

「奴婢……奴婢……」房裡丫鬟們爭寵的事，拿到主子跟前說，實在丟臉。清瑤想了半刻，才重新開口道：「老太太那邊不知道使了什麼法子，如今世子爺只讓清霜一個人在跟前服侍，奴婢連進去房裡都不行。方才世子爺出門送豫王妃，奴婢才抽空進房間收拾一下，發現太太今年剛給世子爺做的那件鑲白毛雲錦大氅不見了。」

孔氏素來不忍對蕭謹言嚴格管教，平日丟些小東西，多半就便宜了他那幾個小廝，因此沒放在心上，只隨意道：「既是丟了，妳報上來，我讓繡房再給他做一件。」又笑道：「難怪這兩日他破天荒穿那件大紅猩猩氈的斗篷，我還當他過年圖個喜氣。」

清瑤見孔氏不以為意，咬了咬唇道：「我偷偷問了房裡的小丫鬟，她們說世子爺昨兒晚上出去過，一直到亥時末才回來。後角門的小廝今兒也在，太太喊他來問問便知道了。」

孔氏聞言，不由吃了一驚。昨兒晚膳用了一半，蕭謹言就離席，孔氏只當他身子不適，亥時派人去文瀾院問話，說是已經睡了。孔氏憐惜他大病初癒，連守歲都替他向老太太告了假，如今清瑤這麼一說，真是讓她大驚失色。

可是……那個能讓蕭謹言連大過年都念念不忘的人，到底會是誰呢？

孔氏從椅子上站起身，有些不安地來回走著，獨自思量，忽地轉頭問清瑤。「最近世子爺還有什麼不對勁的地方？」

清瑤擰眉用力想了想，答道：「今兒聽文瀾院的粗使婆子說，世子爺的衣服上沾了油斑，洗不乾淨，向我借了香胰子用。奴婢當時沒察覺出什麼，可這麼一想，世子爺是極愛乾淨的人，怎麼會弄上這麼一灘髒東西呢？是不是去了不該去的地方？」

孔氏一時也想不出個所以然。照蕭謹言的性子，若是逼問，只怕也逼不出話，遂搖搖頭道：「今兒的事情，妳千萬不要再跟別人提起，如果老太太那邊知道了，不免又要囉嗦。萬一傳到老爺耳朵裡，只怕世子爺難逃一頓家法。」

清瑤聞言，嚇了一跳，國公爺治家嚴厲，的確會這麼做。

「太太放心，這些話，奴婢只敢和太太說。奴婢也是擔心世子爺，畢竟世子爺大病初癒，這麼冷的天，又是大過年的，何必非要出去，奴婢實在心疼……」

清瑤的聲音雖然越來越低，但孔氏還是聽在耳中，開口道：「我知道妳的心意。妳早些回去吧，明兒蘭家姑娘和表姑娘要來，文瀾院得稍微整理整理，可別讓人笑話了去。」

清瑤辭別孔氏離去，張嬤嬤卻還候在孔氏跟前，試探道：「瞧世子爺這樣子，倒像真是心裡有了人，太太知不知道是哪家的姑娘？」

孔氏嘆息道：「還有哪家的姑娘？不就是明天要來的嗎？」

「是孔家的表姑娘？」張嬤嬤故作不知。

孔氏頹然在身後的椅子上坐下。「他若是一顆心只在姝丫頭身上，我也就不操心了。」

第二日一早，東方天空才露出魚肚白，廣濟路蘭家的院子裡已經熱鬧起來。

阿秀拉著還在翻身打呼嚕的阿月，阿月卻在床上滾了一圈，又拱進被窩裡繼續睡了。

阿秀沒辦法，便湊到阿月耳邊，扯著嗓子喊。「二姑娘來啦！」

阿月嚇得猛然從睡夢中驚醒，正巧瞧見琴芳進來喊她們兩個。「妳們快點兒，姑娘已經醒了，大姑奶奶也打發人來催了。外頭的婆子要進來搬行李，妳們的東西是自己帶著呢，還是請婆子一起拿出去？」

阿秀瞧瞧自己整理好的小包袱，笑道：「我們東西少，就不麻煩嬤嬤們了。」

門外傳來錦心的叫喚聲，琴芳聽見，一溜煙地又走了。

阿月從床上爬起來，發現炕頭放著一套新衣服，正是那日太太特別做給阿秀的其中一件。

阿秀正對著銅鏡梳頭，雖然年紀小，頭髮倒是生得密，紮著雙垂髻，綴上兩根流蘇，看著靈巧動人。

阿月小心翼翼地開口。「阿秀，這衣服是給我穿的嗎？」

「當然是給妳的。我和妳一起去許國公府，若穿著差得太多，她們還以為太太對庶女沒有對嫡女好呢。」

果然，阿秀這麼一說，阿月很快就把衣服穿上了，開口道：「哪兒能呢。我現在總算知道，男人都是疼小老婆多的，妳看老爺就特別喜歡方姨娘。」說著，又湊到阿秀身邊，有點不明白地問：「其實，我瞧著姜姨娘比方姨娘漂亮。姜姨娘就是太老實了，老實人吃虧。」

阿秀無奈地瞪阿月一眼，笑道：「最老實的肯定是太太。」

阿月撇了撇嘴，有點不高興。「太太讓我去服侍二姑娘……」

阿秀並不知道朱氏的盤算，便好心勸慰道：「這是臨時的。過幾日太太就要再買好些個丫鬟進來，妳且忍耐幾日吧。」

兩人打扮好了，去前院向蘭嫣請安。

朱氏已經來到蘭嫣房裡，見兩個小姑娘穿著新衣服，都是粉粉嫩嫩的模樣，心裡也高興，又看了阿月一眼，摸摸她的臉頰道：「委屈妳幾日，等妳們回來，二姑娘那邊的新丫鬟也有著落了。」

阿月微微翹起嘴巴，點點頭。

蘭嫣見了，笑道：「記住了，妳可得好好服侍二姑娘，不然妳回來，我也不要妳！」故意把「好好」兩個字拉得極長，一副嫌棄模樣。

阿月聞言，頓時眼睛紅得又要哭，朱氏忙道：「好了好了，時候不早，先去前院用早膳，就該出發了。」

第二十一章

蘭婉和方姨娘一早就去了前廳，想給蘭老爺請安，可惜昨兒蘭老爺宿在姜姨娘房中，還未起身。

方姨娘在廳中來回走了幾步，遠遠瞧見姜姨娘挽著蘭老爺從外頭進來。方姨娘臉上歡喜的神色稍稍收斂了些，笑著迎上去，姜姨娘便鬆開了蘭老爺的手，退後幾步，改牽著身後的妡姐兒。

「給老爺請安。」方姨娘朝蘭老爺福了福身子，攬著蘭老爺，兩人一起進了廳，姜姨娘安安分分地跟在身後。

進了中廳，丫鬟們早已擺好早膳，蘭老爺落坐，見朱氏和蘭嫣都不在，正要開口問，就見蘭嫣扶著朱氏從廊下緩緩走過來。蘭嫣穿著淺碧色團花交領小夾衣，下面是散花水霧綠草百褶裙，外頭罩著一件紫灰色鑲白狐皮收腰小夾襖，看著很素淨，卻讓人覺得賞心悅目。

蘭老爺再轉頭，瞧見蘭婉那身石榴紅繡千葉海棠紋樣的曳地錦衣，當真是太過華麗了些。好在蘭婉長得還算秀美，雖然撐不起這衣服，倒也不至於太難看，不過還是隨口嘮叨了一句。「蕙蘭，妳們的穿戴，倒是要好好跟太太學一學，那些有錢人家最厭煩我們穿成暴發戶的樣子，婉兒這樣打扮，太過華麗了。」

方姨娘臉上頓時多了幾分尷尬，但還是陪笑道：「老爺說得是。不過我私下裡想著，既然是去國公府那種地方，若是太過隨意，會不會讓人覺得失禮呢？」往蘭嫣身上瞧了一眼，帶著幾分譏誚。「大姑娘天生麗質，穿什麼都好看，婉姐兒不如她姊姊，自然要靠著衣服來襯托幾分了。」

孰料，蘭老爺聽了，便笑道：「婉兒生得也不差，若在穿衣打扮上多和嫣姐兒學一學，肯定會更出挑的。」

蘭婉早已氣得臉都快變形了，恨恨瞪蘭嫣一眼，在她下首坐了。

一時間，眾人吃過早膳，邢嬤嬤進來回話，說姑娘的行裝都打點好了。

朱氏親自送蘭嫣到門口，心裡帶著幾分不捨，理了理蘭嫣的鬢角，柔聲道：「嫣姐兒，國公府比不得家裡，處處都是規矩，妳去了之後，多在妳姑母身邊學著點，千萬小心些。」

蘭嫣默默點頭，心裡有些酸澀，幸好這回只去小住幾日，還是會回來的。可是……若按了朱氏和蘭老爺的意思，總有一天，她會在許國公府長住。

「母親放心吧，我會守規矩，不會讓姑母難做。其他家的姑娘都是官家小姐，女兒明白自己和她們的差別。」

蘭嫣低下頭，臉上帶著幾分蕭瑟，話中有點自嘲的意味。

朱氏聽了，越發覺得鼻腔酸澀，拿起帕子按了按眼角。「誰讓妳投生在蘭家，是娘對不住妳。」

這會兒，蘭嫣已經平復心緒，笑著道：「投生在蘭家還不好嗎？比起那些身世可憐的丫鬟，我有娘的疼愛，已是幸運萬分了。」

朱氏聞言，臉上總算出現幾分笑意，把蘭嫣送上前面的車子。三輛馬車，陸陸續續地駛出了蘭家。

方姨娘也和蘭婉說完話，送她上車，見朱氏站在那邊，神情帶著幾分蕭索地目送馬車離開，便轉頭往蘭老爺的方向迎過去。

「老爺，姑娘們已經走了，我們也進去吧，外頭風大，仔細受涼了。」

蘭老爺點頭，由著方姨娘扶自己進屋，只留下朱氏仍望著蘭嫣的馬車，直到車隊拐了彎，再也看不見為止。

阿秀坐在馬車的角落，把懷裡的暖爐遞給蘭嫣，眼觀鼻、鼻觀心，自然知道蘭嫣的心情並不是很好。

根據這幾日的觀察，阿秀已經發現，其實蘭嫣很不想去許國公府，當然她最厭惡的，應該是去當蕭謹言的小妾。或許生於富貴的蘭嫣從沒有想過，自己會被送給別人家當妾。

後面的馬車裡傳來蘭婉的笑聲，這時雖然路人不多，但在外頭這樣放肆地笑，也是會影響姑娘家清譽，可惜從小地方來的蘭婉根本不懂這些。

蘭嫣微微皺了皺眉頭，捧著手爐不說話。

大約走了半個多時辰，車伕終於放慢車速，朝車裡問道：「大姑娘，快到許國公府正門口了。」

蘭嫣嗯了一聲，想了想道：「我們走後角門吧。上回我來許國公府瞧大姑奶奶時，也是從那邊進去的。」

車伕應了，繼續駕車往前。

但後面馬車上，蘭婉的丫鬟探出頭問道：「大姑娘，二姑娘問，這都到門口了，車還要往哪兒走啊？」

蘭嫣不屑地回了一句。「她想從這裡進去，就讓她下車好了。」

這話正說著，阿秀微微掀開簾子，瞧見兩輛馬車正停在左邊角門口，下人們站成一排，幾個老嬤嬤正在搬車裡的箱子。為首的姑娘，阿秀還有些印象，應該是蕭謹言的表妹、孔家大姑娘孔姝。

蘭婉瞧見這邊有人下車，便喊住車伕。「她們在這兒下車，那我們也下來吧。」

蘭嫣來不及阻攔，就瞧見蘭婉指使著車伕，往左角門去了。幸好出來迎接孔姝的老嬤嬤正是孔氏身邊的王嬤嬤，她倒是認識。

錦心和阿秀都怕蘭婉闖禍，著急地挽起簾子，誰知蘭嫣竟湊過去，將簾子拉上了。

「讓她去吧，我們少管閒事。車伕，我們的車駛慢一點。」

王嬤嬤見又有幾輛馬車靠過來，便笑道：「表姑娘這次倒是帶了不少東西，是預備在我們府裡長住了吧？」

孔姝知道自己和蕭謹言之間已到了談婚論嫁的年紀，因此下人捕風捉影的話，她雖然聽得出來，卻不輕易怪罪，只笑著道：「孔家的車就兩輛，後面的可不是我帶來的。」

說話間，蘭婉的丫鬟已經下車，瞧見王嬤嬤，看她雖然是下人打扮，但氣度並不尋常，便上前道：「這位嬤嬤，我們也是許國公府的客人，是不是也從這兒進去呢？」

王嬤嬤上下打量了那丫鬟一眼，見她雖然穿著一身簇新的衣服，可臉上卻帶著幾分土氣。她左思右想，趙家似乎也沒有這樣的丫鬟，索性問道：「妳們是哪家的？我倒是想不起來了。」

「我們是蘭家的呀，是國公夫人請我們家姑娘過來玩的。」丫鬟睨了王嬤嬤一眼，心想這老婆子看著挺體面，怎麼那麼沒眼色呢？國公夫人請來的客人也敢攔著？

王嬤嬤臉上的笑放大了，瞧這丫鬟的架勢，還真是好大的臉面啊。上回在紫廬寺，怎麼就沒見到這樣的丫鬟？否則，她也不會多事了。

「姑娘大概不懂規矩，這裡是親戚進出的地方，蘭家的人要進來，得從後角門走。蘭姨娘只怕已經在那兒等著了，姑娘還是去那邊吧。」

那丫鬟是鄉下出來的，不懂規矩，聽王嬤嬤這麼說，不解道：「怎麼好好的開著門不讓人進去呢？再說蘭家也是國公府的親戚啊，我家姑奶奶不就是在你們府上當姨娘的？」

這話一說，一旁站著的孔家小丫鬟忍不住噗哧笑了起來。在京城裡，誰不知道，姨娘家的人是不當正經親戚往來的。

那丫鬟見眾人哄笑起來，滿臉脹得通紅。

孔姝瞧了那丫鬟一眼，忍不住搖了搖頭。前幾日她得知孔氏請她初二來許國公府小住後，其實已經猜出了孔氏的心意。婚姻大事皆為父母之命，媒妁之言，她沒什麼好異議的，遂聽從母親的意思，過來住幾天，順便瞧瞧那蘭家姑娘的脾性。如今一看，一個小小丫鬟便如此不懂事，只怕那位蘭姑娘也很難是個通透人了。

「王嬤嬤，既然她們不從這邊走，那我們先進去吧，省得太太等急了。」

這些話早已被坐在馬車裡的蘭婉聽見了，但她素來張狂，就算在安徽，也沒人敢小看蘭家，所以到了京城，壓根兒還沒察覺到這裡人情往來的複雜，頗有些夜郎自大的做派。

她氣呼呼地對車外的丫鬟道：「別跟這群狗眼看人低的婆子們廢話！我們就從後角門進去，一會兒再告訴大姑奶奶，讓她好好教訓這群沒規矩的下人。妳先問問她叫什麼名字。」

王嬤嬤一聽，這聲音明顯不是那日在紫廬寺見過的蘭嫣，心裡嘀咕了一下，又想起蘭家庶出的二姑娘今天會跟著一起來，便猜出車中人的身分，笑著道：「那就等著蘭二姑娘去請蘭姨娘來教訓老奴了。」

錦心聽見聲音，悄悄把車簾子拉開一條細縫，湊上去看一眼，見站著說話的人是王嬤嬤，著急道：「糟糕，二姑娘真的闖禍了。」

蘭嫣聽了，不緊不慢地將手爐轉了一圈，慢悠悠道：「就怕她不闖禍。」

阿秀噗哧一聲，笑了起來，朝外頭脆生生道：「車伕，麻煩往後角門去。」

蘭嫣的車才到後角門口，就瞧見蘭姨娘穿著一身海棠紅衫裙，外頭罩著淺粉色對襟褙子，頭上雖然也是珠光寶氣，卻沒有半點逾越之處。見蘭家的馬車近了，帶著笑往門外迎了兩步。

待馬車停穩，阿秀撩開簾子，先跳下車，再轉身扶蘭嫣下來。

蘭姨娘的目光一直停留在蘭嫣身上，等蘭嫣從車上走下，上前向她福身時，才鬆了口氣。

「總算來了。我一早就盼著，老太太特意在榮安堂裡準備午膳，我怕妳們來遲了失禮，一早便遣人回去傳話。」

自半年前來京城時見過一次蘭姨娘後，蘭嫣也有大半年沒見到她了，正想開口和蘭姨娘聊上幾句家常，忽然聽見身後的蘭婉插嘴道：「姑母放心，我們一早就起身，遲不了；若不是姊姊和母親說話說不完，我們早就到了。」

蘭姨娘抬起頭，才瞧見蘭婉也已經站在身後，一聲紅豔豔的衣服倒是特別惹人注意。

蘭姨娘長年住在許國公府裡，處處守規矩，雖然平日看著並沒有什麼脾氣，可終究是忍耐得久了，見蘭婉這樣沒有半點規矩地公然挑釁嫡姊，便厲聲道：「放肆！長幼有序，尊卑不可亂，我正在問妳姊姊話呢，哪裡有妳插嘴的分兒。」
蘭婉嚇了一跳，咬唇欲要辯解，但瞧見蘭姨娘那張冷若冰霜的臉，頓時竟生出了幾分畏懼，只老老實實跟在後頭，不說話了。
蘭姨娘攜著蘭嫣一起進去，尷尬道：「都是我的身分累人，不能讓妳們大大方方地從前面進來。我私下裡想著，既然太太已經發話讓妳來小住，這事情多半是八九不離十了，妳只小心些就是。今兒還有兩位姑娘要來，一個是太太的姪女孔家大姑娘，另一個是老太太娘家的姪孫女趙姑娘。」
蘭姨娘的話才說完，蘭嫣便明白這兩人應該是日後世子夫人的人選，點點頭道：「姪女知道了，姪女會小心的。」
蘭姨娘笑道：「妳娘素來重規矩，我倒是不擔心妳。不過，這次妳爹求了我，讓二姑娘也進來，姊妹倆既然在一起，就要相互照應，別惹出亂子來才好。」
蘭婉聽了，頗不以為然地轉頭哼了聲。
蘭嫣暗地裡笑笑，只怕蘭婉已經惹出個亂子來了。
「姑母放心，太太能讓我進府，已是太太的恩典。我想著，等把行李安置好，得先去太太那邊請安才是。」蘭嫣已經開始期待蘭婉看見王嬤嬤時的嘴臉了。
蘭姨娘點頭。「先去老太太那邊請安，一會兒再去太太的海棠院。老太太那裡，我就不進去作陪了，只在外頭等著妳們吧。」

蘭嫣知道蘭姨娘身分尷尬，能做到這樣已是不容易，便笑著道：「那就煩勞姑母了。」

一行人走了大約半炷香工夫，蘭嫣這才察覺許國公府之大，兜兜轉轉，經過了無數個院子，後頭卻還有不少，可院門緊緊關著，像是沒人住一樣。

蘭姨娘一邊走、一邊道：「這西邊的院子，原是二老爺住的，二老爺如今外放，所以院子空了。妳和婉姐兒住太太那邊的懷秀院。」

阿秀走在蘭嫣身後，猛然聽見這名字，心裡不由一驚，只聽蘭姨娘繼續道：「那院子原本叫凝香院，後來世子爺覺得名字太俗，就改成了懷秀院。」

阿秀走在路上時，就覺得熟悉，像往她生前住著的凝香院方向走，如今知道懷秀院就是她前世住的小院，腳步不由又放慢了幾分。

阿秀臉上堆著笑，假裝不解道：「奴婢倒是覺得凝香院挺好聽的，比懷秀院別致些，世子爺怎麼就改了名兒呢？」

蘭姨娘只當是丫鬟隨便問話，笑著說：「世子爺改名，自有他的道理。自從他去年大病之後，性子確實變了些，聽服侍他的人說，似乎是變得古怪了。」

這些話雖然像在回答阿秀，其實是在給蘭嫣做功課。蘭嫣一邊聽、一邊記在了心上。

第二十二章

不久，蘭姨娘一行人到了懷秀院門口，幾個粗使婆子正候在那裡，見了蘭姨娘紛紛上來行禮，又見過蘭嫣和蘭婉。

蘭姨娘開口道：「太太原本要撥幾個奴婢來服侍著，我聽說妳們各自帶了丫鬟，就謝過了太太，只要幾個粗使婆子，再讓我房裡的大丫鬟翠竹來指點小丫鬟們，也就夠了。」

蘭婉聞言，又是略略皺眉，正想開口，蘭嫣便笑著道：「姑母不必忙了，這樣已經足夠，平素在家裡也不過如此。」

蘭嫣心裡清楚，若孔氏房裡的丫鬟來了，能不能服侍兩說，她和蘭婉的一舉一動，反倒會讓人家暗中觀察得清清楚楚。

眾人進了正廳，粗使婆子把行李一一搬進來，蘭嫣讓婆子把其中兩個箱子放進左次間，剩下的都是蘭婉的，全放入了右次間。

打賞過婆子，三人才坐下，蘭婉瞧著懷秀閣裡的布置，一邊看、一邊挑剔地撇了撇嘴。

「我還當許國公府處處都是金碧輝煌，原來不過如此。這鐵梨木的家什，也值不了幾個錢。」

蘭姨娘聽蘭婉說出這種話，便知道她目光短淺，又被蘭老爺慣壞，是個張狂脾氣，搖搖頭道：「這兒原本是老國公爺一個姨娘的住處，後來國公府分家，老姨娘去了庶子家住著，這裡就空出來了。說起來，這位老姨娘是極受寵的，瞧多寶槅上的幾樣東西，我那兒只怕也比不上呢。」

蘭嫣聽蘭姨娘說話間有幾分失落，想安慰幾句，卻不知道如何開口，一旁的錦心便含笑道：「姨娘別擔心，以後禮哥兒成了材，也會讓姨娘坐享天倫之樂的。雖說庶子早早分家，看著讓人心寒，可是能和自己的親兒子朝夕相處，多少人盼都盼不來呢。即便分家，到底也是許國公府庶出的老爺，哪裡就能落魄了；再說，靠著祖上的封蔭，還不如靠自己努力奔個前程得好。」

「如今我也就指望禮哥兒了。」蘭姨娘聞言，臉上果然浮起了幾分笑意，左右瞧了瞧，見婆子們已經把行李安頓好，便道：「時候不早了，我們去見老太太吧。」

蘭嫣起身，吩咐錦心留在這裡整理行李，喚了阿秀一起去榮安堂。

榮安堂那邊，趙暖玉一早就來了，原先是說要過幾日的，可今兒忽然改了主意，早早過來了。她平素來許國公府，都不另外整理院子，只在趙氏的榮安堂住下，這次也是這樣，自己牽著馬來，囑咐將軍府的人一會兒給她送行李。

蕭瑾璃知道趙暖玉來了，也早早到了榮安堂，見到趙暖玉，便高高興興地迎上去。

趙暖玉悄悄向蕭瑾璃耳語幾句，樂得蕭瑾璃激動不已，稍稍坐了一會兒便起身，說是要回房換衣服。

孔氏那邊，也正好迎了孔姝進來，姑侄倆閒聊幾句，就起身去榮安堂給趙氏請安。

孔氏領著孔姝，在榮安堂外的小徑上，遇見了蘭姨娘等人。

蘭姨娘向孔氏恭恭敬敬地行禮，又向孔姝問好，孔姝還了半禮，和蘭嫣等人互相見過。

孔氏看看蘭姨娘身後的蘭嫣，穿著紫灰色小襖，一張臉嵌在上頭，越發讓人覺得嬌俏可人，遂笑著上前，拉起她的手道：「這是我娘家侄女姝姐兒，妳們都是安靜性子，想必是能玩到一起的。」

蘭嫣便又規規矩矩地向孔姝行禮，眼角眉梢皆是恭敬之色。孔姝上前，欠身將蘭嫣扶起來。兩人稍稍對視了一眼，各自低下頭。

這時，身後忽然傳來一個脆生生的聲音。「婉兒給國公夫人請安。」

孔氏稍稍回神，抬頭發現蘭姨娘身後還有個穿著豔麗的小姑娘，這麼個紅豔豔的人站在跟前，她硬是沒瞧見。

孔姝認出了這個聲音，嘴角微微一笑，轉頭在孔氏耳邊說了幾句。

孔氏聞言，笑道：「我說今兒王嬤嬤怎麼板著一張臉，跟吃了火藥似的，原來是遇上這件事。罷了，一會兒我再勸勸她。」

孔姝也笑著道：「其實也算不得什麼大事，姑母讓王嬤嬤不必放在心上。」

蘭姨娘瞧她們一邊說話、一邊把目光投向蘭婉，便覺得中間似乎有些事情，抬頭看看蘭嫣，見她還是一副鎮定的神態，沒有任何不妥，遂稍稍安下心，只道：「既然太太和孔姑娘都要去老太太那邊，那奴婢就不過去了，還請太太好生照應我這兩個姪女。」

蘭婉聽說蘭姨娘不過去，一下慌了神。孔氏雖然看起來寬厚，可她盯著自己的眼神裡，似乎有些奇奇怪怪的東西，讓她不禁心慌了。「姑母不去嗎？路都走一半了。」

「有太太在，我就不過去了，妳們好好跟著太太便是。」蘭姨娘說著，也不停留，帶著丫鬟走了。

蘭姨娘不愧是個聰明人，很了解孔氏的心思。有她在這邊，少不得對蘭嫣多加提點，即便孔氏想好好試探蘭嫣，只怕也沒機會，索性一不做，二不休地先離開。

蘭嫣倒是應對自如，欠身送了蘭姨娘，便跟在孔氏的身側。

孔氏瞧了蘭嫣身邊帶著的小丫鬟一眼，嘴角笑容越發大了。蘭家人總是想得這般細緻，當年蘭姨娘進府時，身邊的翠雲和翠竹才十歲出頭，卻是頂尖的模樣，如今過了七、八年，兩個小丫鬟出落得水水嫩嫩，再想想自己房裡那幾個老實巴交的丫鬟，遂生出幾分自嘲，難怪老爺不往自己的房裡跑。

「老太太最是溫和，妳們去了就知道。老太太平素喜歡熱鬧，只是家裡姑娘少，哥兒們又忙於學業，不能一直陪在她老人家身邊，如今妳們來了，可要逗她好好開心幾日了。」

孔氏正不鹹不淡地說著，前頭忽然竄出一個人影，三步併兩步地往前走，風風火火地靠了過來。

阿秀定睛一看，那不是蕭謹言又是誰。

蕭謹言身上穿了件大紅猩猩氈斗篷，頭上沒有戴暖帽，兩綹髮絲垂在兩邊，雖然眉宇英挺，卻還是帶著一股書卷氣。這時的蕭謹言還未從武，比起八年後的他，多了幾分稚氣。

阿秀瞧見他，心裡還是暖暖的，但轉念一想，蕭謹言病發時去了她家，這會兒不知道認不認得她，萬一被他認出來，怎麼是好？

想到這裡，阿秀忙不迭低下頭，只看著自己的鞋尖。

孔氏見蕭謹言來了，笑著問道：「你怎麼這會兒才來？」

蕭謹言回答。「今兒起晚了，便懶得過去。聽說幾位妹妹要來，索性在文瀾院等著，可巧讓我給趕上了。」說完，偷偷往阿秀那邊瞄，見阿秀一本正經地低著頭，嘴角忍不住彎了起來。

孔氏見了，只當蕭謹言偷看蘭嫣，便清了清嗓子，故意扯開話題，問跟著蕭謹言的清霜。「昨兒世子爺睡得可好？早上都用了些什麼？」清霜一一答了。

蘭婉站在蘭嫣身後，聽說世子爺來了，便偏了偏身子，從旁邊看了蕭謹言一眼。不看不知道，看了之後，蘭婉才驚嘆這世上居然有長得這麼好看的男人，一雙眼睛愣怔地盯著蕭謹言，看著他站在那邊說笑。

蕭謹言的目光從阿秀身上收回，覺得被什麼東西刺得晃眼，抬頭才瞧見阿秀身後還站著另一個十二、三歲的小姑娘，容貌算是中上，只是那身紅豔豔的衣服穿在小姑娘身上，似乎有些過了。

蕭謹言心想，這大概是蘭家的二姑娘，便朝著蘭婉笑了笑，然後對孔氏道：「母親，老太太那邊只怕等急了，我們過去吧。」

榮安堂裡，蕭瑾璃換了身石榴紅繡千葉海棠紋樣的錦服來了，看著比早上那套粉色的喜慶幾分。

趙氏見蕭瑾璃換了一身衣服，便笑道：「妳今兒是怎麼了，左一套衣裳、右一套衣裳地換？是怕一會兒妳姝表姊和蘭姑娘來，把妳比下去不成？」

蕭瑾璃撇嘴笑道：「這衣服做好後，我也沒穿過幾回，是年節裡要喜氣，我才穿的，老太太若是不喜歡，孫女再回去換一件就是了。」

趙氏笑著道：「不用。一會兒妳陽表哥也要來，妳穿成這樣挺好，正巧讓他看看。」

蕭瑾璃見趙氏一下子點出了她的心思，便知定是趙暖玉說的，紅著臉要去追趙暖玉。趙暖玉讓了幾回，躲到趙氏身後。

這時，趙氏身邊的李嬤嬤進來傳話。「老太太，太太帶著孔家表姑娘，還有蘭家兩位姑娘來了。遠遠瞧著三個姑娘，真是和鮮花一樣漂亮呢。」

趙氏便笑道：「就妳這老花眼，還能看出鮮花來？」

李嬤嬤答道：「老花眼才看得遠呢，跟前的，反倒看不清。前幾天想做些針線，伸得脖子都長了，還沒把線給穿上，您說這……」

趙氏又被李嬤嬤逗笑了。「妳都一把年紀了，還做什麼針線，那麼多的小丫鬟，難道不夠妳使喚嗎？」

說話間，孔氏一行人到了門口，小丫鬟忙上前打起簾子，吉祥笑呵呵地迎上去。「老太太正唸著呢，可巧就來了。」看見蕭謹言也在後頭，便道：「我說今兒一早世子爺怎麼沒來榮安堂，原來是巴巴地去迎姑娘們了。」

眾人依次進來，榮安堂裡燒著熱熱的地龍，丫鬟們便服侍眾人將身上的大氅解下來，又有小丫鬟上前，將大氅收起來掛好，孔氏這才帶著孔姝和蘭家姊妹一起進了裡間。

蘭嫣處處謹慎，蘭婉臉上卻依舊有著幾分不屑。沒進榮安堂之前，蘭婉曾想像過這裡的富貴，如今看了一眼，遂有種不過如此的感覺。這房裡的擺設，除了紫檀木家什看著有些年頭，其他的東西，在她眼裡，其實和蘭家的差不了多少。

蘭嫣卻是聽朱氏說過的，豪門貴冑之家，不喜歡露富，但低調中卻能讓人看出不一般。她從外頭進來，第一眼便瞧見大廳裡放著一幅前朝國手的富貴花開錦繡圖，這是前朝大內之物，如今卻在許國公府，那肯定是皇上御賜的。

蘭嫣的目光淡淡掃過多寶槅上的古董，有她認識的，也有不認識的，還有幾樣只在書上見過圖，大多都是孤品了。

蘭嫣垂下眸子，暗暗吐了口氣。蘭家的富貴在許國公府眼中，確實算不得什麼。

孔氏面上帶笑，走到趙氏跟前，欠身行禮。「老太太，姑娘們都來了，我帶著她們來給您行禮。」

孔氏和趙氏雖然私下裡經常針鋒相對，但當著眾人的面，便心照不宣地藏起鋒芒，看著還算和諧。

趙氏抬起頭瞧了一眼，先伸手把蕭謹言招到自己跟前。「不來我這兒，也不派丫鬟來回話，讓我好等。」

蕭謹言笑道：「我瞧趙家表妹一早就過來了，心想這下老太太未必會想起我，所以就不來了。」

「胡說！讓你這些個表姊妹一起來玩玩，還不是你出的主意，如今卻最後一個來，像什麼話呢！」

「我這不是跟著姝表妹一起來了嘛，算不得最後一個。」蕭謹言說著，目光忍不住在蘭嫣身後轉了一圈，見阿秀並沒有跟進來，便知道小丫鬟們大概都在外頭守著。

蕭謹言有些失落，到底還要想個辦法，把阿秀長長久久留在身邊才好。

阿秀正和阿月坐在外面的茶房裡，火上暖著爐子，兩個小丫鬟看著火。

這時，如意帶著在榮安堂裡服侍的小丫鬟，親自過來泡茶送進去。

阿秀認得如意，再過兩年，她會被配給大管家的孫子，在府裡當管事媳婦，也是個好人緣的。

如意見了她們倆，覺得有些面生，問道：「妳們是哪裡來的小丫鬟？誰帶妳們來的？這兒是茶房，不讓人坐的。」

阿秀回答。「我們是蘭家的丫鬟，方才想進去，被一個姊姊攔住了，外頭風大，所以到這邊來躲一躲。」

孔姝的丫鬟經常出入許國公府，大家自然面善，便讓她跟進去，可阿秀和阿月這兩個生面孔，就沒那麼容易放行了。按許國公府的規矩，二等丫鬟不准進主子的臥房、三等丫鬟不准進廳堂。因此，阿秀和阿月被攔下來，也不是什麼意外的事情。

如意見兩人乖巧聽話，便道：「妳們姑娘只帶著妳們，不在身邊服侍著怎麼行，一會兒隨我進去，只在旁邊站著，不說話就是了。」

兩人聽如意這麼說，欣喜地點點頭，跟在她身後，進了眾人聊天的偏廳。

第二十三章

蘭嫣和蘭婉依次拜見了趙氏，趙氏讓吉祥賞了荷包。蘭嫣不過說了兩句尋常拜年的話，蘭婉卻口若懸河地說了一大堆，逗得趙氏笑著攔住她。「妳這是背了一晚上的書才來的吧？」

眾人聞言，忍不住掩嘴笑起來，蘭婉只當眾人被她逗樂了，厚著臉皮道：「一晚可背不了那麼多，足足背了兩晚呢。」

眾人再也忍不住，哈哈大笑，蘭嫣安安靜靜地坐在一旁，依舊面不改色。

這時，如意帶著阿秀和阿月進來，趙氏瞧見如意身後這兩個俏生生的小丫鬟，笑著問道：「這兩個小丫頭是誰家的，倒是長得好模樣。」

蘭婉又想搶著開口，那邊蕭謹言已經高高興興開口道：「這是蘭家的小丫鬟。」

阿秀恭恭敬敬上前，給趙氏行禮，略略抬頭看了老太太的容貌，倒是和記憶中相差不多。

她記得，趙氏似乎一直深居簡出，並不是愛熱鬧的人。聽蕭謹言說，二老爺沒去世之前，趙氏其實是個慈愛樂觀的老人家，不知道這一世，趙氏會不會再經歷一次白髮人送黑髮人的痛楚。

「不錯不錯，蘭家的姑娘長得好看，連小丫鬟也這麼秀氣，南方果真是地靈人傑。」

趙氏說著，又和孔氏攀談起來，唯獨蕭瑾璃一言不發地看著蘭婉，眸中滿是不滿和鄙夷。她好不容易穿一次石榴紅的衣裳，竟和蘭家的野丫頭撞了色！

蘭婉在廳中站了小半天，如何沒瞧見蕭瑾璃和她穿著同樣顏色的衣服，不過她自恃容貌長得好，壓根兒沒把蕭瑾璃放在眼中；況且蘭婉不知道許國公府有嫡小姐，只當蕭瑾璃也是哪戶親戚家的姑娘，所以更沒把她放在眼裡。

蕭瑾璃本就是個刁蠻脾氣，見蘭婉得了趙氏的誇獎，一副眼睛長在腦袋上的模樣，遂跺腳道：「這會兒離午膳還早呢，老太太容孫女回房換件衣服。」

趙暖玉是個大剌剌的性子，聞言便問道：「妳才剛換衣服，怎麼又要換？」

眾人這才瞧見，蕭瑾璃身上衣裳的顏色和蘭婉的一模一樣，連上頭的繡花紋樣也有八、九分相似。

孔氏知道蕭瑾璃的脾性，但作為母親，當著其他姑娘的面，不好過分苛責蕭瑾璃，只開口道：「璃姐兒鮮少穿這個顏色的衣裳，瞧著倒是不錯，就別換了，姑娘們都在，妳一個人走了，豈不是失禮。」

蕭瑾璃見孔氏不由她，脹紅了臉道：「我就要回去換衣服！」

蕭謹言向來寵愛妹妹，加上方才蘭婉那段故意討好趙氏的表演讓他很是反感，又覺得蘭婉穿這個顏色確實沒有蕭瑾璃好看，便道：「既然這樣，那請蘭二姑娘換衣裳好了。璃兒，妳選一身合適的衣服給蘭二姑娘，她穿這個顏色，倒是顯得老氣了點。」

蘭嫣端著茶盞正想喝茶，聽到這句話，差點兒笑得噴出茶水，只強忍著，抬頭看著一臉愕然的蘭婉，心中暢快極了。

一旁的阿秀有些無奈，蕭謹言最大的毛病就是護短，一護短起來，難免就不給別人留情面。前世她曾無數次勸過蕭謹言，只是收效甚微，看來這一世的蕭謹言比起前世，是有過之而無不及。

這下蘭婉徹底懵了，她在蘭家張狂，無非就是仗著自己得方姨娘和蘭老爺的寵愛，後宅裡除了蘭嫣，誰不讓著她幾分？如今新來乍到，臉都還沒混熟呢，就遇上這樣的事情，一時只覺得顏面掃地，忍不住就紅了眼眶，一副要哭出來的模樣。

蘭嫣見了，心下冷笑，開口勸道：「婉姐兒，世子爺說得對，妳還年幼，這石榴紅的衣裳穿在身上，倒是顯得有些老氣了。既然世子爺讓妳換一件，妳便回去換吧。」說著，起來朝蕭謹言的方向微微福身。「婉姐兒身量未足，只怕穿二姑娘的衣服不合適，還是讓她去懷秀院換自己的衣服吧。」

蘭嫣聲音柔和，除了知道原委的阿秀，只怕其他人還覺得她話中透露著幾分對庶妹的關心，讓孔氏不由又點了點頭。

這時，蘭婉已憋得滿臉通紅，要是在家裡，她早跳起來反駁蘭嫣了，可當著國公府這麼多人面前，只能強忍著，帶著幾分委屈道：「那婉兒先告退了。」

蘭婉福身離開，阿月也跟在她身後出去了。

才出榮安堂的院子，蘭婉就忍不住捂著臉哭起來。

「什麼許國公府，不過就是個仗勢欺人的地方。我這就去告訴姑母，我不要在這兒住了，立刻回蘭家去。」

阿月見蘭婉發怒，嚇得遠遠跟在她身後，不敢靠近。

蘭婉轉身，瞧見阿月躲在後面，厲聲道：「躲那麼遠做什麼，難道我會吃了妳嗎？」

阿月聽見，連忙三步併兩步跟上，這時忽然有幾個丫鬟從一旁的小徑走出來，見了蘭婉這樣，強忍著笑離去。

蘭婉惱羞成怒，一把抓住阿月的手腕，一巴掌打在她的臉頰上。

「妳怎麼能隨便打人呢？」一個聲音從拐角處傳來，帶著幾分稚氣。

蘭婉抬頭，看見不遠處有個七、八歲的錦衣小男孩正抬著下巴瞧自己，頗有幾分氣派。

蘭婉吃了剛才的虧，知道許國公府裡隨便一個主子，都比自己身分尊貴，便壓著怒氣道：「我教訓我的丫鬟，跟你沒關係吧？」

「妳在許國公府教訓丫鬟，就跟我有關係。」小男孩昂著頭，眼梢瞟了阿月一眼。「她值幾兩銀子？我買了。」

蘭婉聞言，越發惱羞成怒，也來了火氣。「國公府了不起了？要人換衣服就換衣服，看上別人丫鬟就要買了去？難道沒天理了嗎?!」

「妳大白天的欺負一個小丫鬟，就有天理了？」小男孩說著，上前牽阿月的手，拖著她往前走了兩步，再轉頭看看她臉頰上紅腫的手指印，小聲道：「走，我帶妳去見老太太，讓老太太給妳做主。」

阿月還搞不懂是怎麼回事，且她對蘭婉不是普通地厭惡，見了這樣突如其來的救星，還沒弄清對方是什麼身分，便如抓住救命稻草般，睜大了眼睛點頭。

這個人，正好就是趙姨娘的心頭肉、許國公府的二少爺蕭謹行。

蘭婉哪裡知道他的來頭，只氣急道：「我打我的下人，關許國公府什麼事？」

蕭謹行一本正經道：「怎麼不關許國公府的事？妳在許國公府打人，就是敗壞許國公府的聲譽。」說著，拉起阿月就走。跟在他後面的丫鬟，也只好推著蘭婉去榮安堂了。

榮安堂的偏廳裡，大家正聊得高興，趙暖玉見了蘭嫣的模樣，也只一個勁兒誇讚，又對趙氏說：「老祖宗，這麼漂亮的妹妹，怎麼現在才讓我們認識呢！」

趙氏便笑道：「蘭姨娘的老家在安徽，蘭家人去年才搬來京城的，別說妳，我也是頭一回見呢。」

蘭嫣舉止得當，很有大家閨秀的風範，談吐文雅，這回趙氏和孔氏之間似乎頭一次有了一致的答案，這樣的姑娘能給蕭謹言做小，當真是再好不過；既識文斷字，又懂人情世故，比起那些從小丫鬟提拔上來的通房、姨娘，不知強了多少，更別說蘭嫣還是這麼個好模樣。

「妳平時在家裡都學些什麼？」趙氏問蘭嫣。

「倒也沒特別學什麼，琴棋書畫略有涉獵，我娘說那是修身養性用的。」蘭嫣低頭小聲地回答。「還學了些針線。」

「嗯，修身養性，確實不錯，妳姑母正是這樣，我就喜歡她那與世無爭的性子。」趙氏點點頭，又問道：「妳如今多大了？哪個月分生的？」

這一句，趙氏問得相當直白了。若是正經娶親，媒人會私下要了女方的生辰八字，送去廟裡算卦，如果不合，那親事就黃了。

那日蘭嫣去紫盧寺前，朱氏早已偷偷向蘭姨娘要了蕭謹言的生辰八字，合出了大吉，所以蘭嫣只淡然回道：「我是辛巳年五月初七生的，時辰正好是日出時分，再幾個月就及笄了。」

孔氏和趙氏聽見，臉上都露出笑來。趙氏向孔氏使了個眼色，孔氏只略略點頭，把蘭嫣的生辰記在心上了。

眾人繼續閒聊，忽然簾子一閃，蕭謹行拉著阿月從門外進來，身後還跟著兩個阻擋未及的小丫鬟，見蕭謹行已經闖進去，忙下跪道：「老太太息怒，二少爺一溜煙就進來了，奴婢還沒來得及通報呢。」

除了蕭謹言，趙氏最寵愛的就是蕭謹行了，因為蕭謹行是趙姨娘生的，多少流著趙家的血，骨子裡帶著幾分跳脫，又是一張甜嘴，所以老太太對他甚至比對蕭謹言更寵溺幾分。

「行了，既然人都進來了，妳們就出去吧，別擾著我們說話了。」

蕭謹行見趙氏並不怪罪，鬆開了阿月，上前向趙氏和孔氏拱手道：「孫兒給老太太請安、給母親請安。」

孔氏對這幾個庶出兒子也是不錯的，她已經有了嫡子，不怕他們威脅到蕭謹言的地位；不過，蕭謹行比起蕭謹禮，更讓她頭痛幾分。

「快起來吧。如今都是大孩子了，還這麼冒冒失失的可不好。」

蕭謹行起身道：「聽說兩個表姊來了，我急著來陪她們玩。我還吩咐廚房做了豌豆黃、如意糕，一會兒送給兩位姊姊吃。」

趙暖玉聞言，笑著道：「小傢伙，你自己嘴饞不說，還說是做給我們吃的，那我可得去你房裡吃光光才好。」

蕭謹行被趙暖玉一逗，臉頓時變色了，急忙靠到蕭謹言身邊。「大哥，趙家姊姊飯量大，還是留給你招待吧。」

眾人哄堂大笑，趙暖玉白了蕭謹行一眼，見他身後還跟著一個小丫鬟，不禁問道：「那不是蘭二姑娘的丫鬟嗎，怎麼跟你在一起？」

阿月聽見有人說到她，忍不住向後縮了縮身子。

阿秀朝阿月看去，見她原本白皙的臉頰上不知什麼時候多了四個手指印，眼圈紅紅的，像是剛剛哭過。

「原來那是蘭家二姑娘嗎？我當是哪裡來的野丫頭，不分青紅皂白就給這小丫鬟一巴掌，我看她可憐，就把她帶來了。」蕭謹行說著，死皮賴臉地走到趙氏跟前，噘起嘴巴道：「老祖宗，您看她多可憐，臉都被打腫了，我們買下她吧！」

蘭嫣聽聞蘭婉在外頭打人被瞧見了，心裡越發冷笑，才預備開口，卻見如意挽起簾子進來道：「老太太，蘭家二姑娘正在外頭哭呢，這……」蘭婉畢竟是客人，鬧成這樣，丫鬟們也難辦，只好進屋問趙氏的意思。

蘭嫣聽了，無奈起身。「老太太，我家二妹妹平日被我爹寵壞了，脾氣稍微暴躁了些。老太太這兒若是沒別的事情，我先送二妹妹回去。」

蘭嫣說著，又看向阿月，小聲道：「姑娘教訓妳，雖然是姑娘的不對，但在客人家裡，好歹忍著，鬧出這些動靜來，又驚動老太太，可如何是好？還不快給老太太賠罪。」

阿月聞言，只得委屈地跪下向趙氏請罪，蕭謹行卻一把拉住了她。「妳又沒錯，賠什麼罪呢？」又上前纏著趙氏。「老祖宗，我看上這丫鬟了，我喜歡她，您就買了她吧！」

孔氏素來對兩個庶子甚少管教，看見蕭謹行這樣子，心裡雖然生氣，可當著老太太的面又不好發作，只能好言相勸。「行哥兒，家裡那麼多新來的小丫鬟，你隨便挑幾個就是，別人家的丫鬟，又何苦非要搶了過來。」

蕭謹行聽了，辯解道：「我哪裡搶人了，人家打她，我才要她的。我是路見不平，拔刀相助！」

趙氏被蕭謹行逗樂了，想遂了他的心意。蘭嫣察言觀色，忙開口道：「老太太，若是二少爺喜歡，就讓阿月留下吧，她是我們年前才買的丫鬟，到府裡才一個月。我當真沒瞧出來，她還有這樣的福分。」

孔氏正要推辭，蕭謹行已經高高興興拉著阿月的手道：「這下好了，妳可以留下來了。走，我帶妳回房吃好吃的去。」

趙氏哭笑不得，一個勁兒地喊蕭謹行。「行哥兒，你這小兔崽子，有了丫鬟，連老祖宗都不要了？」

蕭謹行聽見，笑哈哈地轉身，跑到趙氏跟前，耳語了幾句，又把趙氏逗樂了。

「行了，你去吧。記得多做些糕點，你趙家表姊飯量大。」

趙暖玉握著拳頭嚇唬蕭謹行，蕭謹行卻一溜煙拉著阿月跑了。

孔氏看著蕭謹行離去的背影，開口道：「老太太，這……行哥兒這樣搶人家的丫鬟，傳出去可不好，有失我們國公府的顏面。」

趙氏便笑道：「顏面都是做給人看的，這世上死要面子活受罪的事還少嗎？這樣吧，妳挑上兩個新買的小丫鬟，給蘭家二姑娘送去，兩個換一個，這下該沒有閒話了。」

蕭謹言一直在旁觀，原本以為這事情必定不了了之，誰知他小看了蕭謹行胡攪蠻纏的本事，居然真把那小丫鬟給留了下來。

蕭謹言看著恭恭敬敬站在蘭嫣身後的阿秀，心裡後悔極了！原來人是可以這樣要過來的，他真是白活了兩世，居然連一個年幼的小孩都不如。

蕭謹言重重地嘆氣，懊惱得連冷汗都冒了出來。

孔氏往蕭謹言的方向看了一眼，關切道：「言哥兒這是怎麼了？臉上怎麼冒冷汗了？」

蕭謹言愣怔半刻，才開口道：「瞧著二弟新添的小丫鬟，竟眼饞得很，可惜我們府裡再沒這麼標致的小丫鬟了。」

這話一出，讓孔姝和趙暖玉都忍不住轉頭看他，這半真不假的架勢，聽上去還真不像是玩笑話。

孔氏瞧瞧自己身邊的兩個丫鬟，似乎還真沒有蘭嫣帶著的阿秀好看，便道：「去年十二月初一讓你選丫鬟，不是一個都沒看上嗎？等過了年，我再讓王嬤嬤給你挑幾個吧。」

這時，蕭謹言才回過神來，笑道：「不用了，我就是隨口說說，國公府裡那麼多丫鬟，哪裡真的缺人。」

蘭嫣離開榮安堂後，帶著蘭婉一起回懷秀院。

蘭婉跟在她身後問道：「阿月呢？是不是攀高枝去了？怎麼跟那小子跑了？」

蘭嫣回過頭，一雙丹鳳眼定定盯著蘭婉，嘴角忽然揚起笑容。「妳放心，一會兒太太會給妳送兩個新的小丫鬟；至於阿月，以後就是許國公府的丫鬟了。」

三人走到半路，蘭姨娘就迎了過來，臉上卻帶著幾分難得的怒意。見了她們，壓低聲音道：「跟我走。」

蘭婉還想向蘭姨娘哭訴幾句，見蘭姨娘這樣的表情，也嚇得不敢開口了。

第二十四章

回到懷秀院，蘭姨娘遣走其他人，逕自往廳中一坐，臉上帶著幾分頹然，挑眉看著蘭嫣和蘭婉。

「妳們真當以為是來許國公府做貴賓的？當著主子的面，也敢教訓起奴才來。」

蘭婉知道蘭姨娘說的是自己，有些不服道：「不過就是個庶出的少爺，有什麼好威風的？姨娘還有禮哥兒呢！」

蘭姨娘氣急，隨手摔了一只茶盞，挑眉道：「我在許國公府苦心經營七、八年，妳一來便得罪了兩個主子。罷了，既然妳如此心高氣傲，原是不適合做妾室，我等會兒就送信給妳爹，讓他把妳接回去吧。」

蘭婉一聽蘭姨娘要送她回去，頓時急了。她雖然不願意裝成蘭嫣那做小伏低的樣子，可更不願意在蘭嫣面前落了下乘，遂咬牙道：「姑母，我知道錯了，以後不會再這樣了。姑母別讓父親過來，不然父親知道我惹出的禍，肯定要責罵我的。」

蘭姨娘嘆了口氣，蘭婉的脾氣雖不好，但這張臉還看得過去，便道：「妳記住，凡事都要跟妳姊姊學習，不要再出任何紕漏。聽說妳的丫鬟被二少爺要了去，這幾日就讓翠竹跟著妳好了。」

蘭婉勉強地點了點頭，趁著蘭姨娘不注意，狠狠瞪了蘭嫣一眼。蘭嫣臉上神色淡淡，嘴角微微勾了一下，表情很是不屑。

另一邊，阿秀在外頭候著，瞧見有個五十來歲模樣的老嬤嬤拉著阿月的手進來，院子裡的粗使婆子笑著迎上去道：「葉嬤嬤好。」

阿秀也上前，朝她福了福身子，看見阿月臉上已經上過藥，放下心來，又聽葉嬤嬤道：「趙姨娘讓我來把這丫鬟的行李收一收，順便給原來的主子磕頭。」

不管丫鬟要去哪兒，給原來服侍過的主子磕頭，這是許國公府的老規矩。

阿秀忙小聲向裡頭傳話。「姨娘、大姑娘、二姑娘，趙姨娘那邊的葉嬤嬤帶著阿月來給姑娘磕頭了。」

蘭姨娘聽了，從椅子上站起來道：「請葉嬤嬤進來。」

葉嬤嬤原本是趙氏的陪房，趙姨娘生下行哥兒之後，老太太就讓她去了趙姨娘房裡照顧行哥兒。她如今雖然是趙姨娘那邊的人，可分例還算在趙氏的榮安堂中，所以府裡沒有一個人敢對她不敬。

葉嬤嬤長著一張圓臉，眉梢帶著細紋，笑起來很和氣，拉著阿月的手進來，道：「也是緣分，我們姨娘瞧了這丫鬟，竟是喜歡得很，所以讓奴婢帶著她來收拾東西，順便給姑娘磕頭。」

阿月跪下來，對著蘭嫣磕了三個響頭，眼中分明還有不捨。

蘭嫣看著她那委屈的小模樣，心裡也有些難過，一個月的朝夕相處，總是生出了主僕之情。

「許國公府比起蘭家，是再好不過的地方，我讓妳留下，是為了妳好；妳若是有造化，還能奔個好前程，知道嗎？」

阿月似懂非懂，只含淚點頭，怯生生道：「姑娘，那您回去能跟邢嬤嬤說一聲，讓她派人到我家送個信嗎？不然姥姥找不到我，會著急的。」

蘭嫣的眼眶也濕了，拿帕子壓了壓眼角。「我知道。妳在這兒也要好好服侍主子們，好好照顧自己。」

阿月點點頭，抬起目光看見站在一旁的蘭婉，雖然心中不願，還是噘著嘴，也給她磕了三個頭。

蘭嫣心中不捨，轉過身子吩咐。「阿秀，妳平常和阿月要好，一起去幫她整理東西吧。」

其實，阿月能留在許國公府，阿秀心裡還是替她高興的。

雖然上一世她在許國公府裡慘死，可許國公府對普通下人是很優待的，滿了十八歲，不用給贖身銀子就放出去；有不願意走的，主子也會做主配了人。雖說榮華富貴是指望不上，但背靠大樹好乘涼，一輩子也算是衣食無憂。要是像如意那樣能幹，跟了管家的兒子，做管事媳婦，在主子跟前說得上話，在下人面前擺得起威風，可就過得滋潤了。

這麼想，阿秀心裡的傷感便少了許多，一邊整理東西、一邊安慰阿月。「其實，在哪兒做丫鬟不都一樣嗎？俗話說：『水往低處流，人往高處走。』許國公府這個富貴金窟，連蘭家都想明目張膽地靠上來，可見的確是好地方。」

阿月年紀雖小，卻是不笨，抬眸問阿秀。「阿秀，大姑娘進許國公府，是不是也來當小妾的？」

剛開始聽說許國公府的事情，阿月並沒有往這裡想，但如今遇上了那些人、那些事，也就想明白了。「連正門都不讓我們進的府邸，怎麼可能讓大姑娘當正頭太太呢？是我以前想得太簡單了。大姑奶奶這麼漂亮優雅的人，在這兒也不過當貴妾而已。」

阿秀見阿月一下子懂了不少，揉了揉她的頭髮道：「妳現在也明白了？我們心裡瞧著蘭家不錯，是大戶人家，其實根本入不了許國公府的眼。這世上的事情就是這樣，像我們做丫鬟的，最後也只能做個大丫鬟。」

這句話其實是在規勸阿月，如今想想，但凡從丫鬟一路熬到姨娘的，在許國公府裡，當真沒幾個有好下場，那些恩寵就像過眼雲煙一樣。前一世，丫鬟們都羨慕阿秀得了世子爺的青眼，誰知最後她卻是死得最慘的。

阿月點點頭，記住了阿秀的話，笑著道：「我以後一定努力，爭取當上大丫鬟。等大姑娘來了國公府，也能照顧她幾分。」

阿秀也點頭，附和阿月的話。「這就對了。不想當大丫鬟的丫鬟，不是好丫鬟。」

阿秀替阿月整理好行李，榮安堂那邊已經派人來請蘭嫣她們過去用午膳了。

蘭姨娘生怕蘭婉再做出什麼不合時宜的事情，推說她身子不適，只讓蘭嫣帶著阿秀過去。

對於今日發生的這些事，蘭嫣心裡是憂喜參半的。她雖然很希望蘭婉出醜，可又擔心孔氏和趙氏會因此看輕自己，所以越發小心謹慎起來。

丫鬟領著兩人走到榮安堂門外的小路上，遠遠就發現蕭謹言已候在拐角處。其實，蕭謹言早就來了，看見蘭嫣和阿秀，便裝作剛到，笑著上去打招呼。

蘭嫣進退有度地行了禮，卻發現蕭謹言的目光停留在自己身後。

此時，蕭謹言還沈浸在方才的懊惱中，想著自己的臉皮若是和蕭謹行一樣厚，直接把阿秀要過來，也就完事了。

蘭嫣微微側過身，看向後面垂首站著的阿秀，心裡覺得有些疑惑。

蕭謹言把目光從阿秀臉上移開，見蘭嫣正抿嘴瞧著自己，尷尬笑道：「你們蘭家的小丫鬟都這樣秀氣嗎？」

蘭嫣聞言，微微笑道：「還沒長開的小丫鬟呢，世子爺就能看出秀氣來了？我瞧著，不過是可愛討喜些罷了。」

蕭謹言順勢和蘭嫣並肩而行，清霜跟在蕭謹言後頭，悄悄朝阿秀看了一眼。

今兒一早柱兒進府，清霜便拉著他，足足追問了小半個時辰。柱兒實在拗不過，讓清霜發了毒誓，這才把蕭謹言除夕夜去的地方告訴她。

接著，清霜向懷秀院的下人打聽，果然有個叫阿秀的小丫鬟，跟著蘭家姑娘進了國公府。

蕭謹言和蘭嫣邊走邊說著話，清霜卻擰著眉，默唸阿秀的名字——

阿秀、阿秀……懷秀院?!

清霜從小識文斷字，如何猜不出其中的關聯，睜大了眼睛看著走在前頭的蕭謹言，又看走在自己旁邊的阿秀，想了想，笑著道：「阿秀，能借妳的帕子用用嗎？我今兒出來得急，忘記帶帕子了。」

前世阿秀和清霜並不熟悉，許國公府的丫鬟太多，阿秀去服侍蕭謹言時，四清都已經不在了。

阿秀忙從袖中拿出手帕，遞給清霜。「清霜姊姊若是不嫌棄，就拿去用吧。」

清霜接過帕子一看，上頭別無贅飾，只在四角繡著兩、三片竹葉，繡工居然跟前幾日蕭謹言腰上掛著的荷包一模一樣。

清霜又抬頭瞧了蕭謹言一眼，怪不得今兒不肯戴荷包，只壓在枕頭下不讓動。難道……難道那荷包並不是蘭姑娘送的，而是……

清霜捏著帕子，又暗暗打量了阿秀，才十歲的丫頭，要說有心計，委實太早了些；且看她那老實的樣子，分明不知道自己被世子爺給惦記上了。

清霜假裝擦了擦手心，把帕子遞還給阿秀。「這上頭繡的青竹真好看，趕明兒也教教我如何？我們這位爺就是喜歡青竹紋樣，奈何房裡幾個全笨手笨腳的，做出來的東西都入不得他的眼。」

阿秀聽了，臉頓時脹得通紅，心裡暗暗後悔不該帶這塊帕子，可誰能預料到，會有人向她借手帕呢。

蕭謹言聞言，笑著停下腳步，轉頭道：「清霜的主意不錯。既然這個小丫鬟繡工好，不如一會兒用過了午膳，讓她去我的文瀾院教妳們做針線吧。」

清霜瞇著眼睛看蕭謹言，她不過是隨口一說，沒想到他就直接順著竿子往上爬，真把人請上了。且不說阿秀只是個十歲的丫頭，繡工能有多好，即便真的好，許國公府裡的繡娘，哪個不是繡藝高超，用得著一個小丫鬟來教她們？

不過，蕭謹言發話了，清霜自然是謹遵吩咐，笑道：「那一會兒爺只管帶著蘭姑娘去榮安堂用午膳，我帶阿秀去下人房吃完飯，再回來接你們。」

「不用了，妳們直接去文瀾院吧，我讓老太太那邊的丫鬟把蘭姑娘送回去就好。」

蕭謹言說完，滿面春風地往前走，留下蘭嫣帶著滿肚子的狐疑跟隨在後。

因為有孔姝和趙暖玉在，午膳吃得很是熱鬧。年節裡日子短，用完午膳，趙氏不想睡中覺，命小丫鬟請了孔氏過來，讓趙姨娘和趙暖玉作陪，玩起了葉子戲。蘭嫣和孔姝不懂這些，便坐在一旁閒聊。

蕭謹言瞧眾人都有事情做，便悄悄溜出了榮安堂，疾步回到文瀾院。

清瑤和清漪正在大廳裡打絡子，見蕭謹言回來，忙迎上前。「我當爺今兒會在老太太那邊玩一會兒，怎麼這麼早就回來了？」

蕭謹言解開大氅，正想往房裡去，清霜從裡面迎出來，見了蕭謹言就道：「原來是爺回來了，我還當是阿秀來了呢。」

清霜上前理了理蕭謹言的衣服，道：「方才我正想學那青竹圖案，阿秀說她帶著家裡描過的花樣子，這會兒回了懷秀院取呢。我估計著，也是時候過來了。」

兩人正說著話，忽然聽見外頭有小丫鬟驚慌失措地大喊。「不好了，有人落水了……」

且說阿秀方才用過了午飯，跟著清霜走到半路，心裡不由擔憂起來。

她不是傻子，自己這三腳貓的繡工，在許國公府的繡娘面前，連提鞋都不配，哪裡擔得起蕭謹言跟前的大丫鬟來向她學？況且，他身邊的大丫鬟，誰不是心靈手巧，如何連最簡單的青竹圖案都不會呢。

阿秀想了想，實在覺得不妥，便推說要拿花樣子，想悄悄回了懷秀院，躲過去算了。

這時正是下人用午膳的時辰，懷秀院中沒幾個人，阿秀才走到門口，就瞧見蘭婉一個人踱來踱去。

剛才蘭婉被蘭姨娘訓了一頓，心有怨怒，想四處走走消氣，見阿秀回來，便頤指氣使地仰著脖子道：「妳陪我出去逛逛。」

許國公府的後花園，可比不得蘭家的園子，阿秀當姨娘時，也不敢隨便出去繞的；況且蘭嫣是客，又是這樣的身分，若遇上人，實在尷尬。既然孔氏請了她們入府，等閒下來，自然會有人帶她們去後花園遊玩，何必急於一時。

阿秀想了想，推託道：「回二姑娘，世子爺房裡的清霜姊姊向奴婢借個花樣子，奴婢送去了，再回來陪姑娘逛後花園如何？」先用緩兵之計，等她回來，蘭嫣自然也回來了，想必會攔著蘭婉的。

蘭婉哼了聲，瞪阿秀一眼。「世子爺房裡的人向妳借花樣子？妳騙誰呢？這府裡誰會認識妳？別跟我說妳和阿月一樣，指望著攀高枝呢！」

蘭婉說著，也不顧阿秀是不是跟上，理了理衣裳，往外頭去了。

第二十五章

阿秀見蘭婉耍性子跑出去，只得無奈地跟上，畢竟這是在許國公府，若蘭婉真的衝撞了什麼人，做出不規矩的事情來，會連累了蘭嫣。

阿秀喊住了蘭婉。「二姑娘，前兩日才下過雪，後花園那邊的路還未掃乾淨呢，不如過幾日再去。」

不過蘭婉是什麼人，她若是能聽阿秀的勸告，如何對得起「蘭二姑娘」這身分？只轉頭睨了阿秀一眼。「昨兒一天沒下雪，難道許國公府的下人不知道掃雪嗎？」

阿秀跟了上去，小聲道：「姑娘好歹走慢一點，這會兒正是睡午覺的時候，院子裡應該沒什麼人。姑娘沒穿大氅，走走便去那邊的亭子歇息吧。」

阿秀對許國公府的後花園熟悉得很，畢竟一個多月之前，她還生活在這裡，但此時置身此地，卻有種陌生的感覺。八年前的後花園，好些樹木沒有那麼高大。

蘭婉走了幾步，瞧見後花園主道上的雪早已經被清掃乾淨，只有一些小徑上仍積著雪，白皚皚的一片。幾株梅花樹開得正豔，假山前的雪地上，有兩排一大一小的腳印，看得很是清晰。

阿秀見了，便知定然是國公府裡的小廝、小丫鬟到這裡私會來了，這地方隱蔽得很，況且這會兒又是不容易被人發現的時候，阿秀作為過來人，很明白他們的心思。

「二姑娘，我們走吧！」

既然已經瞧見地上的腳印，阿秀不想惹事，只上前拉著蘭婉的袖子，想往後退。雖然這在許國公府裡算不得什麼大事，可若被主子們知道了，也要受到嚴懲，弄不好還會被發賣出府。

此時，假山後頭傳來了一男一女的聲音。

「我這次回來，就不走了。」男子小聲道。

那姑娘帶著幾分嬌嗔，小聲答道：「你走不走，跟我有什麼關係呢？」

男子似乎被這無情的回答給噎了一下，過了良久，才開口道：「最近太后娘娘正打算給欣悅郡主指婚，我家老太太的意思是，想藉這個機會，把我們倆的事情也定下來。我知道妳母親不喜歡武將之家，所以只能去宮裡請旨了，妳再耐心地等幾日。」

那姑娘聞言，羞紅了半邊面頰，背過身子道：「自古婚姻大事，乃父母之命，媒妁之言，我們這麼做，總覺得對不起我母親。」

蘭婉聽到這裡，已然猜測出假山後頭的人是誰，看看自己身上被迫更換的衣服，嘴角浮起一絲冷笑，一把甩開了阿秀的手，大聲道：「我當許國公府的姑娘如何貞靜賢良，原來就是背著自己的母親亂勾搭人罷了！」

蘭婉站著的地方，正好在荷花池旁邊，離假山不過兩丈遠。她的話音剛落，忽然不知從何處飛出一樣東西，不偏不倚，打在她鬢邊的長髮上，將那縷頭髮割了下來。

蘭婉驚呼一聲，身子不穩，往後退了兩步，池邊並沒有欄杆，眼見著自己要掉下去，情急之下，遂一把抓住了阿秀。

撲通！伴隨著池面上薄冰破裂的聲音，阿秀被蘭婉拉著，一起跌入了湖裡。湖水冰冷刺骨，針尖一樣戳進阿秀瘦小的身體中。

幸好池岸是個淺灘，不過兩尺深，蘭婉只掙扎兩下，便發現腳底踩住河泥，可以站穩；但阿秀個子矮，勉強站直了，水還是漫在腰間。

這時，假山後面傳來漸行漸遠的腳步聲，兩個身影急忙離去。

蘭婉凍得渾身發抖，大聲喊道：「救命啊！救命啊！」

阿秀顧不得濕透的身子，急忙拉住蘭婉，鎮定道：「姑娘別喊，若是讓國公府裡的小廝見了這個樣子，會影響姑娘清譽的。」

蘭婉這才如夢初醒，可此時閉嘴又有何用，那幾聲救命早已把後花園附近所有的丫鬟、小廝給招來了。

蕭瑾璃領著兩個丫鬟信步走過來，看著站在水中、像落湯雞一樣的蘭婉，摀嘴笑道：「蘭二姑娘，妳這是怎麼了？難道蘭家沒有熱水洗澡，特地跑到我們國公府的荷花池來洗嗎？」

「妳！」蘭婉正欲反駁，忽然瞧見蕭謹言從遠處走來，頓時心下一動，咬了咬唇，裝作怯生生道：「世子爺，快救救婉兒。」

這會兒蕭謹言正飛一樣地趕過來，卻是因為瞧見站在蘭婉身旁、半邊身子還泡在水裡的阿秀。

蘭婉見蕭謹言朝著自己奔來，早已心花怒放，心道方姨娘說的辦法果然有效，男人都喜歡女子不勝嬌弱的模樣。

蕭謹言走到池邊，瞧見阿秀瑟瑟發抖，顧不得丫鬟們阻攔，就要下去拉阿秀上來。

蘭婉見蕭謹言下水，以為是來救自己的，便假裝虛弱地合上眸子，朝蕭謹言身上靠過去。

蕭謹言卻一個閃身，抱起阿秀往岸上走，只聽河裡撲通一響，原本以為會靠在蕭謹言身上的蘭婉，再次摔入了冰冷的水中。

蕭謹言看著阿秀凍僵的小臉，滿眼心疼，扯過自己的大氅，把阿秀包裹住，轉身吩咐。「你們把蘭二姑娘拉起來，送回懷秀院。清霜，吩咐廚房熬兩碗薑湯，送到文瀾院來。」

阿秀被蕭謹言抱在懷中，抬頭就能瞧見蕭謹言俊逸瀟灑的臉，兩人之間的距離不過寸許，她的每一次呼吸都能拂動蕭謹言額頭上的幾根碎髮。

阿秀仰起頭，小聲在他耳邊道：「世子爺，放奴婢下來吧，您的靴襪濕了。」

「妳說什麼？」蕭謹言低下頭，一邊走、一邊看著阿秀，見她蒼白的臉上有些微紅，稍微放心，玩笑道：「妳才多大，臉紅什麼？怕我吃了妳？」

阿秀聽了，越發窘迫，掙扎著要下來，水滴滴答答落了一路，許國公府裡大大小小的丫鬟們也圍觀著看了一路，不由感慨，原來世子爺喜歡這麼小的姑娘……再看看自己前凸後翹的身材，頓時覺得沒希望了。

蕭謹言直接把阿秀抱回文瀾院，清瑤忙不迭地迎上去，見他懷裡抱著個小丫鬟，很是詫異。

這小丫鬟看起來太小了，若說蕭謹言對她有意思，實在是……怎麼可能呢！

「清瑤，吩咐下去，打一桶熱水進來，服侍她沐浴更衣。」

清瑤瞧了蕭謹言滲水的靴子一眼，開口勸道：「世子爺，奴婢先打水讓您洗腳吧。這大冷天的，腳底若是著了涼，可是要害病的。」

蕭謹言揮手怒道：「我說什麼，妳沒聽見嗎？下去打水！」

清瑤被蕭謹言突如其來提高的嗓音嚇了一跳，咬唇福了福身子，出去準備熱水。

蕭謹言把阿秀放在房裡的羅漢榻上，握住她的手暖了暖，想跟她說什麼，又不知說什麼好，遂拿了帕子，輕輕擦拭阿秀臉頰上的水珠，笑著問道：「妳覺得許國公府好不好？想不想和妳那個小姊妹一樣，留在許國公府做丫鬟？」

阿秀看著蕭謹言，心情複雜，只低下頭咬了咬唇，並不說話。

許國公府自然是好的，能陪在世子爺跟前也是好的，可是……要如何忘記前世那些事情呢？世子爺總有一天要娶妻生子，不管她多麼喜歡他，他都是別人的相公，她只是個妾而已。並不是不願意做妾，只是她已走過一次做妾之路，還那麼失敗。

蕭謹言似乎也看出了阿秀的矛盾，並不急著要她回答。現在的阿秀對許國公府很陌生，要是逼緊了，反而適得其反。

蕭謹言有些無奈地把手帕丟到一旁，理了理阿秀的碎髮，柔聲道：「妳好好想想。其實不留下也可以，但今兒的事情，大家都看見了，以後妳要嫁人只怕難了。」

但這樣的話，蕭謹言實在說服不了自己，就算他已經成年，可阿秀充其量就是個乳臭未乾的小丫頭，身材平板，便是在夏天也瞧不出什麼來，更何況是人被衣服一層一層包得極為嚴實的冬天。

果然，阿秀抬起頭看了蕭謹言一下，眼中有些無奈。這都第二世了，他為什麼偏偏還要纏上來呢？

兩人一時有些沈默，這時，丫鬟們送了熱水進房，清霜也親自去廚房端來兩碗薑湯，送到他們面前。「爺跟阿秀姑娘都喝一碗吧，一會兒泡個熱水澡，就不會受涼了。」

阿秀接過清霜遞來的薑湯，低頭喝了，躲開蕭謹言那帶著幾分柔情密意的眼神。

阿秀在房裡沐浴更衣，蕭謹言則去了淨房，由清霜服侍著泡腳。

清霜蹲下身子，伸手試了試木盆裡的熱水，覺得有些燙，便知道這是蕭謹言喜愛的水溫。她坐在繡墩上，為蕭謹言除去鞋襪，帶著幾分試探問道：「爺，您心裡想著的那個人，只怕不是蘭姑娘吧？」

蕭謹言把腳放入水中，頓時覺得全身暖和起來，聽見清霜的話，便笑道：「妳既然知道了，就把這事情放在肚子裡，誰也不准說。」

清霜挑眉瞧了蕭謹言一眼，自他病癒後，難得見他心情這般好，遂笑著道：「阿秀才多大呢，就算奴婢多嘴說出去，只怕也沒有人相信，我家的爺喜歡這樣的小丫鬟。」

蕭謹言不以為然，嘴角帶笑。「姑娘家長起來還不快，前兩年妳不就跟阿秀一個模樣，如今還不是出落得……」看看清霜胸口傲人的曲線，把話嚥了下去，只小聲吩咐。「這事情不能讓任何人知道，即便老太太問起來，妳也不准說。」又忍不住蹙眉，問道：「妳說，要怎麼樣才能把阿秀留下來呢？總不能跟行哥兒一樣撒潑耍賴……」

清霜想了想，笑著湊到蕭謹言身邊，小聲耳語了幾句。

蕭謹言聞言，只一個勁兒地點頭。「妳說的這個辦法，倒是有點意思。先別打草驚蛇，等她們要走時，再提也不遲。」

清霜笑道：「爺放心吧，姑娘家濕了身子，等於損了名節，爺願意承擔責任，蘭家那邊不會不願意把阿秀留下的。」擰眉想了想，又道：「其實，爺大可不必如此大費周章。如今瞧太太的意思，是想把蘭姑娘給了爺的，若是這樣，還怕阿秀不入我們府裡嗎？」

蕭謹言連連擺手，回道：「蘭姑娘是個好姑娘，我不想耽誤她，有阿秀就夠了。」

清霜瞧蕭謹言這架勢，倒像對阿秀有著很深的依戀，不知他是什麼時候遇上這個小姑娘，被勾引得魂都沒了。

阿秀已經沐浴完畢，穿上了清珞以前的衣服。雖然是半舊的衣裳，但料子是上等的杭綢，許國公府對待下人從來不摳門。

蕭謹言穿上鞋襪出去，見阿秀恭恭敬敬地站在廳裡，看見蕭謹言出來，慌忙低頭，福身行禮。她剛剛泡過澡，臉頰上泛著粉紅的血色，看著可愛動人。

清珞笑著道：「世子爺，您瞧瞧阿秀多秀氣，比舊年年底王嬤嬤買回來的丫鬟們不知好了多少。王嬤嬤肯定是老眼昏花，挑丫鬟都挑不出好的了。」

阿秀當然不會說當初王嬤嬤在她跟前停留了半刻，是她自己低頭躲著，王嬤嬤瞧著以為她膽小怕事，所以才沒選上她。

蕭謹言坐下，端起茶盞喝了口茶，外頭丫鬟便進來回話，說是太太來了。

孔氏陪著趙氏玩了一會兒葉子戲，年紀大了精力不濟，玩幾盤後，趙氏就命人散了。正巧遇上趙小將軍來訪，孔氏深怕蕭瑾璃又偷偷摸摸去見他，從榮安堂出來，特意去了玲瓏院一趟，見蕭瑾璃在房裡描紅，便放心走了。

孔氏走到花園裡，就聽見小丫鬟傳著蘭二姑娘落水的事情，命春桃去問，才知道蕭謹言救了個小丫鬟回文瀾院，便來看看。

「好好地，花園裡怎麼會有人落水呢？」孔氏才坐下，就開口問道。

除了阿秀之外，這裡沒人看見落水的經過，阿秀曉得孔氏這是在問自己，略略想了想，回道：「荷花池邊的積雪沒化全，路有些滑，二姑娘滑了一跤，我想去扶她，沒想到一起摔進池裡了。」

偷聽蕭瑾璃和趙小將軍說話的事，自然不能說的，好在方才那地方已經被踩得滿地是水，也瞧不見到底有沒有沒化開的雪，還有上面的足跡。

孔氏聽阿秀說得仔細，點了點頭，又上上下下打量她，雖然是個好模樣，可惜年紀太小了；也幸好年紀小，不然就麻煩了。

孔氏無奈地看著蕭謹言，嗔怪道：「雖說這丫頭不過十歲，可男女授受不親，你這樣一路抱著她回來，太不尊重了，若是讓你爹知道，少不得又要挨一頓訓斥。」

蕭謹言急忙辯解。「母親也說她年幼，她不過就是個小女孩，我是瞧她凍得邁不開步子，才抱她的。當時只有幾個看門的小廝在，笨手笨腳的，如何能抱姑娘家，少不得我親自動手了。」

孔氏聽了蕭謹言這話，越發沒了脾氣。前世的蕭謹言就是這麼個憐香惜玉的人，府裡丫鬟得過他賞賜的不止一個、兩個，直到後來收了通房、娶了欣悅郡主才好些。這些事情只有蕭謹言自己知道，而現在孔氏眼中的蕭謹言，還是以前那個不懂事的世子爺。

孔氏搖搖頭，既然心裡做了要讓蘭嫣進府的決定，以後這丫鬟就是蘭嫣的房裡人了。

「妳回去吧。蘭姑娘已經回了懷秀院，別讓她等急了。」

阿秀應聲告退，蕭謹言看著她離去的背影，吩咐道：「清霜，妳送阿秀回去。」

此時清霜已知道阿秀才是蕭謹言心尖上的人，脆生生地應下，領著阿秀往外頭去了。

蕭謹言目送兩人走遠，孔氏瞧著他眼中的熱切，心中喟嘆，不過是蘭嫣房裡的一個小丫鬟，也值得自己兒子如此上心，這可不是件好事，少不得會委屈了姝姐兒。

第二十六章

孔氏回到海棠院，見孔姝正在院中折盛開的梅花。

孔姝的容貌雖然不是頂尖，可身上由孔家世代書香醞釀出來的嫻靜，讓孔氏非常喜歡；況且孔姝還是她的親姪女，以後婆媳之間也能和睦不少。

「姝姐兒，外頭風大，進來吧。」孔氏一邊招呼孔姝、一邊牽她的手往廳中走了幾步。小丫鬟連忙上前挽起簾子，孔姝手裡的梅花香氣撲鼻，就是瞧著有些寂寞。

孔氏拉著孔姝坐下，丫鬟取了白玉淨瓶，將梅花插進去。

等眾人退出了房外，孔氏才開口道：「姝姐兒是聰明人，大概也知道姑母想說些什麼。」

孔姝低下頭，難得她臉上並沒有那種嬌羞的表情，只有幾分淡然，低聲道：「母親和我說過，姑母想得很是周到，姝兒沒什麼不滿的。那蘭姑娘確實是個妙人兒，便是姝兒見了，也自愧弗如。」

孔姝何等聰明，從大門口遇上蘭家人，蘭婉出口得罪王嬤嬤，再到後面蘭婉和蕭瑾璃的衝突，她早已明白，看似溫婉的蘭嫣其實正一步步放任著自己庶妹，在這裡鬧得雞飛狗跳；而她卻處處謹小慎微，半點錯處也沒有。這樣聰明的人，進了許國公府，大約會是另一個蘭姨娘。

「什麼自愧弗如，妳是名門貴女，她不過是個商賈家的姑娘，妳們兩個本就有雲泥之別，不可相提並論。我是瞧著她老實又聰明，所以才想讓她跟在言哥兒和妳身邊服侍著。」

老實又聰明？這世上有幾個聰明人是老實的？孔姝略略嘆了口氣，點頭道：「一切聽憑姑母做主。」很多事情，既然自己無法決定，那就只能聽天由命了。她給不了蕭謹言的東西，讓別人去給，也許是一種解脫。

孔氏見孔姝應下，挑眉笑道：「這就好了。等過完妳二月初二的及笄禮，也是時候去孔家提親了。」

蘭嫣走到半道兒上時，就遇上蘭姨娘的丫鬟翠竹帶著錦心來找她。

「姑娘，二姑娘掉進荷花池裡了，似是著涼，這會兒正一直發抖呢！」

蘭婉平常養尊處優，身子難免差些，阿秀灌了一碗薑湯，洗過熱水澡就活蹦亂跳，她卻凍得生病了。

蘭嫣再狠心，這時候也不能不管蘭婉，於是吩咐翠竹。「妳去請姨娘來，看看能不能先找個大夫瞧瞧。」

翠竹忙道：「姨娘早就來了，是姨娘讓我來尋姑娘的。」

蘭嫣見翠竹眼神焦急，也知道事情有些嚴重，忙不迭加快了腳步。

而懷秀院裡，蘭姨娘瞧著在被窩裡冷得發抖還不忘哭泣的蘭婉，很是頭痛。早知道這樣，那回蘭老爺找來，她就應該一口回絕，省得鬧出這麼多麻煩事來。

蘭姨娘見蘭嫣進來，急忙上前道：「我正尋思著，等妳來了，我們一起拿個主意。婉姐兒這樣病著，肯定不能在國公府裡待下去，萬一傳了病氣出去，倒是不好了。」

蘭姨娘說著，又恨鐵不成鋼地看了蘭婉一眼。「聽丫鬟說，方才她渾身濕透地從後花園回來，一路上不知道被多少小廝給看過，便是世子爺也瞧見了。」

蘭嫣聽蘭姨娘這麼說，心裡咯噔，若是真如蘭姨娘所言，蘭老爺又這麼喜歡蘭婉，難保到時不去求許國公府，為了蘭婉的清譽，讓她留在許國公府做小。

蘭嫣的心忽然絞痛起來，幾步走上前，掀開蘭婉的被子，怒罵道：「妳就要這樣不擇手段嗎？只要是我的東西，統統都要拿走是不是？」

蘭婉在床上打了個冷顫，見蘭嫣這樣看她，強忍著難受，扯著嘶啞的嗓子道：「妳以為我想這樣嗎？要不是……」才想開口，瞥見鬢邊被削斷的那綹長髮，只捲著被子道：「姨娘，我……我要回蘭家。」

蘭姨娘也沒預料到，蘭婉只來了這短短半日，就生出這麼多事端，心裡早已經有了送客的念頭，聽蘭婉自己說出來，便忙喊丫鬟進來道：「妳去太太那邊找王嬤嬤，就說二姑娘著了風寒，要回蘭家靜養，請她安排車馬。」

丫鬟應聲而去，蘭婉又忍不住打了幾個噴嚏，這時錦心進來傳話。「阿秀回來了。」

蘭婉聽了，顧不得身上冷，只趿著鞋子、歪歪扭扭地走下床，恨不能給阿秀一巴掌。

蘭嫣縱身攔在阿秀跟前，蘭婉便看著蘭嫣冷笑道：「妳還幫她？妳可知道，不是我要搶妳的東西，是她！妳好好問問她，她是怎麼離開後花園的。」

蘭姨娘在趕來的路上，早已聽說蕭謹言抱著一個小丫鬟離去的事，見阿秀安然無恙地進來，心下便略略有數了。

蘭婉正欲發作，清霜從外頭進來道：「蘭姑娘，奴婢已經把阿秀平安地送回來，還請蘭姑娘不要擔心。奴婢這就告退了。」

蘭姨娘素來知道清霜的個性，並不會特意在人前開口說話，她走這一趟，是來替蕭謹言傳話的。看來阿秀也像上午的那個小姑娘一樣，被主子爺看上了。

蘭姨娘只笑著道：「清霜姑娘慢走，多謝世子爺救助之恩。」

清霜嘴角帶笑，向蘭姨娘福了福身子。「阿秀就交給蘭姑娘了，奴婢告退。」

等清霜離去，蘭婉這才顫顫巍巍地往後退了兩步，倚靠床沿，斜眼睨著阿秀。

「大姊姊，妳若不信，大可以問問她，世子爺的胸口暖不暖？她方才貼得那樣緊。」

阿秀低下頭，沒有說話，撲通一聲跪在蘭嫣跟前，臉上是一如既往的乖順表情。

蘭嫣看著阿秀，又看了蘭婉，眉梢一動，上前兩步，將阿秀扶起來，轉頭對蘭婉道：「她還是個孩子呢，我們那些骯髒事情，何苦讓她知道。」

蘭姨娘雖然性情恬淡，但聽了蘭嫣這句話，也忍不住濕了眼眶。

蘭嫣在房裡踱了兩圈，忽然停下來，細長手指握成拳頭，扯著手中的絲帕，對錦心道：「陪我去文瀾院走一趟。」

蕭謹言雙手負背，在小書房裡來來回回踱了幾步。

清霜送了盞熱茶進來，嘴角勾笑道：「我瞧著蘭大姑娘倒不像是不通情理的，爺房裡總要添幾個人，倒不如……」

清霜的話沒說完，蕭謹言只擺了擺手，蹙眉道：「此事不必再提了。」

清霜放下托盤，把茶遞給蕭謹言，蕭謹言正打算要喝，卻忽然停下來。「說起來，妳倒是提醒了我。蘭大姑娘通情達理，不如向她挑明了意思，沒準兒還能事半功倍。」

「爺糊塗。蘭姑娘雖然通情達理，可她也一心想當爺的人，爺瞧不上她就算了，還惦記她的丫鬟，豈不是讓她臉面無光？」

「我看未必。」蕭謹言放下茶盞，回想蘭嫣的容貌神情，搖了搖頭。「只怕她未必想當我的人，若是喜歡一個人，看人的神情是不同的。依蘭姑娘看我的眼神，她必然對我無意，若真的有意，卻隱藏得如此之深，我也不敢要她。」

這時，外頭的小丫鬟進房傳話。「蘭姑娘來了。」

蕭謹言未料到蘭嫣會親自來拜訪，整理好衣衫，出了書房見客。

蘭嫣依舊是波瀾不驚的模樣，見到蕭謹言，恭敬地福了福身子。

蕭謹言伸手免了她的禮，開口道：「蘭姑娘請坐，突然到訪，想必有事吧。」

蘭嫣謝過，遣錦心出去。清霜見狀，也識相地走到門外，將門虛掩起來。

蘭嫣見人都走光了，才又起身，在蕭謹言跟前行了全禮，表情鄭重道：「世子爺已近弱冠之年，自然知道蘭嫣進許國公府是為什麼。」

蕭謹言一驚，不知面前這個女子竟這般大膽，不過見她如此坦然，便也點了點頭。「只怕是太太對姑娘青眼有加，想要姑娘做我的房中人。」

蘭嫣聞言，略略咬唇，索性跪在了蕭謹言面前。

「我雖為蘭家嫡女，可母親膝下只有我一人，父親偏寵姨娘，母親在家中的地位岌岌可危，唯一的念想就是把我送入許國公府，背靠大樹好乘涼。」

「所以呢？」蕭謹言低頭看蘭嫣。雖然只有十四歲，但她的身形已露出成熟婉約的美態來。

「蘭嫣並不想進許國公府，可也不想讓我二妹妹進來。蘭嫣此次前來，只想請世子爺答應蘭嫣，就算蘭嫣不進府，也不要收了蘭婉，世子爺可否答應？」

蘭嫣抬起頭，目光懇切地看著蕭謹言。此時她唯一能做的，就是不讓蘭婉的奸計得逞，不讓朱氏在方姨娘跟前顏面盡失。

蕭謹言悠然一笑，摸摸下巴，忽然有了想法，便裝作為難，在房中走了幾圈。

「妳不願意進許國公府，也不肯讓自己的妹妹進來，那妳得賠我一個肯進府的人才行。」

蘭嫣眉梢微動，抬起頭，按著蕭謹言玩味的眼神，試探道：「世子爺說的是阿秀嗎？」

蕭謹言微微一笑，眼神透出幾分讚許，看來這蘭家大姑娘果然是個聰明人。

一個時辰後，蘭姨娘把蘭嫣和蘭婉送到後角門口，拉著蘭嫣的手道：「妳何必陪著她一起回去呢？國公府裡的下人口風還算緊，這件事未必會洩漏出去；再說了，即便洩漏，大不了把她送回老家，找戶人家嫁掉就算了。」蘭姨娘被蘭婉弄得火冒三丈，對這個姪女是半點好感也沒有了。

蘭嫣轉身，請蘭姨娘留步。「姑母，太太和老太太那邊，姪女不能親自辭行，還請姑母幫姪女請個罪。今兒，我是不得不回去的。」

蘭姨娘點點頭，還是為蘭嫣感到惋惜。「妳送她回去之後，明兒再來吧，反正還有好些東西沒帶走，總要派人來收拾的。」

蘭嫣笑著應了，轉身上車。

馬車裡，阿秀有些愣怔地坐在角落裡，見蘭嫣上來，這才忙不迭地過去扶她。

蘭嫣伸手拍了拍阿秀的手背，翻身坐下，一句話也沒有說。

從許國公府到蘭家，不過小半個時辰的車程。將蘭婉送回方姨娘那邊後，蘭嫣就拉著朱氏進了裡間。

朱氏聽說兩個姑娘去了一天就回來，急得心口疼的毛病都犯了，深怕是她們不懂規矩，衝撞了貴人。

蘭嫣安撫了朱氏幾句，便緊接著道：「有件事情，女兒想和娘商量商量。」

朱氏見蘭嫣一本正經的表情，知道事情不簡單，遂正色聽蘭嫣說了起來。

蘭嫣把蘭婉和阿秀跌入許國公府後花園荷花池的事情一五一十地說了，憤然道：「依著爹和方姨娘的性子，這事情斷然不會這麼了了，好不容易有了這麼個千載難逢的機會，可以將蘭婉送進去，他們如何會放過。」

朱氏聞言，神色僵硬，連手指都顫抖了起來。「當真……當真有這等事情？她們還真是機關算盡！嫣姐兒，那……那我們該怎麼辦呢？難道注定一輩子看著她們的臉色過活嗎？」

蘭嫣方才早已和蕭謹言商議好辦法了，於是湊到朱氏耳邊，低語了幾句。

朱氏一邊聽、一邊點頭，臉上還帶著不可置信的表情。「世子爺真說了寧可要阿秀，也不要婉姐兒？」

蘭嫣點頭。「當時蘭婉和阿秀同時跌進荷花池中，世子爺趕過去，先把阿秀救起來，國公府的下人們都瞧見了。阿秀可是世子爺親自抱著去了文瀾院換衣裳，而蘭婉是小廝和丫鬟們從池裡拉出來的。」

「可是……阿秀雖然是我們家的丫鬟，可她並不是家生子，就算她去了許國公府，和蘭家又有什麼關係呢？也指望不上半分。」朱氏蹙眉道。

蘭嫣眉梢一動，笑道：「聽聞阿秀的爹棄她而去，她如今已經是孤女了。母親不如認了阿秀當閨女，以後我與她姊妹相稱，母親與她母女相稱，她去了許國公府，必定也指望蘭家為她撐腰。」

朱氏聽了，只覺眼前豁然開朗，頓時柳暗花明起來。阿秀如此貼心可人，且性子又難得老實，自己要是多這麼一個閨女，不失為一件美事。

朱氏點點頭，答應下來，卻又擔憂地看了蘭嫣一眼。「只怕妳爹不會應了這件事。」

蘭嫣抿唇不語。她該做的事情已經做到，接下來就看蕭謹言的了。

第二十七章

蘭婉房裡，方姨娘正守在床前，臉上神色帶著幾分狠戾。

寶善堂的大夫和蘭老爺一同進了院子，方姨娘慌忙收起臉上的厲色，換成一副愁容迎上去。

「老爺，婉姐兒這才去了一天，就出這麼大的事情，您可要給她做主。」方姨娘說著，拿起帕子擦了擦眼角，引蘭老爺和大夫進房。

大夫把完脈，說蘭婉是感染風寒，又適逢急火攻心，所以燒得厲害些，看上去雖是來勢洶洶，但只要這幾日退了燒，應該是無大礙的。

方姨娘聽了，忍不住又落了兩滴眼淚，命丫鬟將大夫送出去後，道：「老爺，這可如何是好？您一定要給婉姐兒做主，女兒家的清譽，不能就這樣沒了！」

蘭老爺方才聽去請他的小廝亂糟糟說了幾句，只知道蘭婉突然病倒，所以急忙趕回家。這會兒聽方姨娘似乎是話中有話，便忍不住問道：「婉姐兒不過是病了，和清譽有什麼關係？妳倒是把話說清楚。」

方姨娘看著蘭老爺，一雙紅腫的眼睛滿含熱淚，真真讓人心疼不已。蘭老爺見狀，不由降低了聲音，柔聲道：「蕙蘭，有事妳慢慢說，我定然會給婉姐兒做主的。」

於是，方姨娘一邊擦眼淚、一邊將蘭婉落水的事情說了一遍，又故意歪曲真相，說蕭謹言如何看見了蘭婉的狼狽之樣，又如何送蘭婉回懷秀院。總之一句話，蘭婉的清白已經毀在許國公世子蕭謹言手中，許國公府務必要給他們一個交代。

蘭老爺聽了這些，不免頭大，做許國公府的貴妾若是這麼簡單容易，當年送蘭姨娘進去時，也不用部署那麼久了。但蘭婉如今出了這樣的事情，要是傳出去，在京城這個向來恪守禮教清規的地方，想再找戶好人家出嫁，只怕很難了；唯一的辦法，的確只有將計就計，想辦法入許國公府做蕭謹言的妾室。

蘭老爺站起來，在房中來回踱步。許國公府門第高貴，就算他有心結親，那邊的人也未必看得上蘭婉，若是為這種事情撕破臉面，最後吃虧的還是蘭家，要是再連累蘭姨娘，就當真得不償失了。

蘭老爺搖搖頭道：「讓嫣姐兒進許國公府，本是我部署良久的事情，雖然蘭家只是商賈之家，但肯把唯一的嫡女嫁入國公府當小妾，這分誠意也足夠了。如今且不說婉兒年紀尚小，身分還是庶女，只怕許國公府的人不願意。」

方姨娘聞言，焦急道：「他們憑什麼不願意，難道婉兒的清白不是毀在了他們手裡嗎？」

蘭老爺素知方姨娘目光短淺，不想與她爭辯，正垂眸思考時，剛剛甦醒的蘭婉撐著身子坐起來，虛弱的臉上帶著幾分得意，笑著對蘭老爺道：「爹，許國公府必定會答應女兒進去。有件事情，女兒要同爹說……」

其實方才蘭老爺和方姨娘說話時，蘭婉就已經醒了。她初去許國公府，便受了這麼多氣，如何甘心，於是躺在床上細細想了半天，蕭謹言那張臉對她還是很有吸引力的，遂打定主意，即便覺得委屈，也要進許國公府，絕不能讓蘭嫣舒坦。

方姨娘聽蘭婉把話說完，臉上帶著驚異的神色，笑道：「果真有這種事情？老爺，這事若是傳出去，許國公府二姑娘的清譽也算是完了。您何不……」她似乎已經瞧見了勝利的曙光，連眉梢都帶著笑意。

蘭老爺沒有發表意見，只沈聲清了清嗓子，撚著下頷的幾綹山羊鬍子，過了良久，才開口道：「此事事關重大，我得跟大姑奶奶商量一下。許國公府可不是隨便能威脅的，這件事情，妳們最好守口如瓶。」

方姨娘正得意，冷不防蘭老爺一盆冷水潑上來，便有些悻悻然。「老爺，這可是絕好的機會，哪個長輩願意看著自家孩子名譽掃地？更何況還是個大家閨秀呢！」

「妳傻啊？許國公府和趙家是我們能得罪的嗎？國公爺掌管兵部，趙家坐擁邊關二十萬將士，可以說是同氣連枝，即使國公夫人不看好這門婚事，難道國公爺做不得主？妳們就是頭髮長、見識短！」

蘭老爺訓斥了方姨娘幾句，眉頭緊蹙，起身道：「我去前院聽聽夫人的意見。」方姨娘未來得及挽留，蘭老爺已跨出了正門。

方姨娘氣得跺腳，見蘭婉神色萎靡地躺著，上前安慰道：「妳放心，這許國公府，我們入定了。」

蘭老爺從方姨娘的院子出來，細細想了想，還是覺得這事情不妥。拿人家姑娘的清譽去威脅許國公府，即便許國公府一時鬆口，只怕也是後患無窮。他畢竟和朱氏做了十幾年的夫妻，遇上大事情，還是想徵求一下她的意見。

方才朱氏聽了蘭嫣的話，便把阿秀喚到跟前，細細打量了一番，老懷安慰。她這輩子只生了蘭嫣一個閨女，前陣子才有了泓哥兒，現在又有阿秀，當真算是時來運轉了。不過朱氏怕嚇壞了阿秀，沒在阿秀跟前提這件事，只等著許國公府來消息。

蘭老爺過來時，朱氏正沏了一壺清茶，氣定神閒地喝著。蘭老爺進房，掀開簾子的那一瞬，便瞧見朱氏端莊賢淑地坐在那裡，倒是多了幾分好感。

「老爺來啦？」朱氏見蘭老爺進來，起身上前，親自解開了蘭老爺的大氅，柔聲道：「我猜方姨娘會去請老爺回來，私下想著，老爺事情多，倒也未必急著讓老爺回府，仔細耽誤了事情。」說著，便嘆了口氣。「不過老爺向來疼愛婉姐兒，回來也是應該的。」

蘭老爺順勢坐下，端起朱氏送來的茶水，抿了一口。「婉姐兒的事情，妳知道了吧？」

朱氏點頭。「聽嫣姐兒說了，說是掉進國公府後花園的荷花池裡，著了涼。方才我見大夫走了，大夫是怎麼說的？」

「大夫說病得不輕，不過好好調養，應該無礙。只是……後面的事情，夫人覺得應該怎麼辦？」

朱氏聞言，心下陡然一驚，果真如蘭嫣預料的一樣，方姨娘已經攛掇著蘭老爺考慮「後面」的事情了。

朱氏只裝作不懂道：「後面的事情，自然是要讓婉姐兒好好養病，早日康復，這樣方姨娘才能放心。」

蘭老爺嘆口氣道：「只怕沒那麼容易。如今許國公府的人都知道婉姐兒在府裡落水，又被世子爺親自救起，事情若是傳出去，只怕婉姐兒的名節不保啊！」

朱氏聽蘭老爺說完，越發裝作不懂的樣子。「怎麼？婉姐兒是世子爺救的嗎？我聽嫣姐兒說，婉姐兒似乎是小廝和丫鬟們救上來的，世子爺救的人是阿秀。」

朱氏說著，上前為蘭老爺換了一盞茶，細聲道：「我當時聽嫣姐兒說，心裡還謝天謝地了一陣，幸好世子爺和婉姐兒沒有肌膚之親，不然婉姐兒可真是清譽不保了；倒是阿秀，才不過十歲而已，便是和世子爺有些接觸，也不會招惹閒話。」

蘭老爺聽朱氏所言和方姨娘的話有些出入，也疑惑了，卻還是擰眉道：「不管怎麼說，這件事總是婉兒吃虧，好端端的姑娘家，才進了國公府一天，就出了這樣的事情；再說了，阿秀只是個丫鬟，將來就是隨便配給小廝的命，何必那麼在乎。」

朱氏發現蘭老爺的口氣中又開始維護蘭婉，遂提醒道：「老爺難道忘了，阿秀是我特地買回來，要讓她跟著嫣姐兒去許國公府的，怎麼會隨便配給小廝呢？」

蘭老爺聽了，這會兒才算清醒過來，蓋上茶盞，看著朱氏道：「出了這樣的事情，只怕許國公府為了避人口舌，未必會讓嫣姐兒進府了。」

朱氏原本還帶著幾分奢望，想著蘭老爺或許能為蘭嫣考慮，把蘭婉的事情壓下，繼續想辦法讓蘭嫣進許國公府，可誰知道蘭老爺還是說出這樣的話來。

朱氏心寒了，索性點明蘭老爺心中所想，問道：「老爺是什麼意思呢？是想藉著婉姐兒在許國公府落水的事，將錯就錯，把婉姐兒送進去嗎？」又帶著幾分不滿道：「只怕老爺肯送，許國公府也未必肯收吧！」

蘭老爺知道這事情對蘭嫣不公，見朱氏生氣，也沒有動怒，只接著道：「事情已經如此了，婉姐兒和嫣姐兒都是蘭家的姑娘，誰進國公府都一樣。我找妳，就是為了商量一下，如何讓婉姐兒能順順利利地進去。」

雖然蘭嫣和朱氏已經商量好計謀，可蘭老爺的自私還是讓朱氏忍不住落下淚來，遂擦了擦眼淚道：「老爺何必急在一時，許國公府這麼大，難道還會欺壓了我們，好歹多等幾日，和大姑奶奶商量後，再看怎麼辦吧。況且如今婉姐兒身子還沒好，年紀更是沒到，若是由蘭家提起，倒像我們要藉此賴上了許國公府一樣。妾身覺得，現在說這件事，不大合適。」

蘭老爺聽完朱氏這席話，果然覺得很有道理，雖然蘭家是受害者，可許國公府畢竟是高門大戶，再想進去，也不能自己上門去說，還是得從國公府裡努力。

蘭老爺想到這兒，心中便有了主意，只點頭道：「妳說得有道理，我這就讓人去給大姑奶奶帶個話，約她明日一見。」

蘭家姊妹走了之後，蘭姨娘便到孔氏的海棠院請安致歉。兩人才說了幾句，外頭丫鬟進房傳話，說蕭謹言過來了。

蘭姨娘正要起身告退，丫鬟已經挽了簾子引蕭謹言進來。

蕭謹言瞧見蘭姨娘要走，便開口道：「姨娘坐吧。我有些事找母親商量，正好還要請姨娘幫忙，姨娘不如也聽一聽。」

蕭謹言難得這樣一本正經地來找孔氏，孔氏不由有些疑惑，遂笑道：「有什麼重要的事情？這樣正兒八經的。」

蕭謹言上前，恭恭敬敬地給孔氏行了個禮。「孩兒方才在房裡想了許久，蘭家二姑娘和那小丫鬟確實是在國公府的後花園裡落水了，孩兒也確實抱著那小丫鬟一路回了文瀾院。雖然這些事情不算什麼，可終究是在許國公府發生的，若是不給蘭家一個交代，實在說不過去。」

蘭姨娘聞言，心裡咯噔一聲，蕭謹言是什麼意思？別真應了蘭婉那丫頭的如意算盤，那可太便宜她了。

這會兒孔氏也聽明白了一、兩分，但她對蘭婉的印象不好，還沒聽蕭謹言把話說完，就覺得心驚肉跳，急忙問道：「言哥兒這話是什麼意思？國公府要給蘭家什麼交代呢？」

蕭謹言見時機成熟，才一本正經道：「孩兒思前想後，打算把那小丫鬟接到府裡，讓她在我房裡做丫鬟，這樣既能堵了那些下人的嘴巴，又可以還蘭家一個公道。」

「你……你……」孔氏覺得有點懵了，不可置信道：「你的意思是……你不是要納蘭家二姑娘做小，而是只要那個小丫鬟？」

蕭謹言聞言，笑道：「我和蘭家二姑娘並無肌膚之親，也不是我送她回房的，況且蘭家二姑娘年歲尚小，我也未娶正妻，何來做小一說？倒是這個小丫鬟，我抱都抱了，若是不聞不問，還真說不過去。」

蕭謹言這話一出，連蘭姨娘也覺得太不合常理了。她在許國公府這麼多年，最擅長揣摩人心，連孔氏的心思都可以猜個八九不離十，只有這世子爺的想法，當真是讓人摸不著頭緒。

孔氏聽蕭謹言把話說完，倒是回過神了，細細一想，的確是這個理，那麼一個小丫鬟，就算進了國公府，還能翻出什麼大浪來。

於是，她笑著對蘭姨娘道：「言哥兒這話，說得也有幾分道理，既然這樣，這件事情交給妳來辦吧。今兒早上，行哥兒不也留下了一個蘭家的小丫鬟嗎？讓王嬤嬤領著妳去挑上三、四個丫鬟，給蘭家送去，將世子爺的意思說了，再把那個叫阿秀的小丫鬟領回來吧。」

蘭姨娘愣怔半天，見孔氏決定了這件事，不好推辭，又不好再問蘭嫣的事，只好起身，朝孔氏福了福身子，出門辦差去了。

等蘭姨娘走遠，孔氏把蕭謹言拉到自己跟前，理了理他的衣襟，問道：「你怎麼突然想起這個來了？其實蘭家那樣的人家，也不用太給他們面子，那樣的小丫鬟，你要多少沒有。」

蕭謹言便道：「話雖這麼說，但畢竟是母親請她們來府裡玩才出了事情，若什麼也不表示，當真說不過去。」

孔氏笑道：「我方才還以為你想要蘭家的二姑娘呢。」

「孩兒本來確實這麼想，可又怕蘭家說我們仗勢欺人，藉著這種事坑他家姑娘，所以才選個小丫鬟了事。」

孔氏搖頭失笑。「傻孩子，蘭家人還盼著你選了二姑娘呢。」說到這兒，想起蘭嫣來，蹙眉道：「蘭家大姑娘還沒進府，倒是先來一個丫鬟，這不合規矩吧？」

蕭謹言已經成功把阿秀弄進門了，便不想再瞞著孔氏，開口道：「我瞧著蘭家大姑娘也一般得很，如今孩兒連正妻都沒有，就想著妾室，似乎有些操之過急了。」

孔氏聞言，略略點頭，再抬頭看看蕭謹言的表情，覺得他最近確實喜怒無常了些。明明今兒早上還歡天喜地地將人迎進來，不過一天工夫，就覺得對方很一般了……

孔氏感覺自己越發不了解兒子，只得搖搖頭，隨他去了。

蘭姨娘從海棠院出來，實在覺得有些不對勁，卻又一時想不出哪裡不對勁。

蕭謹言說得頭頭是道，無一點紕漏，這樣處置，確實堵上了今兒午後在後花園看見那場鬧劇的小廝、丫鬟們的悠悠之口；可是她怎麼想，都覺得這事情相當荒謬，同樣落水了，好好的姑娘不要，反倒要個小丫鬟進府？

蕭謹言若真是個有腦子的，應該直接要了蘭婉，然後讓蘭婉進府時，把那個叫阿秀的丫鬟帶在身邊，這樣一舉兩得，豈不是更完美。如今這主意雖說不錯，但蘭家知道後，未必會覺得有顏面，只覺越發委屈罷了。偏偏蕭謹言這樣做，還沒有半點能讓蘭家落人口實的地方，當真是把事情堵得死死的。

蘭姨娘嘆了口氣，進許國公府這麼多年，頭一次遇上這樣好笑的事情，偏生還找不出錯處來。

蘭姨娘回到自己的住處，翠雲便迎出來道：「方才後角門的小廝送口信來，說大老爺明兒想見姨娘呢。」翠雲原本是蘭家的奴才，口中的大老爺指的是蘭老爺。

蘭姨娘點頭，吩咐道：「妳去看看那傳話的下人走了沒有，若是沒走，叫他回去說一聲，就說蘭家遷來京城，我還沒去瞧過，明兒要回去看看。」

蘭姨娘進許國公府八年，一向深居簡出，恪守姨娘的規矩，鮮少回娘家走動，平常和朱氏往來，都是趁著去梅影庵上香時見上一面。雖然蘭老爺因為生意上的事情，常來許國公府，但蘭姨娘從不親自接待，兄妹倆都是靠書信傳話。今兒蘭姨娘忽然說要回蘭家一趟，只怕是得了孔氏的首肯。

翠雲瞧蘭姨娘臉上神色莫測，擔心道：「姨娘這是怎麼了？是擔心二姑娘的身子嗎？」

蘭姨娘回過神，搖了搖頭，擰眉道：「太太派給我一個不大不小的差事，聽著很妥當，可我在回來的路上想了想，卻不是件妥當的事，只是太太已經交代下來，我倒不好反駁了。」

翠雲鮮少見蘭姨娘遇上難題，不由也有些疑惑。「什麼事情能把姨娘給難倒了？」

蘭姨娘依舊愁眉不展，只讓翠雲去傳話，旁邊的翠竹便問道：「姨娘是一個人回去呢，還是帶著禮哥兒一起去？」

蘭姨娘想了想，道：「不帶禮哥兒了。蘭家怎麼說都不是國公府的正經親戚，若禮哥兒過去，稱呼上也要犯難，還不如不去了。」

翠雲應聲離去，蘭姨娘接著吩咐翠竹。「妳去把懷秀院裡兩位姑娘剩的東西收拾一下，順便開了小庫房備些禮來。如今老爺家有兩個哥兒、三個姑娘，還有太太和兩位姨娘，妳都準備妥當。」

翠竹點頭，才走到門口，就瞧見王嬤嬤帶著幾個小丫鬟過來。

翠竹忙迎上去，便聽王嬤嬤道：「這是太太吩咐要送給蘭家的小丫鬟，模樣都是挑選過的，去年十二月才進府，賣身契也拿來了，讓蘭姨娘一併帶去吧。」

蘭姨娘忙出來親自道謝，瞧了那幾個黃毛小丫頭一眼，比起蘭家兩個小丫鬟，確實差了點；可是女大十八變，誰又能預料到這些小丫頭以後會變成什麼模樣呢？

第二十八章

蕭謹言聽說王嬤嬤已經帶著小丫鬟去了蘭姨娘那邊，放下心，樂呵呵地回文瀾院。

他才走到門口，便聽見裡面有丫鬟們吵架的聲音。

「妳倒是說說看，世子爺那件新做的大氅去了哪兒？我管著世子爺的東西也不是一日、兩日，從不曾在我手底下少過什麼，如今不過是年節時請妳幫我代管幾天，怎麼就少了一件大氅呢？」

清瑤步步逼近清霜，平素溫婉的樣子早已不見，只帶著滿臉的刻薄。

之前清瑤在孔氏那邊哭訴了半日，本來想得孔氏幾句安慰的，誰知道孔氏非但沒安慰她，反倒睜一隻眼、閉一隻眼；加上這幾日處處受蕭謹言排斥，心裡極為鬱悶，便藉著這個由頭，趁蕭謹言不在，向清霜發作了。

其實，偌大的國公府裡，誰的院子不丟一、兩樣東西，孔氏又是個不苛刻的主母，對這些事管束得並不嚴格，除非人贓俱獲，才把人抓起來發賣之外，其他狀況，都是不了了之的。

那日蕭謹言出門，本就是瞞著孔氏，如今丟了東西，自然不能說是在外面丟的，不然事情傳出去，只怕會惹出大麻煩來。

所以，儘管清瑤發怒，清霜卻只冷著臉不看她，淡淡道：「我沒時時刻刻跟著世子爺，如何知道他的大氅去哪兒？世子爺平素經常賞人東西，興許是把大氅賞出去了。妳既找不到東西，何不先去問問世子爺，這樣氣勢洶洶地跟我鬧，有什麼用呢？」

清瑤聽清霜抬出蕭謹言來，只冷笑一聲，當著眾丫鬟的面道：「抬出世子爺壓人了？這房裡誰不知道妳使了狐媚法子，爬上世子爺的床，可惜世子爺壓根兒沒瞧上妳，沒名沒分的，也就妳願意罷了。如今孔家表姑娘和蘭姑娘都要進府，妳的好日子也到頭了！」

清瑤罵得如此不堪，可在清霜聽來卻不覺好笑，明明是清瑤想著法子爬床未遂，如今倒說起她來了。

清霜淺淺一笑，捋起袖子，往上拉了兩寸，一顆嫣紅的守宮砂呈現在眾人眼前。

看眾人都瞧見了，清霜才放下袖子，冷笑道：「誰想爬世子爺的床，大家心知肚明。怎麼？發現太太看上蘭家姑娘，就著急了？我勸妳還是本分些吧，世子爺的心思，不是我們這樣的奴婢應當知道的。」

眾丫鬟受清瑤挑撥，本也認定清霜爬上了世子爺的床，不想清霜當場亮出守宮砂，遂明白是上了清瑤的當，紛紛輕蔑地瞪了她一眼。

清瑤被清霜擺了一道，惱羞成怒，索性喊了一旁的丫鬟。「清漪，妳去把張嬤嬤請來，說世子爺房裡有人手腳不乾淨，讓她把人帶出去，交給王嬤嬤發賣吧！」

清漪原本就與清霜不和，這時也來勁兒踩她，便點點頭，拉扯著清霜往外頭走，眾丫鬟不敢上前去攔，紛紛躲到一邊。

清霜被清漪拖著走了兩步，開口道：「世子爺房裡的事情，還輪不到妳做主！我是老太太的人，便是太太也從未動過我半分，妳敢……」

清霜的話還沒說完，忽然簾子一掀，蕭謹言黑著臉從外頭進來，平素總帶著兩、三分笑意的臉上一片冰冷。

丫鬟們瞧見蕭謹言這個模樣，都嚇傻了，還是清霜反應快，急忙拎著衣裙跪下，垂首一言不發。

其他丫鬟看了，也跟著跪成一片。

清瑤未料到蕭謹言這麼快就回來了，一時有些驚訝，急忙迎上去，福身道：「世子爺，清霜弄丟了您的衣服，按府裡規矩，若是弄丟主子的東西，要交給王嬤嬤發賣。」

蕭謹言轉頭，目光似寒冰般射向清瑤，嚇得清瑤一下忘了下面想說的話，只愣愣看著蕭謹言，不敢開口。

蕭謹言忽然冷冷一笑，彎腰把清霜拉了起來，道：「過年之前，那大氅就被我弄丟了，一定是妳回家前沒清點仔細，明明是自己失職，怎麼還怪罪起別人來。」

清瑤臉色漸冷，不知道說什麼好。蕭謹言這麼說，分明是連一次辯解的機會都不肯給她。

蕭謹言掃了跪在廳中的眾人一眼，冷道：「怎麼，妳們都沒事幹嗎？還在這兒杵著？」

眾丫鬟如蒙大赦，急急忙忙起身退下。

蕭謹言轉頭，喊住了清漪。「清漪，妳去找王嬤嬤來，說清瑤年紀大了，放她出去嫁人吧。」

清瑤聞言，立刻撲通跪在蕭謹言跟前，淚流滿面。「世子爺，奴婢……奴婢……是一心為了世子爺好，世子爺不能這麼對奴婢。」

蕭謹言略顯煩躁地瞥過清瑤，往前兩步走到珠簾前，清霜忙不迭上去為他挽起簾子。

蕭謹言轉身，睨了清瑤一眼，冷冷道：「妳已經失了作為一個奴婢的本分，我這裡留不得妳了。」

清瑤的身子震了震，神色中透出十分的絕望，忽然抬起頭，翻了白眼，往後倒了下去。

雖然清漪平時不像清瑤在蕭謹言跟前得臉，對清瑤也頗有微詞，可她們畢竟都是孔氏賞給蕭謹言的丫鬟。如今清瑤這番遭遇，讓她有種唇亡齒寒的感覺，便沒直接找王嬤嬤，而是去尋清瑤的姑母張嬤嬤了。

張嬤嬤聽說蕭謹言居然為了清霜而處置清瑤，心中略有不解，問道：「世子爺如今真的那麼護著清霜？竟說了要讓清瑤出去配人這種話？」

清漪回想方才蕭謹言震怒的模樣，點頭道：「可不是，瞧世子爺那樣子，是真的怒了，不然不會說出這樣的話來。我們幾個打從十來歲就跟在世子爺身邊，如今有五、六年了，清瑤更是把世子爺服侍得妥妥帖帖，連臉都沒有紅過，平日裡大家說起玩笑話時，還私下喊清瑤一聲姨奶奶呢。」

清漪這話說得不假，她們這四個丫鬟裡，確實是清瑤最得蕭謹言的青眼；但從去年開始，蕭謹言就像換個人似的，疏遠了清瑤。不過她平常不怎麼在蕭謹言跟前服侍，所以也不在意，直到最近，蕭謹言一味打壓清瑤、提拔清霜，她才看出了不對勁來。

張嬤嬤擰著眉頭，在房中走了兩圈，然後拉住清漪的手道：「好姑娘，這事告訴我便好了，王嬤嬤那邊，一會兒我過去說。妳和清瑤都是太太賞的，世子爺即便攆人，總要回太太一聲，不然不合規矩。」

清漪想想，清瑤也真是可憐，便點點頭。「那張嬤嬤記得告訴王嬤嬤，不然世子爺怪罪下來，奴婢要遭殃的。」

張嬤嬤笑道：「放心吧，我明兒親自去說。今兒晚了，就不過去叨擾太太了。」

蕭謹言發過了火，進書房看書。

清霜端著茶進來，見蕭謹言只抬了抬眼皮，並沒有說話，便開口道：「清瑤已經醒了，正哭著尋死覓活呢。世子爺方才的話確實重了些，這幾年服侍下來，清瑤沒有功勞，也有苦勞的，便是要放她出去嫁人，也不該這麼隨便就回了王嬤嬤。」

蕭謹言放下書，臉上依舊帶著幾分怒意。「妳還來幫她說好話，她可沒想著要便宜了妳。方才妳們吵些什麼，我可全聽見了。」

清霜想起清瑤的惡言相向，嘆了口氣。「說起來，她不過是在乎世子爺，若世子爺不冷著她，興許她就不會那麼激動了。」

「妳倒是會說話。不過國公府裡想進文瀾院的丫鬟不止一個、兩個，若是每個人都要好言相勸，那我不被煩死，也累死了。」

蕭謹言說到這兒，忽然想起阿秀來。今兒午後抱著她的感覺，讓他感受到了久違的安定，心裡暖暖的。阿秀身上似乎有種特別甜膩的味道，讓他聞了，就忘記一切的煩惱。

蕭謹言笑著道：「清霜，妳一會兒去後罩房收拾一間房出來，房裡記得安置兩個暖爐，用上好的銀霜炭；再到繡房，領兩套一等丫鬟的衣服。」

清霜聽蕭謹言說得有條有理，一時也笑了。平常蕭謹言不拘小節，哪裡會在意這些事情，如今讓她給阿秀布置房間，居然方方面面想得如此周到，當真出人意料。

「是。這麼說，阿秀真的要進府了？」

「那是自然，太太親自吩咐了蘭姨娘去操辦這件事情。蘭姨娘是個能幹的人，我猜著，這一、兩天，阿秀就進來了。」

說完這句話，蕭謹言有種苦盡甘來的感覺。重回這一世時的迷茫、十二月的失落，到紫盧寺的牽手，每一步走來，都帶著幾分不容易。

清霜見蕭謹言如此，不禁好奇問道：「世子爺，您是怎麼認識阿秀的？怎麼就對她這麼上心？」

這個問題把蕭謹言給問住了。怎麼認識的？總不能說是前世認識的吧。

蕭謹言只笑了笑，道：「之前我在街上撞了一個人，就是阿秀的父親，後來我託杜兒找的人也是他，如今阿秀的父親已經離開京城，我照顧她一點，也是理所當然的。」

清霜對蕭謹言的話抱著幾分不信，不過既然蕭謹言這麼說了，遂沒再追問，轉身下去，替阿秀收拾房間了。

第二日，蘭姨娘起了個大早，去孔氏那邊請安後，便帶著丫鬟去了蘭家。

昨兒夜裡，蘭姨娘為了這差事，半宿沒睡著，不知到時候如何跟蘭老爺和朱氏開口。原本打好的如意算盤，被這場意外全部打亂了。今早臨走時，孔氏還特意賞了不少東西，讓她帶回蘭家。

蘭姨娘知道，那些東西是許國公府給蘭家的補償，只是……這話終究沒那麼好說出口的。

蘭姨娘嘆了口氣，只能船到橋頭自然直了。

約莫小半個時辰後，蘭姨娘的馬車到了蘭家。

蘭老爺早就收到消息，今天提前用了早膳，吩咐眾人都出來見客，只有病著的蘭婉除外。心中早有預料，蘭姨娘從不輕易出許國公府，這次回來，多半是有事要說，而眼前最重要的，便是昨兒蘭婉在許國公府鬧出的事。

這時朱氏心裡卻是沒底，見蘭老爺臉上帶著欣喜的表情，越發慌亂了起來。

蘭嫣扶著朱氏坐到一旁，小聲在她耳邊安慰道：「母親放心，世子爺答應過我，這事不會出差錯的。」

朱氏聽了，稍稍放鬆心情，柳嬤嬤已經迎蘭姨娘進來，見蘭姨娘繞過了影壁，連忙起身，和蘭老爺一起迎到大廳外的屋簷下。

「大哥、嫂子。」蘭姨娘上前，向兩人欠了欠身子。

朱氏上前親自扶她起來，方姨娘和姜姨娘也朝蘭姨娘行禮，喚一聲大姑奶奶。

蘭姨娘平常和朱氏見面，知道她為這個家沒少操心，如今瞧見方姨娘穿紅戴綠地站在朱氏旁邊，那張臉倒是和自己出嫁時一樣，並沒有老上半分，便知道這些年來朱氏過的是什麼日子，而方姨娘過的又是什麼樣的日子。

蘭姨娘稍稍欠身，還了半禮，眾人便一同進了大廳。

蘭嫣帶著炘姐兒給蘭姨娘行禮，瀟哥兒和泓哥兒也來見過蘭姨娘。

蘭姨娘一邊讓丫鬟賞東西、一邊和朱氏說話。

一旁的方姨娘卻是著急了，見蘭姨娘還未談起正事，便插嘴問道：「大姑奶奶今兒回來，不會只為了拜年吧？」

蘭姨娘挑眉看了方姨娘一眼，正色道：「自然不只是拜年。」言畢，放下手中的茶盞，淡淡道：「大哥、嫂子，我有事情和你們商量。」

朱氏聞言，便遣丫鬟們下去，姜姨娘也識相地帶著妡姐兒先走了；蘭嫣看了朱氏一眼，暗暗點頭，亦帶著丫鬟離去；只有方姨娘還杵在廳裡，動也沒動。

蘭姨娘瞧方姨娘一眼，只清了清嗓子，並沒有說話。

蘭老爺會意，遂道：「蕙蘭，妳也下去吧，婉姐兒還病著呢，妳過去照看她。」

方姨娘聽了，這才不甘心地甩著帕子福身離開。走到門口時，忍不住啐了一口，惡狠狠道：「不過也是當人家小老婆的，在娘家擺什麼臭架子，看著就讓人噁心。」

方姨娘說著，終究沒有遠走，悄悄靠在窗口，偷聽了起來。

第二十九章

「昨兒我讓小廝給妳傳了口信，原本是想跟妳說說婉姐兒的事情，今兒妳既然來了，不妨把事情說開。婉姐兒是在許國公府裡落了水，國公府該給蘭家一個交代，如今不知是什麼打算？」蘭老爺開門見山地問道。

蘭姨娘聽蘭老爺的話，便知道他起了心思，想讓蘭婉代替蘭嫣進許國公府，只淡淡冷笑了一聲，待他說完，才緩緩開口道：「我今天回來，也是為了這件事。世子爺說，既然事情發生了，總不能就這樣過去，好歹也要補償蘭家的。」

朱氏聽到這裡，已經緊張得心提到嗓子眼，追問道：「那世子爺究竟是怎麼說的？」

蘭姨娘垂下眸子，拿絲帕擦了擦食指上戴著的大顆藍寶石戒指，不緊不慢地道：「世子爺說，那個他抱過的小丫鬟，他願意負責，讓你們把她送到國公府，他可以讓她在房裡當個貼身丫鬟。」

朱氏聞言，幾乎要眉開眼笑起來，可一轉頭瞧見蘭老爺錯愕的神情，硬是憋住了笑，裝作不解地又問道：「那婉姐兒呢？有沒有說婉姐兒怎麼辦？」

蘭姨娘說到這裡，越發覺得這趟差事無趣了，懶懶道：「世子爺發了話，他一沒瞧婉姐兒一眼、二沒摸婉姐兒一下，婉姐兒怎麼樣了，與他無關。」

蘭老爺聽到這裡，還沒來得及氣得摔杯子，卻見方姨娘一腳踹開了大門——

「許國公府這麼做，簡直欺人太甚！難道婉姐兒還不如一個小丫鬟嗎？什麼與他無關，難道婉姐兒不是在許國公府裡出了事？」

方姨娘話音剛落，便三步併兩步走到蘭老爺跟前，撲通跪下道：「老爺，您要為婉姐兒做主啊！許國公府這樣做，分明有失公允，若不是因為那件事，婉姐兒也不會落水。之前老爺不准妾身拿這件事說嘴，可現在許國公府這般欺人，妾身顧不得這麼多了！」

方姨娘說著，不等蘭老爺反應過來，便噼哩啪啦把蘭婉在假山後頭聽見蕭瑾璃和趙小將軍私會的事說了出來。

蘭姨娘原本覺得這般處置對蘭家有些過意不去，如今聽方姨娘這麼說，心下卻是暗暗一驚。

蘭老爺見方姨娘已經快嘴把事情說了出來，一時沒了主意，只看著蘭姨娘問道：「妹子，妳說，若是拿這件事去跟國公夫人談，還有沒有轉圜的餘地？」

蘭姨娘握著拳頭想了半刻，再抬眼看朱氏，發現她的臉已經嚇得有些蒼白了，顯然也是剛剛才知情。

蘭姨娘低下頭，默想片刻，抬起頭道：「大哥許是不知道，雖說二姑娘的婚事看上去是由太太操心，可最終點頭的還是國公爺和老太太。太太不喜歡趙小將軍，但國公爺卻不是這樣想的。這時你若拿這件事情去說，倒是幫國公爺一個忙了。」

蘭老爺知道蘭姨娘是許國公的枕邊人，說出這話必定是有幾分道理，遂嘆息道：「難道國公爺私下裡已經允婚了？」

「允婚倒是還沒有，不過趙家公子年紀輕輕已是將軍，以後前途不可限量，這樣的乘龍快婿，比起京城裡那些不學無術的紈袴子弟，可強得多了。」

蘭姨娘說得句句在理，讓蘭老爺一時陷入了沈思。

朱氏聽蘭姨娘說完這幾句，一顆心才算重回了胸中，開口道：「老爺，如今我們的生意全賴許國公府支撐，你若真拿這種事去要脅國公夫人，只怕得不償失啊！妾身倒是有個法子，既可以不開罪許國公府，將來於我們府上，或許還能得些好處。」

蘭老爺素知朱氏頭腦清醒，聽她這麼說，便點點頭，讓她說下去。

朱氏道：「我方才左思右想，既然是世子爺的意思，想讓阿秀進去，我們不給人，只怕不妥。我瞧著阿秀聰明伶俐，模樣也是一等一地好，不如我們收她做義女，讓她進許國公府，在世子爺跟前服侍。

「這樣一來，若嫣姐兒還有機會進去，府裡也有個熟識的人；若是嫣姐兒沒這個福氣，憑阿秀的容貌品性，再加上是世子爺欽點的人，沒準兒以後也能抬個姨娘，能幫襯著我們蘭家。」

這段話在朱氏心裡早已演練了千百遍，今兒一口氣說出來，仍覺得有些緊張，不過看蘭老爺的神情，倒是沒有很震驚，只低著頭，撚著山羊鬍子不說話。

蘭姨娘抿了口茶，放下茶盞問道：「這丫頭是什麼來路？可靠嗎？別以後家裡人去國公府鬧起來，反倒損了蘭家的顏面。」

「家世清白著呢。聽邢嬤嬤說，她爹是個窮秀才，怕人知道他賣女兒，賣掉阿秀當天就離開了京城。我猜著，這輩子他也不會回來尋這個女兒了。」

「這麼說來，是個孤女了？」蘭姨娘蹙眉，回想阿秀的容貌，點了點頭。「是棵好苗子。嫂子這麼想，倒是有些先見之明。」

蘭老爺這會兒也已經想了一輪，實在沒想出比朱氏更好的辦法，正要回應，方姨娘卻哭著道：「老爺，你們認了一個小丫鬟做女兒，那婉姐兒呢？她還病著呢，受了那麼大的委屈，老爺就不心疼她了？」

蘭老爺聞言，清了清嗓子道：「現在是國公府親自來要人，人選也有了，難道妳要讓我做出偷天換日的事情來？再說了，不過就是一個丫鬟，以後不拘嫣姐兒還是婉姐兒進國公府，總有個自家姊妹幫襯著，可不是件壞事。」

蘭姨娘見事情終於定下來，深深嘆了口氣，對朱氏道：「嫂子這個辦法確實不錯，既然這樣，不如今兒成了禮，我好把她帶回國公府交差。」又道：「太太那邊，囑咐我帶了四個小丫鬟過來，連賣身契都一併給了，專補這兩個小丫鬟的缺。」

蘭姨娘說著，把袖中的幾張賣身契拿出來，遞給了朱氏。

此時，阿秀正在房裡幫阿月收拾東西。

昨兒阿月回懷秀院整理行李，特別託了她，有幾樣東西是一定要帶去許國公府的。雖然阿秀不知道自己什麼時候有機會再進去，可東西收拾好了，總是有備無患。

阿秀剛把阿月的東西收成小包裹放好，就聽見琴芳在外頭喊她。「阿秀，姑娘喊妳跟她去前院見太太呢。」

阿秀放好東西，脆生生地應了，才走到大廳門口，就瞧見蘭嫣已經站在那裡等她。見她來了，便上前牽著她的手，往前院去。

阿秀心裡陡然覺得有些異樣，平常都是蘭嫣走在前面，她在後頭跟著，從沒有這樣牽著自己走過。許是天冷的緣故，阿秀覺得蘭嫣的手心冰冷冰冷的，抬起頭，看見蘭嫣年輕的臉上嵌著一雙帶著憂鬱的眸子。

阿秀想說話，卻不知從何說起，蘭嫣倒是開口說了起來。「妳和阿月進蘭家，原是要陪著我進許國公府的。我不瞞著妳了，太太和老爺早就想把我送給許國公的世子當小妾。」

這些事情，阿秀早就知道了，可蘭嫣卻是第一次毫無保留地告訴她。

阿秀隱約覺得，似乎有什麼事情要發生了。

「說實話，我並不想去許國公府。」蘭嫣說完，忽然轉過身，面對面看著阿秀，甚至還就阿秀的個子蹲下，雙眼帶著期盼。「阿秀，我不想進許國公府，妳可以代替我去嗎？我知道這樣做不對，可是……或許國公府對妳來說，是個更高的起點。」

阿秀當場愣住了，兜兜轉轉一個多月，原本以為這一世能逃開那個地方，不想命運再次跟她開了一個玩笑。她說不出話來，甚至不知道應該高興還是氣憤，只是咬著唇，和蘭嫣對視。

蘭嫣有些心虛，避開阿秀的目光，垂眸道：「放心，我會讓姑母好好照應妳的。若世子爺以後看不上妳，妳可以出府，到時蘭家一定歡迎妳；若世子爺看上妳，妳做了通房姨娘，到時錦衣玉食，就不會怨恨我了。」

阿秀聽了，心裡籠上濃濃的傷感，即便像蘭嫣這樣看似無憂無慮的姑娘，還是有這麼多解決不了的難題。

她吸了吸鼻子，努力克制住想哭的衝動，問道：「那太太呢？姑娘不是說，要是姑娘不進許國公府，太太會更被方姨娘排擠，姑娘就不怕太太難做嗎？」

蘭嫣見阿秀依然是乖巧又替人著想的模樣，苦笑道：「放心吧，太太說了，她要收妳當義女，妳進國公府，就等於是我進了國公府；妳臉上有光，我們臉上也有光。」

阿秀渾渾噩噩地被帶到前院，給朱氏和蘭老爺磕過了頭。

朱氏撫摸著阿秀的頭頂，笑道：「原本該行個儀式的，不過今兒事出突然，我也來不及預備東西，妳跟著我去老太爺的靈位前磕幾個響頭，便算成禮了吧。」

此時，阿秀心中矛盾重重，她前世雖然和蕭謹言有緣，最終卻沒得到善果，原本打算，今生無法在一起，就遠遠看著，做個局外人，或許也能釋懷；誰知道重生一世，她終究還是逃不出做他小妾的命運。想起那日被他擁在懷中的感覺，前世回憶再次被勾起，又讓她心裡迷亂了幾分。

禮成後，蘭老爺難得慈愛地拉著阿秀的手道：「阿秀，以後妳也是我們蘭家的閨女了，去了許國公府，有什麼事情，儘管和大姑奶奶說，我們能幫的，都會幫襯著。」

蘭姨娘臉上亦是笑容可掬。「大哥放心吧，阿秀這麼乖巧，出不了事的。」

阿秀又恭恭敬敬地向蘭姨娘行禮，蘭嫣讓她喊蘭姨娘一聲姑母，阿秀遲疑片刻後，脆生生地喊了一句。

朱氏聽了，臉上落下淚來，忽然覺得有些捨不得，但想到若是蘭嫣進了許國公府，只怕她更不捨，當即便擦乾眼淚，笑著吩咐下人備午膳去。

這會兒蘭老爺也一掃方才的煩悶，又把阿秀喊到跟前，仔仔細細問了幾個問題，發現阿秀居然還識得幾個字，更喜歡她了，鼓勵道：「好好服侍世子爺，將來和妳姑母一樣，做許國公府最受寵的妾室。」

蘭姨娘聽見這句話，雖然覺得蘭老爺說得沒錯，卻是高興不起來。

不久，廚房派人來回話，說是午膳已經備好，只等著前院傳膳了。

雖然蘭家從安徽遷居到京城，但廚子還是從老家帶過來的，家常菜都是安徽口味。

蘭姨娘有些日子沒吃到這麼道地的家鄉菜了，不由食指大動，多吃了小半碗飯。

蘭家人口不多，平常是由兩位姨娘服侍著蘭老爺、朱氏、少爺和小姐先吃，等他們吃過了，才有姨娘上桌的分。

今兒因為蘭姨娘來，蘭老爺便沒去請兩位姨娘，只讓下人把孩子帶來。方姨娘還在生氣，便沒讓蘭瀟哥兒過來吃飯。說來奇怪，雖然少了蘭婉和蘭瀟，可席上多了阿秀，竟也不覺得冷清。

泓哥兒瞧見阿秀坐在席上，有些好奇地問朱氏。「母親，那個丫鬟姊姊怎麼也坐在這裡吃飯呢？」他年紀還小，只知道平常吃飯的時候，阿秀都在下面站著，如今瞧見阿秀也坐著吃，未免覺得奇怪。

蘭嫣見狀，挾了一小筷鮭魚放在泓哥兒的碗裡，笑著道：「泓哥兒，以後可不能喊她丫鬟姊姊了，要叫阿秀姊姊。以後她跟我一樣，是泓哥兒的親姊姊了。」

阿秀有些羞澀地低下頭，看泓哥兒那雙烏溜溜的眼珠子盯著自己，便重重地點頭。

蘭老爺今兒也高興極了，用過午膳後，對朱氏道：「我外頭還有生意，吃完飯就要出門，妳等下好好送大姑奶奶和阿秀。對了，阿秀進國公府，不能太寒酸，新衣服是來不及備了，妳先找幾樣嫣姐兒如今不戴的首飾，讓她帶進府，過幾日，我再給嫣姐兒補一套新頭面。」

蘭老爺雖然是商人，身上沾著銅臭味，但在吃用方面，其實是很節省的，除了偶爾會被方姨娘的枕邊風吹得忘記言行分寸之外，平日裡並沒有特別豪奢的行為。

聽蘭老爺這麼說，讓朱氏受寵若驚，壓低了聲音，湊到他耳邊笑著道：「老爺儘管忙吧，這些事情我自會安排，嫣姐兒的東西多，也不差那一件、兩件，一會兒大姑奶奶回去，我再封一百兩銀子給她。許國公府雖然是高門大戶，但姨娘每個月的分例卻有限，大姑奶奶常為我們打點，自然有用銀子的地方。」

蘭老爺點頭。「妳看著辦吧，妳做事，我總是放心的。」

朱氏聽了，覺得心坎上暖暖的，連帶看蘭老爺的眼神也溫柔了幾分，親自送他到大廳門口，看著他帶著小廝走遠，才折回來，讓蘭嫣先帶阿秀回繡閣整理行裝。

丫鬟們送了消食茶上來，蘭姨娘抿了一口，笑道：「好些年沒吃到這麼道地的家鄉菜，今兒多吃了幾口飯，倒是覺得有些難消化了。」

「妳若喜歡，改日我讓廚子做了送去，不過兩炷香的工夫。」朱氏柔聲道。

蘭姨娘感激地看了朱氏一眼，道：「嫂子，我知道妳這些年不容易，我雖是做妾室的，卻明白妳的苦楚。雖說這幾年國公爺對國公夫人冷淡了些，可國公夫人膝下兒女成雙，大女兒又是王妃，世子爺今後必定是許國公府的掌家人，也用不著擔心什麼。倒是嫂子……」

朱氏和蘭姨娘素來親厚，聽蘭姨娘話中處處為她著想，忍不住拿帕子壓了壓眼角，見泓哥兒已經被奶娘抱走，才敢開口。「老家的陳姨娘歿了，如今老爺讓我養了泓哥兒，年老也算有個依靠。眼前唯一的擔憂，就是嫣姐兒的事情。」

朱氏忍耐良久，終於忍不住問了。「如今發展到這一步，不知嫣姐兒的事還有沒有眉目？」

對這件事，蘭姨娘心裡也是沒底，想起蕭謹言的婚事還沒定下來，便擰眉道：「這事倒不必急在一時，世子爺尚未娶親，納妾的事，怎麼說也要等世子爺成了親才行。到時候，我想辦法去太太那邊探探口風，再給嫂子傳話。」

朱氏點了點頭，又道：「若阿秀是個頂用的，我還真不想讓嫣姐兒進去。自己的閨女，總巴望著找個老實人做正頭夫妻，好過當小妾，得處處看正室的臉色……」

第三十章

琴芳和錦心在房裡為阿秀整理行裝。說起來，阿秀才來蘭家一個多月，也沒什麼東西好整理的，加上阿秀是去許國公府做丫鬟，所以蘭嫣沒有送太多衣服給她。小姐的舊衣服讓小丫鬟穿著，還是不合適的。

蘭嫣捧著妝奩，從底下拿了幾串珠花、幾根翡翠的小簪子，還有兩只赤金小手鐲，遞給錦心，讓她包起來。

阿秀見了，忙不迭推辭道：「姑娘，這可使不得，我不過是進去當丫鬟的，沒什麼機會戴這些，您還是自己留著吧。」

蘭嫣笑著道：「就算妳不拿著，我也戴不得這些了，橫豎都是沒人戴的。這是我小時候的東西，賞給錦心和琴芳也不合適。」

聽蘭嫣這麼說，阿秀這才收下，又從袖中拿出一個新繡好的荷包，遞給蘭嫣。

「姑娘，這是我前幾日趕出來的，本來想著下次上廟裡開了光再給姑娘，如今怕是沒機會了，姑娘若不嫌棄，就先戴著吧。」

蘭嫣接過荷包，見上面繡的圖案正好是繡閣裡那棵江南朱砂，上頭的梅花含苞待放、逼真秀氣，便笑著道：「難得妳有那麼好的繡工，可惜孫繡娘再來，就見不著妳們了。」

阿秀低下頭，忽然覺得有些難過。雖然只有短短一個月，但蘭家給她很多安適的感覺，有要強又聰明的蘭嫣及溫婉親和的朱氏，比起那個處處帶著規矩的許國公府，她似乎更喜歡這裡。

行李準備得差不多了，朱氏的丫鬟紅杏親自來傳話。「大姑奶奶要走了，一會兒還要帶阿秀在許國公府裡認認地方，回去遲了只怕不好。」

蘭嫣忙回道：「姊姊先回了太太，說阿秀一會兒就到。」說著，起身拉阿秀坐到她的梳妝檯前，吩咐錦心。「給阿秀梳個頭，漂漂亮亮地進國公府，不能讓人瞧不起了。我們家雖然出身不好，但也是處處不輸人的。」

錦心瞧著阿秀，也生出幾分不捨來，拿著帕子擦了擦眼角，上前給阿秀梳頭。

琴芳從裡間出來，手上捧著一套藕荷色的衣裙，遞給蘭嫣瞧。「這套衣服是姑娘十歲生日時，太太讓人在錦繡閣做的，可惜做小了，姑娘從沒穿過，就是捨不得送人，一直放著壓箱底了。」

蘭嫣聽了，伸手摸了摸料子，笑道：「我想起來了，舊年搬家時，妳還問我要不要從箱子裡拿出來，我看一眼，說不用了，才一併帶了過來。」起身抖開衣服，放在阿秀身上比了比，大小剛剛好。

「一會兒讓阿秀穿上了，好去見大姑奶奶。」蘭嫣吩咐完，便讓身邊的兩個丫鬟打扮阿秀，自己則靠在窗前的茶几上，怔怔看著。

阿秀梳好頭、換好衣裳，站在蘭嫣跟前，蘭嫣才回過神來，仔細打量了阿秀，笑著道：「這麼漂亮的小姑娘，我都捨不得讓妳走了。」

分明就是句玩笑話，可說完之後，眾人卻笑不出來了。琴芳也忍不住吸了吸鼻子，開口道：「阿秀，以後妳又跟阿月在一塊兒了，她腦子不好，總丟三落四，妳可要幫著她點。」

阿秀知道琴芳素來疼愛阿月，點頭道：「琴芳姊放心，我若是遇上她，一定好好提點著。如今在許國公府，自是和蘭家不一樣的。」

說話間，朱氏又派了邢嬤嬤來催，蘭嫣這才牽著阿秀的手出門。

邢嬤嬤看了阿秀一眼，見她小小身子穿著蘭嫣的衣服，神色肅然，並沒有一絲孩童的稚氣，心裡默默想，只怕阿秀還真能有大出息了。

許國公府裡，孔氏剛剛用過了午膳。年節裡事情多，再加上白日短，所以孔氏並沒有睡午覺，只在羅漢榻上躺了躺，正想小憩一會兒，王嬤嬤卻領著張嬤嬤進來了。

「太太，世子爺房裡出了點事情。」王嬤嬤說著，上前扶起孔氏，遞了杯茶給她。「都怪清瑤那丫頭太過要強，這幾日世子爺正看重清霜呢，她卻和清霜抬槓，還讓世子爺撞個正著。如今世子爺氣得發話，說要把清瑤拉出去配人呢！」

張嬤嬤和王嬤嬤是老交情了，這會兒半句話也沒有說，老老實實地在下頭站著，見孔氏疑惑，便裝著傷心道：「太太慈悲，念在我姪女服侍了世子爺一場的分上，好歹讓她走得體面些，不然出去了，也要被人戳脊梁骨的。」

孔氏聞言，立時來了精神，疑惑道：「有這樣的事情？怎麼我一點兒也不知道？世子爺方才在我這邊用了午膳，也沒有提起半句。」

張嬤嬤一邊擦眼淚、一邊道：「如今世子爺大了，便是對我這個奶娘，也很少有句掏心窩子的話了。我去清瑤那邊問過，事情的起因還是為了那件新做的大氅。也怪清瑤性子要強，過年時才請一天的假就丟了東西，便死活也要問個清楚，結果清霜丫頭仗著世子爺寵她，讓清瑤問世子爺去。清瑤氣不過，兩人爭辯了幾句，正巧趕上世子爺回房，瞧見她們吵架，遂把清瑤數落一通，氣得她當場就厥了過去。」

孔氏聽了張嬤嬤的片面之詞，擰眉道：「言哥兒也太胡鬧，丫鬟拌幾句嘴是常有的事，他一味護短，卻是不對的。」言畢，又想了想，繼續道：「不過我看清霜平日裡對言哥兒細心得很，怎麼私下竟如此張狂？」

張嬤嬤知道，孔氏雖然溫和，卻是不傻，想要糊弄可不簡單，便稍稍改了說詞。「其實也沒什麼，丫鬟仗著主子的寵愛，平日裡稍微張狂些，也是有的。趙姨娘房裡的丫鬟，不正是這麼個德行嗎？」

孔氏對趙姨娘恨之入骨，聽張嬤嬤這麼說，更是連連點頭，還想再說兩句，張嬤嬤又補充道：「清霜再好，也是老太太那邊的人，太太千萬不能因為一時心軟，就在世子爺身邊種下個禍根來。」

這句話戳中孔氏的要害，孔氏立刻又警醒了幾分，點頭道：「妳這話說得倒是沒錯。清霜終究是老太太給的人，言哥兒房裡的事情，哪裡能由一個祖母盯著。」說著，忙向春桃招手。「去把世子爺請過來，我有話問他。」

誰知春桃還沒走到文瀾院，便被外頭傳話的人攔住了，忙不迭又折回來，匆匆進了孔氏的房中道：「太太，宮裡派人來傳話，說是豫王妃暈倒，皇后娘娘請太太進宮去呢！」

孔氏聞言，嚇得三魂丟了兩魂半，前兒剛得知豫王妃有孕的消息，怎麼好端端地就暈倒了？遂趕緊起身，一邊梳妝打扮、一邊吩咐。「快，去請世子爺，讓他跟我一同進宮。」

蕭瑾言過來時，孔氏早已在車上等著，瞧見清霜低眉跟在他身後。

蕭謹言回頭跟清霜說了幾句，她便福了福身，退到一旁，目送蕭謹言離去。

馬車裡鋪著羊毛氈子，孔氏遞了手爐給蕭謹言取暖。

見蕭謹言伸手稍微解開了大氅，孔氏才開口道：「今兒怎麼穿起這件駝色的，那件銀白色的不好嗎？還是新做的呢。」

蕭謹言哪裡知道自己房裡的事已經被耳報神說給孔氏聽，只隨口敷衍。「那件太素淨了，大紅猩猩氈又太豔，怕進宮犯了忌諱，所以穿這件。」

孔氏聞言，心裡先嘆了口氣。蕭謹言以前從不在她跟前說謊，如今卻是和張嬤嬤說的一樣，當真孩子長大，就變了不少。

「言哥兒，你也不小了，怎麼做起事情還這樣顛三倒四的，東西丟了就丟了，為了一個小丫鬟，就在我面前扯謊嗎？」孔氏有些失落，語氣也嚴厲起來。

蕭謹言抬眸，有些無奈地看了看孔氏，低頭道：「母親關心我是應當的，但有的丫鬟太可恨了，恨不得連我一天吃幾口茶、出幾次恭都要稟報母親，這有什麼意思呢？」

蕭謹言素來乖巧，從不曾向孔氏還嘴，孔氏聽他話語中頗有怨言，感嘆道：「我這也是為了你好，哪個當娘的，不想看著自己的兒子順順當當。可你呢？大過年的，撇下一屋子長輩出門，還攛掇丫鬟一起說謊，難道就有意思了嗎？」

孔氏說完，睫毛上已經沾了淚珠，緩緩道：「我只有你這個兒子，你要是再像去年那樣出事，我也不用活了。」

蕭謹言見孔氏沒來由地傷心起來，急忙勸慰道：「母親快別哭了，一會兒讓宮裡人看見您紅著眼睛，只怕不妥。」

孔氏想起正事，才忍住了，憂心道：「不知道你姊姊怎樣了，真是讓人擔心。」

「母親不用煩惱，大姊姊向來吉人天相。」

孔氏被蕭謹言安慰，心情好了些，又道：「清瑤和清霜都是好姑娘，她們之間即便有些爭執，亦是因你而起。你若真想讓清瑤走，好歹等過了端午，府裡放下人出去時再提。如今還是年節裡，就要攆人走，半點情分也不顧念，可不是我們國公府的做派。」

蕭謹言聽了，知道定是張嬤嬤在孔氏跟前告過狀了，不好當面忤逆，便道：「那讓清瑤留下吧，還是拿一等丫鬟的分例；不過，我不想讓她進房裡服侍了。」

孔氏道：「那怎麼行，你房裡的開銷吃用都是清瑤管著，她不進房服侍，誰頂她的缺呢？」

蕭謹言想了想，以後自己的產業無非都是阿秀的，便笑著道：「讓蘭家新來那個叫阿秀的小丫鬟管著吧。」

孔氏驚訝道：「言哥兒，你可是在說笑？一個十歲的小丫鬟，能懂這些？」

「有什麼不懂的？不過就是簡單的雜事。那小丫鬟的親爹還是秀才呢，沒準兒她識的字還比清瑤多幾個。」

孔氏這時才反應過來。「你怎麼知道那小丫鬟的親爹是秀才？」

蕭謹言發現自己說漏了嘴，結結巴巴道：「是……是蘭姑娘告訴我的。」

孔氏聞言，沒起什麼疑心，又見蕭謹言對阿秀實在格外關照，便笑著道：「那好，你房裡的事情，你自己做主吧！」

許國公府後大街上，一輛馬車正緩緩駛向國公府的後角門。

蘭姨娘坐在車裡，再次細心打量著阿秀的容貌，只見阿秀身形筆直地坐在她對面，從頭到尾不曾亂動一下；即便是規矩極好的大家閨秀，也不可能做到這樣，況且阿秀不過就是個十歲孩子而已。

蘭姨娘覺得有趣了，嘴角勾笑道：「阿秀，妳這麼一本正經地坐著，不累嗎？」

阿秀聞言，一直低垂的頭稍稍抬了抬，看著面前容貌秀麗、性情溫婉的蘭姨娘，微笑道：「奴婢不累。」

說起蘭姨娘，前世阿秀對她並不熟悉，她是世子爺房裡的丫鬟，平常又不愛聽閒話，所以沒有多注意。唯一讓她印象深刻的，就是蘭姨娘把自己房裡的翠雲給了許國公，還懷了一個孩子。

當時，阿秀已經成為世子爺的通房，聽了之後，很為翠雲不甘，畢竟翠雲才二十出頭；但這時瞧著蘭姨娘，真的看不出她是會做那種事情的人。

阿秀沒有再往下想，又低下頭，忽然想起當初她和阿月被蘭家買回來的目的，也就是如此了。

蘭姨娘見阿秀臉上不斷變化的表情，不知她在想些什麼，也懶得去深究，便笑著給她介紹起蕭謹言房裡的幾個大丫鬟。

「清瑤和清漪以前是太太身邊的丫鬟，清瑤的姑母張嬤嬤是世子爺的奶娘。清漪是太太陪房嬤嬤的閨女，一家子都在太太的莊子上過活，因為清漪長得俊俏些，被太太看上了，就讓她服侍世子爺。」

前世阿秀到蕭謹言身邊服侍時，四清都已經不在了，關於四清的事，她還真是不清楚，只聽蘭姨娘繼續道：「清瑤仗著有太太和張嬤嬤撐腰，是文瀾院的一等丫鬟，妳去了之後，依她的指派便好。」

阿秀聽得認真，重重點頭，蘭姨娘又道：「清霜和清珞是老太太的人，清珞是老太太陪房嬤嬤的孫女兒；清霜則是外面買回來的，從小跟在老太太身邊，老太太見她行事周全，就賞給了世子爺。」

阿秀聽到這兒，已經完全明白了，可能成為蕭謹言通房的人選，應該就是清瑤和清霜。可奇怪的是，為什麼前世她去蕭謹言房裡時，壓根兒沒遇上這兩個人呢？

阿秀有些迷糊了，既然這輩子還是陰錯陽差地進了許國公府，一些前世的疑惑，也可以解一解了。

蘭姨娘跟阿秀回了許國公府，才知道孔氏帶著蕭謹言進宮了。

蘭姨娘見王嬤嬤在家，便把阿秀交給她。「嬤嬤，我把這丫頭帶回來了。蘭家的人聽說她要進國公府，都很高興，蘭老爺認了她當乾女兒，讓她好好服侍世子爺呢。」

王嬤嬤低頭瞧了瞧阿秀，見她稚嫩的小臉上並沒有多少懼怕的神色，遂笑著道：「原本剛進府的小丫鬟，都要在我這裡待上幾日，才會被分去各房各院，可昨兒趙姨娘已經領走一個小丫鬟，我就不留她了，一會兒帶她去文瀾院。」

文瀾院裡，蕭謹言知道阿秀今兒可能會來，特意留下清霜來迎她。

清霜正給阿秀整理房間，身後跟著一個年底時才分到文瀾院的小丫鬟。

小丫鬟見清霜把房間收拾得跟小姐的閨房差不多，羨慕道：「清霜姊姊，那新來的小丫鬟是什麼來頭，世子爺怎麼對她那麼上心？昨兒她掉進水裡時，我也跑去看了，可惜她被世子爺抱著，沒能看清楚是什麼模樣。」

清霜笑著道：「以後妳能天天瞧見了，妳只要服侍她就好。」

小丫鬟擰眉道：「我服侍她？那誰服侍姊姊呢？」

清霜又笑了。「妳服侍好她，以後才有好日子過呢。」

「怎麼都是叫阿秀的，她卻這麼好命，偏偏我就可憐，名字被改了不說，還要服侍她。」

這小丫鬟不是別人，正是去年十二月初一那日被蕭謹言改名阿醜，最後孔氏賜名初一的小姑娘。

大約申時二刻時，王嬤嬤已經把許國公府的規矩向阿秀講清楚了，又讓阿秀複述一遍。

前世阿秀在許國公府當了八年的下人，對這些規矩早已滾瓜爛熟，如今王嬤嬤只說一遍，她便能倒背如流，讓王嬤嬤驚訝極了。

王嬤嬤笑著問她。「妳是哪個人牙子那邊出來的，我怎麼就沒瞧見呢？」

阿秀聽了，有些不好意思。當初王嬤嬤來挑人時，她一味躲著，所以王嬤嬤只瞧她一眼，就去看別人了，自然沒什麼印象。

「我是趙麻子那邊的。」阿秀小聲道。

「原來是他？」王嬤嬤想了起來，擰眉道：「這個趙麻子，跟他說了多少遍，有好的先給許國公府留著，怎麼把妳給流出去了？下次遇上，我可得數落他去。」

阿秀怕連累了趙麻子，連聲道：「嬤嬤別誤會了，是我求著趙叔，說想進人丁簡單的小戶人家，等滿了年紀，好回家找爹。」

王嬤嬤沒想到一個十歲的孩子能說出這樣的話來，嘆道：「傻孩子，妳爹要是真心疼妳，就不會賣妳了。」

王嬤嬤管著許國公府丫鬟與婆子的買賣，見過太多到了年歲、應該放出去的丫鬟不肯回家的事。大多數賣了女兒的人，都想著多得些分例，但到了年紀領回去、又能給閨女找戶好人家的卻不多。所以，有些丫鬟情願留在府裡，即便以後生下來的孩子也是奴才，但好歹有口安穩飯吃，過著安定日子，不用再擔心被人賣了。

阿秀早已認清了這一點，點頭道：「嬤嬤說得有道理。我爹賣掉我之後，就離開了京城，只怕我這輩子都見不到他了。」

王嬤嬤聞言，默默唸了一句阿彌陀佛，再低頭看阿秀，小丫頭的表情倒是平靜，似乎已經接受了這個事實，便笑著道：「如今妳雖然在我們府裡當丫鬟，好歹蘭家收了妳當義女，之後還能抽空去蘭家走動走動。妳現在……這樣，想要出門，比蘭姨娘還方便些呢。」

王嬤嬤原本想說「妳還沒被收房」，可轉念一想，阿秀才多大啊，說了收房的事情，只怕她也不懂，所以就改了口。

兩人走到文瀾院，便瞧見清霜已經在門口候著。

見了她們，清霜笑道：「方才聽說蘭姨娘回府，還帶著一個小丫頭，就知道是阿秀來了。」

王嬤嬤對待蕭謹言房裡丫鬟的態度是公平的，即便知道清霜和清瑤之間有些過節，也只是旁觀而已；若要在孔氏跟前說幾句話，也都是不偏不倚的。

「清霜今兒沒跟著世子爺一起進宮？」

「世子爺說，怕阿秀要來，讓我在家裡等著呢。」清霜笑吟吟地回答，上下打量了阿秀一眼，見她手上挽著小包袱，急忙喊身邊的小丫鬟去接下來。

「果真是個好模樣，難怪世子爺瞧見就……」清霜說著，又覺得阿秀年紀太小，在她跟前說這些不合適，遂換了話題。「王嬤嬤，不如進屋裡喝杯茶吧？」

王嬤嬤推辭道：「不了，手上還有一堆事情要忙。太太讓我整理年節裡的人情往來帳目，還沒弄好呢，可不能在這邊耽擱。」

清霜聽了，送王嬤嬤到門口，見四周沒人，才小聲道：「清瑤的事情，嬤嬤若是知道了，請嬤嬤在太太跟前多美言幾句，讓太太勸勸世子爺，別把人往絕路上逼。」

王嬤嬤原本以為清霜是要來告黑狀的，沒想到她居然說出這番話來，當真讓人另眼相看，感嘆道：「老太太看上的人，就是不一樣。妳放心，太太已經知道這事，原要請世子爺過去說的，結果宮裡派人來傳話，就匆匆走了，這會兒，兩人只怕已經在車上商議妥帖了。」

清霜聞言，稍微放下心，送走王嬤嬤後，便回去帶阿秀到後罩房認房間了。

——未完，待續，請看文創風440《一妻獨秀》2

2016年8月出版

一妻獨秀

文創風 439～441

重生於他的意義，只有一個——
再好好愛她一次，絕不錯過有她的每一天！

你儂我儂　唯愛是寶／芳菲

前世從小婢女升級許國公世子最寵愛的姨娘，卻糊裡糊塗死在世子夫人手中，
今生再次被賣為奴，阿秀忍痛決定——慎選主家，保住小命優先！
但她左挑右選，居然還是進了一心想把女兒送進許國公府當世子貴妾的商戶，
主子正是被寄予厚望的大小姐，萬一事成，她這個貼身丫鬟不就要跟著陪嫁?!
那遠離國公府、遠離世子爺、只想過平安日子的願望，豈不全化作泡影……

哭棺竟哭回了八年前，蕭謹言還顧不得驚嘆自己的神奇遭遇，
如今的當務之急，是依照記憶尋找讓他又疼又憐又不捨的阿秀，
上輩子沒能護住她已經大錯特錯，這輩子哪還能讓她「流落在外」、「無家可歸」？
雖然此時的她仍是個小姑娘，他也心甘情願養著她、等她長大！
可他來不及阻止她當別家丫鬟了，現在該怎麼把人帶回許國公府啊……

2016年8月出版

爺兒休不掉

文創風 435～438

小時候明明是相看兩相厭的，
怎麼長大後竟會對她念念不忘，就此上了心呢？
雖然不願放她走，可她若執意求去，他也不會強求的，
他想，這或許便是愛吧……

人生如潮，平淡是福／容箏

一失足成千古恨！老祖宗的這句話確實真心不騙啊！
她不過是去登個山罷了，竟也能招來這種莫名其妙的意外？
當她墜崖後再睜開眼時，發現整個世界都變了，
一個陌生的時空、一戶貧窮到連狗都嫌的人家。
根據她打聽到的結果，她是這個家裡的次女，名叫夏青竹，
目前因傷暫回娘家休養……等等，娘家？她才八歲就嫁人了 ?!
何況被打得都逃回娘家來了，可見她那夫家有多不待見她啊！
得知這驚人的事實後，她徹底傻眼了，這還讓不讓人活呀？
細問才知，原來她是賣身葬父，去項家當童養媳的，
偏偏這世上沒有最糟，只有更糟，她那夫家簡直就是個火坑，
上有難伺候的婆婆，下有兩個不講理又愛欺負人的小姑，
還有一個心比天高、橫看豎看都看她不順眼的小丈夫項二爺，
家中什麼髒活累活全是她在做，待遇卻連個丫鬟還不如，
唉，雖説吃苦耐勞是中國傳統婦女的美德，但很抱歉，她來自現代，
所以，她決定努力掙錢還債，休掉她的二爺，投奔自由去啦～～

風 文創
439

一妻獨秀 1

國家圖書館出版品預行編目資料

一妻獨秀 / 芳菲著. --
初版. -- 臺北市 : 狗屋, 2016.08
冊 ; 公分. --(文創風)
ISBN 978-986-328-624-0(第1冊 : 平裝). --

857.7 105010483

著作者 芳菲
編輯 安愉
校對 沈毓萍 許雯婷
發行所 狗屋出版社有限公司
地址 台北市104中山區龍江路71巷15號1樓
電話 02-2776-5889～0
發行字號 局版台業字845號
法律顧問 蕭雄淋律師
總經銷 知遠文化事業有限公司
電話 02-2664-8800
初版 2016年8月
國際書碼 ISBN-13 978-986-328-624-0
原著書名 《娇妾难宠》，由北京晉江原創網絡科技有限公司授權出版

定價250元
狗屋劃撥帳號：19001626
網址：love.doghouse.com.tw E-mail：love@doghouse.com.tw